흑풍구

黑風口

초랑이
시빨

송진용 新무협 판타지 소설

FANTASTIC ORIENTAL HEROES

# 흑풍구 4

송진용 新무협 판타지 소설

초판 1쇄 찍은 날 § 2011년 3월 21일
초판 1쇄 펴낸 날 § 2011년 3월 25일

지은이 § 송진용
펴낸이 § 서경석

총괄팀장 § 유경화
편집책임 § 주소영
편집 § 박우진 · 어정원

펴낸곳 § 도서출판 청어람
등록번호 § 제1081-1-89호
등록일자 § 1999. 5. 31
어람번호 § 제2-2061호

주소 § 경기도 부천시 원미구 심곡2동 163-2 서경B/D 3F (우) 420-822
전화 § 032-656-4452 팩스 § 032-656-4453
http://www.chungeoram.com
E-mail § chungeoram@chungeoram.com

ISBN 978-89-251-2463-6 04810
ISBN 978-89-251-2367-7 (세트)

黑風口

호랑이 이빨

4

웅지(雄志)를 펴는 사람들

FANTASTIC ORIENTAL HEROES

송진용 新무협 판타지 소설

흑풍구

도서출판 청어람

目次

第一章
그들의 만남

## 1. 작은 시작

"솜씨 좋은 대장장이가 하늘의 도움으로 좋은 쇠를 얻어 풀무에 넣고 녹이고 있습니다."

"그것으로 무엇을 만들려고?"

"아마도 보검을 한 자루 만들겠지요."

"천하에 보기 드문 보검이 되겠군?"

"그렇습니다. 자, 이제 성주께서는 어떻게 하시겠습니까?"

잠시 생각하던 아율장이 빙긋 웃었다.

"가만히 지켜보다가 보검이 완성되면 빼앗아 와야겠지."

태연하게 하는 말에 그의 모든 게 담겨 있었다.

황보숭이 담담하게 말했다.

"무엇 때문에 그렇게 하시겠습니까?"

"보검이 나에게 위협이 되지 못하게 하기 위해서 아니겠나? 다른 자의 손에 들어가게 할 순 없지."

"그렇다면 어째서 쇠가 풀무에 들어가기 전에 미리 빼앗아두지 않습니까?"

"그것이 보검이 될지 호미가 될지 모르기 때문일세."

황보숭이 비로소 빙긋 웃으며 몸을 물렸다.

"바로 그와 같은 이치 때문에 성주께서는 더 이상 태자를 붙잡아두고 있어서는 안 된다는 것입니다."

"그 말을 하기 위해서 대장장이를 들먹였나?"

"저는 율해왕 모아합을 잘 압니다. 그가 대공의 성에서 태자 청화륜이 몸을 의탁하고 있다는 걸 모를 리 없습니다. 그러면서도 짐짓 모르는 체하는 건 바로 그와 같은 이유에서입니다."

"내가 태자와 함께 깃발을 높이 들고 일어서기만 기다리고 있다는 거로군."

"그때 들이쳐 성을 깨뜨리고 태자와 성주를 함께 잡는다면 그 공이 두 배가 될 테니까요."

"흥, 과연 그에게 그럴 만한 힘이 있을까?"

천호성주 아율장이 짐짓 거만을 떨지만 곁눈질로는 황보

숭을 훔쳐보고 있었다. 그의 의중을 떠보는 것이다.

"성주의 힘이 지금보다 열 배 강해지지 않는 한 모아합의 적운기를 당할 수는 없을 것입니다."

"그렇게 말하니 기분이 나쁘군. 그대는 나를 너무 우습게 보는 것 아닌가?"

"그렇지 않습니다. 모아합의 기병단은 오래전부터 그를 따라 수많은 싸움을 겪으며 날로 강해졌습니다. 이제는 이십만 대군이 모두 모아합의 분신이라고 해도 좋을 만큼 그에게 충성을 다하지요. 하지만 성주의 군사들은 어떻습니까?"

"그들도 나에게 충성을 다하고 있네. 지금은 고작 오만이 될까 말까 하지만 머지않아 십만이 되고 이십만이 될 것이야. 그렇다면 모아합과 한번 겨루어볼 수 있지 않을까?"

황보숭이 다시 빙긋 웃었다.

"저를 시험해 보려는 것이라면 그만두십시오. 병력이 부족한 건 둘째 치고 그 병사들의 충성심이 어떻다는 건 저보다 성주께서 더 잘 알지 않습니까?"

"으음."

아율장이 낯을 찌푸렸다. 불편해하는 기색이 역력하다.

황보숭의 말처럼 그도 잘 알고 있었다. 자신의 병사들이 비록 이웃의 영주들이며 호족들은 두렵게 할 수 있을지라도 모아합의 적운기와는 비교할 수 없다는 것을.

충성심 면에서도 그랬다. 그의 병사들은 모두 영지 내의 장정들을 징집해 온 것이니 마지못해 끌려온 자가 그렇지 않은 자보다 훨씬 많았다.

그렇지 않은 자들은 대부분 돈을 주고 외부에서 고용해 온 자들이었다. 돈이 떨어지면 충성심도 떨어질 게 뻔하다.

게다가 병사들을 조련시키고 이끌어줄 만한 장군감이 없었다. 무엇보다 그게 가장 큰 결함이었다.

통솔력이 뛰어난 장군이 있어서 병사들을 휘어잡고 강하게 훈련시킨다면 모든 게 다 해결될 수 있을 것이다. 성주는 그들과 그들의 가족을 부족함없이 지원해 주기만 하면 된다. 그러면 충성심이 절로 쌓이게 되지 않겠는가.

한동안 낯을 찌푸리고 있던 아율장이 탄식을 하고 말했다.

"그대의 말이 모두 옳아. 인정하지."

황보숭이 다시 빙그레 웃었다.

"성주께서는 스스로를 알고 있으며, 오만함을 버리고 상황을 바로 볼 줄 아는 지혜를 가지고 있고, 직언을 받아들이는 아량 또한 겸비했으니 반드시 이름을 천하에 떨치게 될 것입니다. 지금은 엎드려 기다리고 있을 때이나 언젠가는 반드시 크게 떨치고 일어설 때가 올 것입니다. 그러면 천하를 다투어 볼 수 있겠지요."

황보숭은 진심으로 그렇게 말했다.

성주 아율장의 그릇이 처음 생각했던 것보다 크다는 걸 안 것이다.

아율장이 무릎을 쳤다.

"좋아, 그대의 말대로 지금은 엎드려 숨죽이고 있어야 할 때이니 태자를 내주겠다."

태자가 저에게 있어서 계륵(鷄肋)과 같은 존재라는 걸 알고 있었지만 미련 때문에 이러지도 저러지도 못하고 있었는데 이제 황보숭의 말을 듣고 마음을 정한 것이다.


아율장과 작별하고 태자 청화륜의 거처로 온 황보숭이 웃으며 말했다.

"자, 이제 홀가분하게 떠납시다."

"성주가 정말 나를 보내주기로 했단 말입니까?"

"그렇습니다. 태자 저하를 모시고 있으면 장차 천하 도모의 명분이야 내세울 수 있겠지만 그전에 위태롭게 된다는 걸 어찌 모르겠습니까?"

청화륜이 우울한 표정으로 말했다.

"겨우 몸을 의탁할 곳을 찾아 기뻐했는데 천호성을 떠난다면 이제 나는 다시 의지가지없는 떠돌이가 되겠군요."

"이곳은 이미 모아합의 이목을 끌고 있으니 성주에게도 태자 저하에게도 안전하지 않습니다. 그러나 이곳을 떠난다면 모두 안전해질 것입니다."

"어디로 간단 말입니까?"

"군자는 남에게 기대지 않고 스스로 일어서야 하는 것입니다. 찾아보면 태자 저하가 그렇게 할 수 있는 곳이 반드시 있을 것입니다."

"어느 성으로 가든 그곳 또한 모아합의 눈에서 벗어날 수 없지 않겠습니까?"

"아직도 모르시는군요."

황보숭이 책망하듯 말했다.

"성주 아율장은 야망이 큰 사람입니다. 가지가 무성한 나무 아래에서는 어린 싹이 자랄 수 없는 게 이치입니다. 태자 저하는 그의 그늘에서 보호받는 것으로 만족하겠습니까, 아니면 스스로 큰 나무가 되어 가지를 넓게 펴 천하를 덮어보겠습니까?"

"가겠습니다."

청화륜이 비로소 결연하게 말했다.

아율장과 함께 있으면 위험을 극복하고 성공한다고 해도 결국 그의 꼭두각시밖에 되지 않을 것이라는 사실을 받아들인 것이다.

내가 도와주고, 나의 도움을 받아서 크게 일어설 만한 사람을 찾아 그와 협력하는 게 스스로를 굳게 해준다.

현자로 세상에 이름 높은 황보숭이 이처럼 찾아왔다는 것이야말로 하늘이 저를 불쌍하게 여겨 도와주는 것이라고 믿지 않을 수 없다.

황보숭이 먼 길을 와 천호성에 든 것은 그곳에 몸을 의탁하려는 게 아니라 오직 거기에 태자 청화륜이 머물고 있다는 걸 알았기 때문이다.

그는 태자를 잘 보필해서 커다란 나라 하나를 만들어낼 꿈을 꾸고 있었다.

지켜본 바로는 태자의 그릇이 마음에 차지 않았으나 그만둘 수 없었다.

황보숭은 끝까지 태자를 보살피는 게 자신의 운명이고 황보강의 업보를 대신 지는 일이라고 믿었다.

나를 희생시켜서 황보강의 업이 소멸된다면 열 번, 백 번이라도 그렇게 하리라고 굳게 마음먹은 것이다.


그들이 떠나던 날 아무도 나와 보지 않았다.

태자 청화륜은 성주가 겉으로는 저를 공경하는 것 같았지만 실은 조금도 중요하게 여기지 않고 있었다는 서운한 마음을 드러냈다.

그렇지 않았다면 어찌 이렇게 모르는 사람을 보내듯이 할 것인가.

"잘된 일입니다. 바깥세상의 이목을 끌면서 거창하게 떠난다는 건 어리석은 일이니까요. 세상이 태자 저하의 존재를 모를수록 더 좋은 일입니다."

황보숭이 위로했지만 청화륜의 불쾌해하는 기색은 오래도록 풀리지 않았다.

"이제 어디로 가야 합니까? 나는 오직 당신만을 의지하고 있어서 모든 걸 맡겼지만 그래도 걱정이 되는군요."

"시작은 작을수록 좋습니다. 그러니 몸이 편하기를 바라지 않아야 합니다."

"그 말은 이제부터 고생문에 들어섰다는 거로군요?"

"고난이 클수록 성취도 큰 법입니다. 나는 태자 저하를 위해 천하를 도모하려 하니 태자 저하께서도 그와 같은 꿈을 가지셔야 할 것입니다."

"알았습니다. 천하를 다시 찾을 수만 있다면 까짓 고난쯤 견디지 못하겠습니까?"

청화륜이 가슴을 펴고 의젓하게 말했으므로 황보숭의 입가에 웃음이 피어났다.

"이제부터는 태자 저하를 달리 부르겠습니다. 그래야 세상의 이목을 속일 수 있을 테니까요."

"뭐라고 부르시든 상관없습니다."

"나는 태자 저하의 사부가 되고, 저하는 나의 제자가 되는 겁니다. 그러니 나를 사부라고 부르도록 하십시오. 나는 저하를 몽위(夢位)라고 부르도록 하겠습니다."

"몽위?"

"제위를 꿈꾼다는 뜻이니 그 이름으로 불릴 때마다 소망을 떠올리게 되실 것입니다."

"좋은 이름입니다. 그럼 제자로서의 예를 올려야겠군요."

청화륜이 땅에 엎드려 절하려 하자 황보숭이 급히 그를 붙잡아 일으켰다.

"내가 어찌 정말로 저하의 스승이 될 수 있겠습니까? 다만 세상의 이목을 속이고자 꾸민 일일 뿐이니 그러지 않아도 됩니다. 하지만 잊지 말아야 할 것입니다. 이제부터는 제자로서 사부의 명에 순종하는 모습을 보여야 합니다. 그래야 세상이 의심하지 않을 테니까요."

"그렇게 하겠습니다, 사부."

청화륜이 두 손을 잡고 가볍게 허리를 굽히는 것으로 예를 대신했다.


보름 뒤 그들은 청오랑국과 국경을 맞대고 있던 남쪽의 척라국(尺羅國) 땅에 발을 디뎠다.

과거에는 강성한 왕국을 이루었던 나라이나 역시 대황국에 정복당해 지금은 청오랑국과 마찬가지로 번왕이 다스리는 사량격발의 번국이 되어 있었다.

전성기일 때 바다에 연해 있는 척라국은 내륙과 해양 간의 무역으로 막대한 부를 축적했는데 그 영향이 아직 남아 있어서 지금도 그들의 상업은 번창하고 있었다.

그러나 대황국의 번국이 된 지금은 모든 게 그때와 비교할 수 없이 위축되어 있었다. 나라 전체에 활기가 사라진 것이다.

척라국 또한 청오랑국과 마찬가지로 토족 영주와 호족들이 각처에 할거하여 스스로의 세력을 유지하고 있었다.

비록 번왕에 의한 통치를 받고 있으나 각 지방의 치안은 그들 스스로가 유지하도록 무력 사용이 묵인되고 있었던 것이다.

사량격발의 식민지 방침이 그러했다. 번왕의 통제하에서 최대한의 자치권을 허용했는데, 그러한 방침은 식민지의 경제 활동을 활발하게 했고, 각처에 무력을 비축해 두는 효과가 있었다.

급히 병사들을 끌어 써야 할 때가 되면 대황국 황제의 명으로 각 지방의 영주와 호족들에게서 그들의 병사를 빼와 바로 전장에 투입할 수 있었던 것이다. 따로 훈련을 시킬 필요도 없으니 효과적이었다.

영주와 호족들의 힘이 우려할 만큼 커지면 즉각 번왕이 개

입해 그들의 세력을 깎거나 분산시켰다.

때때로 그런 조정만 해주면 번국의 호족들은 일정 수준 이상으로 세력을 키울 수 없었으므로 위협도 되지 않는다.

그러한 통치 방법은 교묘하고 합리적이었지만 황보숭처럼 야망을 가진 사람에게는 기회를 주는 것이기도 했다.

황보숭은 태자 청화륜을 위해 그 기회를 만들어가고 있었다.

바로 척라국의 변경 화문평(花紊坪)이라는 곳에서였다.

그곳은 호족인 진각동(陳角東)이라는 자의 영토 내에 있지만 대부호인 동태웅(童太雄)이 사들여 지금은 그의 땅이 되어 있었다.

그는 한때 척라국의 열 손가락 안에 꼽히던 부호이자 대무역상이었다. 그러나 지금의 그는 할 일 없는 늙은이에 지나지 않았다. 모든 활동을 접고 장원 안에 칩거하여 꼼짝하지 않던 것이다. 그래서 그를 아는 사람들은 모두 동태웅이 이제는 늙어서 꿈을 포기했다고 여겼다.

그러나 황보숭은 동태웅이 가슴속에 다른 뜻을 품고 있는 자라는 걸 알았다. 그가 칩거하고 있는 건 운이 저에게 돌아오기를 기다리는 것일 뿐이라고 생각했다.

황보숭이 굳이 척박하기 이루 말할 수 없는 화문평에 찾아온 건 바로 그를 움직여 볼 구실을 만들기 위해서였다.

화문평은 삼백만 평에 이르는 드넓은 벌판인데 황무지였다. 자갈이 몇 층으로 뒤덮고 있는데다가 아무리 땅을 파도 물이 나오지 않았으니 그렇다.

키 작은 나무들과 함께 잡풀과 들꽃만 드문드문 자라 그 넓은 벌판을 차지하고 있을 뿐, 아무것도 심을 수 없는 불모의 땅인 것이다.

당연히 그 땅을 경작하려는 사람이 없었다. 주변에 고작 삼십여 호의 마을이 있을 뿐 변변한 집 한 채 없는 궁벽하기 짝이 없는 곳이기도 하다.

황보숭은 그곳에 자리를 잡았다.

나무를 베어와 황폐한 벌판 한복판에 엉성한 움집 한 채를 짓는 데 닷새가 걸렸다. 잔나무 가지와 풀로 대충 벽과 지붕을 막아 햇빛을 가렸을 뿐이다.

마을 사람들은 멀리서 그런 그들을 구경하면서 혀를 찼다. 미친놈 둘이 찾아왔다고 여겼으리라.


## 2. 그가 하는 일


그들은 땅을 일구었다.

사람들은 멀리서 구경만 할 뿐 누구도 그들에게 무엇을 하느냐고, 쓸데없는 짓 하지 말라고 하지 않았다.

며칠이 지나자 이제는 구경하는 사람들마저 사라졌다. 다들 저 먹고살 일도 바쁜 탓이려니와, 미친놈들이 뭘 하든 신경 쓸 일 없는 것 아닌가.

　황보숭은 자갈을 골라냈고, 청화륜은 포대에 흙을 담아 끌고 왔다. 그것을 자갈 사이에 한 줌씩 뿌리고 다독인다. 마치 흙을 심는 것 같은 모습이었다.

　어느덧 두 사람 모두 땀과 흙에 범벅이 되어서 청수하고 잘생겼던 원래의 모습을 찾아볼 수 없게 되었다.

　준비해 왔던 양식이 다 떨어져 갈 때쯤 황보숭이 저자에 내려가 옥수수를 사 왔다.

　정제한 것은 죽을 쑤어 먹었고, 씨앗은 자갈 틈마다 채워 넣은 흙 속에 정성껏 심었다.

　문제는 물이었다. 아무리 거친 땅에서도 잘 자라주는 옥수수라지만 물이 없이는 뿌리를 내릴 수 없다.

　그 문제를 해결하기 위해서 황보숭은 며칠 동안 청화륜과 함께 산에서 무성한 대나무를 베어왔다. 굵은 줄기의 속을 파고 자갈밭에 골을 낸 다음 그것을 묻는 일을 하는 데에만 이틀이 꼬박 걸렸다.

　옥수수를 심어놓은 일백 평 남짓한 자갈밭에 한 걸음 사이를 두고 고랑을 이루듯이 대나무 관을 매설한 것이다.

　산에는 작은 개울이 몇 군데 있었는데 황보숭은 황무지에서 파낸 자갈을 져 날라 그곳에 야트막한 둑을 쌓았다. 그리고 속을 파낸 대나무를 둑 가운데 박아 넣더니 그것들을 서로 길게 이어 내려왔다. 작은 수로를 만든 것이다.

그렇게 황무지까지 이어 내려온 길이만 무려 오백여 보에 달했다. 그것을 미리 매설해 놓은 대나무 관에 연결하고 작은 구멍을 숭숭 뚫은 다음 자갈로 덮어두는 걸로 마무리했다.

며칠이 지나자 개울 위쪽에 쌓아놓은 둑에 물이 찼다. 그러자 거기 박아놓은 대나무를 통해 물이 황무지까지 흘러내렸다.

그것이 땅에 박아놓은 대나무 관으로 퍼져 흐르자 옥수수 밭에 물을 대는 수로 역할을 했다.

그것을 처음 본 마을 사람들은 모두 신기하게 여겼지만 여전히 상관하지 않았다. 저렇게 해서 얼마나 되는 밭을 일굴 수 있을 것인가 하고 비웃을 뿐이다.

저런 식으로 황무지 전체에 관을 심어놓자면 온 산에 있는 대나무를 다 베어내도 부족할 것이다. 그러나 일백여 평의 자갈밭에는 물을 대기에 부족함이 없었다.

봄이 깊어지면서 자갈 사이에서 파릇파릇하게 싹이 돋아나더니 하루가 다르게 쑥쑥 자라 그해 가을이 다가올 무렵에는 제법 무성한 옥수수 밭이 되어주었다.

옥수수가 잘 익어서 줄기마다 누런 옥수수자루들이 터질

듯이 매달려 흔들렸다.

그만한 수확이면 두 사람이 그럭저럭 일 년 먹을 양식은 되었다. 이 황량한 자갈밭에서 믿을 수 없는 성과를 이룬 것이다.

그것을 보면서 마을 사람들은 비로소 감탄하고 관심을 보였다.

그러나 그뿐이다. 삼백만 평에 달하는 이 넓은 자갈밭을 보면 황보숭과 청화륜이 해놓은 건 보잘것없는 짓에 지나지 않았던 것이다.

옥수수를 수확한 황보숭은 그것을 말리고 잘 빻아서 고운 가루로 만들더니 떡을 찌고 술을 담갔다. 그리고 사냥을 나가 멧돼지 두 마리를 잡아와 마을 사람 모두를 청했다. 첫 수확을 축하하는 잔치의 자리를 만든 것이다.

마을 사람들은 신기해하고 황보숭과 청화륜의 수고를 치하하는 한편, 오랜만에 배불리 먹고 마시며 즐거워했다.

그들이 모두 술기운에 불콰해지고 배가 불렀을 때쯤 황보숭이 말했다.

"산에는 여러 개의 개울이 있는데, 큰 것은 폭이 한 길쯤 되고 물살이 세며, 작은 것은 폭이 한 자쯤 되고 물이 마르지 않소이다. 이곳에서 가까운 곳에 있는 개울만 다섯 개가 되더이다. 그것들이 저 아래쪽의 골짜기로 흘러 떨어지니 골짜기의 물은 쓸 데 없으려니와 그 위쪽의 개울 다섯 개는 쓸모가 있소."

촌장이 웃으며 대꾸했다.

"설마 대나무를 잘라서 관을 만들어 이 넓은 황무지 전체에 깔자는 건 아니겠지요?"

황보숭도 웃으며 어느덧 머리 위에 둥실 떠올라 있는 보름달을 가리켰다.

"달빛에 비친 그림자만 열심히 바라보고 있어서야 어디 저기 있는 달을 볼 수 있겠소?"

"무슨 말이오?"

"나는 여러분에게 가능성 한 개를 보여주었을 뿐이외다. 내가 보여주고 싶었던 건 자갈밭에 박은 대나무관이 아니라 저 위에 흐르고 있는 개울과 그것을 막은 작은 둑이라오."

"……?"

"작은 둑 한 개를 쌓아서 일백 평의 밭에 옥수수를 기를 수 있었으니 큰 둑을 쌓으면 오천 평의 밭에 옥수수를 기를 수 있지 않겠소? 그런 둑이 다섯 개가 있으면 우선 마을 사람들이 충분히 먹고 남을 옥수수를 키울 수 있을 것이오. 그러면 더 이상 이곳은 버려진 땅이 아니고, 당신들의 생활은 궁핍하지 않을 것이외다."

"일리가 있소."

궁핍하지 않게 되리라는 말에 마을 사람들이 비로소 관심을 보였다. 콧방귀만 뀌어대던 자도 황보숭의 말에 귀를 기울였다.

촌장이 머리를 갸웃거렸다.

"하지만 다섯 개의 큰 둑을 쌓으려면 우리 마을 사람들만으로는 턱도 없으려니와 누가 될지 안 될지도 모르는 그런 일에 팔 걷고 나서겠소?"

"우선 한 개만 쌓아봅시다. 그래서 오천 평의 밭을 만든다면 내년 가을에는 마을 사람들 모두가 한 해 동안 먹을 옥수수를 거둘 수 있게 될 것이오. 이곳에 자갈은 한없이 많고 딱히 농사일에 바쁜 계절도 아니니 노는 손으로 둑 한 개는 겨울이 오기 전에 쌓을 수 있지 않겠소?"

큰 둑 한 개라면 해볼 만했다. 오천 평의 밭에 대나무 관을 묻는 일도 그리 어렵지는 않을 것이다. 수량이 풍부해진다면 대나무 관을 드문드문 묻어도 될 것이기 때문이다.

그 일을 하는 동안 마을 사람들에게 먹을 양식을 대주겠다고 하자 사람들이 모두 술렁거렸다.

"해봅시다. 노는 손에 자갈 한 개 들어 옮기지 못하겠소?"

장정 한 사람이 호기롭게 말하자 분위기가 고조되었다.

그날 배부르게 먹고 마신 사람들은 다음날부터 모두 들판으로 나왔다.

사내들은 노인, 아이 할 것 없이 황보숭의 지시에 따라 자갈을 캐 나르는 한편, 아낙네들은 산에서 흙을 파 채로 걸러 내고 물과 섞어 진흙을 만들었다.

황보숭은 마을 사람들을 독려하여 좁고 긴 골짜기를 택해 상류에 둑을 쌓기 시작했다.

오십여 명 남짓한 사람이 모두 달려들어 손을 모으자 예상보다 빠르게 일이 진행되었다.

드디어 가을이 다 지나갈 무렵 골짜기에는 어른 키 하나 정도의 단단한 둑이 쌓였다. 그것에 여러 개의 대나무 관을 박은 다음 그것을 이어 벌판까지 끌어오고, 다시 바둑판처럼 서로 연결하는 일이 끝나자 첫눈이 내렸다.

황보숭은 더욱 마을 사람들을 독려하여 이번에는 산에서 흙을 퍼 나르게 했다. 그것으로 자갈밭을 메우기 위해서이다.

마을 사람들이 모두 달려들었다고 해도 오천 평이나 되는 넓은 자갈밭에 흙을 덮는 일은 쉽지 않았다. 황보숭은 옥수수가 처음 뿌리를 내릴 수 있을 만큼의 흙만 있으면 된다고 했다. 얇게 덮어도 되는 것이다.

그 속에 뿌리를 내린 씨앗은 다음부터는 제가 알아서 자갈 사이를 비집고 뿌리를 뻗어갈 것이다. 얇게 덮인 흙이 어느 정도 수분의 증발을 막아줄 테니 뿌리가 아주 말라 버릴 염려는 없다.

날씨가 추워져 땅이 얼었다. 더 이상 흙을 퍼올 수 없게 되었을 무렵에 드디어 오천 평의 밭이 만들어졌다.

"이번 겨울에는 눈이 많이 올 것이다. 봄이 되면 저 둑에 금방 물이 차 넘치겠지."

황보숭이 하늘을 보며 중얼거린 대로 그해 겨울에는 여느 해보다 많은 눈이 내렸다. 그리고 봄이 되자 눈 녹은 물이 둑을 넘치도록 채우고 흘러내렸다.

묻어놓은 대나무 관을 통해 흙 덮은 밭에 물이 쉬지 않고 흘러들었으므로 땅이 살아나기 시작했다.

황보숭이 장정 몇 사람을 데리고 저자에 나가 파종할 옥수수 씨앗을 다섯 가마나 지고 오자 마을 사람들은 모두 환호했다.

축축한 흙에 옥수수를 심고 나자 벌써 배부르게 될 가을이 기다려진다.

우기가 되어 많은 비가 쏟아졌고, 화문평의 흙이 몽땅 쓸려갔지만 옥수수가 뿌리 내리고 있는 곳은 무사했다. 황보숭이 밭 둘레를 따라 도랑을 파고 자갈로 물막이 둑을 쌓아두었기 때문이다.

우기가 끝나고 바람이 서늘해질 무렵 과연 오천 평의 밭에는 미어지도록 옥수수가 자라 바람이 불면 파도 소리를 내며 흔들렸다.

그러자 그 소문이 저자에 온통 퍼져 구경하러 오는 사람들의 발길이 끊이지 않았다.

"금년 가을의 옥수수 농사가 대풍이니 반드시 이번 겨울에는 이곳에 터를 잡겠다고 찾아오는 사람들이 많아질 것이오. 그러면 그들의 노동력을 이용해 두 개의 둑을 더 쌓을 수 있을 테고, 내년 봄에는 일만 오천 평의 밭이 새로 생겨날 것이오."

황보숭이 그렇게 말했다.

촌장과 마을 사람들은 그 말을 반신반의했다. 이처럼 궁벽한 곳에 누가 살겠다고 찾아올까 싶었던 것이다.

수확이 끝나자 황보숭이 길 떠날 채비를 했다.

"어디로 가시려고요?"

청화륜이 의아하여 묻자 황보숭이 빙긋 웃었다.

"이 겨울이 가기 전에 사람들이 늘어날 테니 내년 농사를 지으려면 그들을 먹여 살릴 식량과 씨앗을 더 많이 준비해야 하지 않겠느냐?"

"이제 지니고 있던 돈도 다 떨어졌는데 무엇으로 그렇게 한단 말입니까?"

"그러니 돈을 구해와야지. 여기서 기다리고 있어라."

그리고는 더 이상의 설명도 없이 훌훌 옷자락을 펄럭이며 떠나갔다.

그런 황보숭을 보면서 청화륜은 참 기이한 사람이라고 생각했다.

지난 이 년 가까이 그와 사부와 제자 흉내를 내다 보니 이제는 그게 몸에 배어서 그를 공경하는 게 조금도 어색하지 않았고, 황보숭으로부터 이래라저래라 소리를 듣는 것도 당연하게 여겨졌다.

황보숭은 제자이자 자식처럼 그를 대했고, 청화륜 또한 스승이자 아버지처럼 황보숭을 대하게 되었던 것이다.

그에게서는 이제 거드름과 오만함을 찾아볼 수 없었다. 아무도 그가 청오랑국의 태자라고는 여기지 않을 것이다.

이 년의 힘든 농사일이 황무지를 변화시켰듯 청화륜의 심성도 변화시킨 것 같았다.

청화륜은 황보숭에 대한 굳은 신뢰감을 갖게 되었다. 누구도 경작할 엄두를 내지 못했던 황무지를 옥수수 밭으로 탈바꿈시킨 그의 지혜와 과단성을 존경했다.


## 3. 협상의 기술


황보숭이 홀로 찾아간 곳은 거부이자 거상(巨商)이면서 화문평의 주인이기도 한 동태웅의 거처였다.

그곳은 높은 담 안에 네 개의 전각이 있는 대저택이었다.

동태웅은 척라국 내에서도 열 손가락 안에 꼽히는 부호이니 이만한 저택을 호사스럽다고 할 수는 없을 것이다.

전란에도 화를 입지 않았던지 멀쩡한 모습을 가지고 있었는데, 역시 돈의 위력이리라.

초라하고 남루한 행색의 늙은이 황보숭이 궁궐의 대문 같은 그 저택의 문 앞에 서자 더욱 초라해 보였다.

그러나 황보숭은 당당했다. 기개만큼은 오히려 대저택이 작아 보이게 한다.

문을 두드리자 안에서 종이 나왔다. 작은 문을 열고 내다보는데, 이리저리 황보숭을 훑어보는 눈길이 곱지 않았다.

"무슨 일이야?"

대뜸 하대를 한다. 우습게 여긴 것이다.

황보숭은 담담하고 당당했다.

"동 대인을 만나러 왔으니 그렇게 전하여라."

의젓하게 말하자 종이 벌컥 화를 냈다.

"빌어먹을 늙은이가 아침부터 헛소리를 하고 있어. 나를 놀리는 것이냐? 어서 꺼져 버려!"

사정없이 눈을 흘기고 문을 닫으려는 종에게 황보숭이 역시 담담하게 말했다.

"내 말을 전하지 않으면 너는 동 대인에게 태장을 맞고 이 집은 물론 땅에서도 쫓겨나 발붙일 곳이 없게 될 것이다."

그 말에 종이 멈칫했다.

"뭐라고?"

"이익을 주려고 온 사람을 내쫓는다면 주인이 그 종을 어떻게 하겠느냐?"

종이 닫으려던 문을 다시 조금 더 열었다. 말투도 달라진다.

"무슨 이익 말이오?"

"너로서는 상상할 수 없는 큰 이익이지. 말을 전하겠느냐, 말겠느냐?"

이리저리 황보숭을 훑어보는 종의 눈이 날카로웠다. 긴가민가하여 망설이던 그가 한결 부드럽게 말했다.

"그런데 뉘시라고 전해 드려야 하오?"

"화문평에서 온 노인이라고 하면 벌써 알고 계실 게다."

"기다리시오."

종이 문을 닫고 안으로 사라졌다.

문 앞에 우두커니 서서 무료하게 기다리기를 얼마나 했을까, 안에서 급히 다가오는 발소리가 들리더니 문이 활짝 열렸다.

"어서 오십시오. 그러잖아도 주인께서 기다리고 계셨답니다."

활짝 웃는 얼굴로 반갑게 맞는 사람은 사십대의 얼굴이 하얀 자였다. 선비티가 나는 것이 예사 종과는 달랐다.

"소생은 집사인 도학겸이라고 합니다. 어서 드시지요."

집사라면 많은 종을 부리는 위치에 있는 자다. 이 큰 저택의 집사 정도가 되면 그 위세가 주인 못지않은데, 그런 자가 몸소 나왔으니 당황하기도 하련만 황보숭은 여전히 담담했다.

그의 안내를 받아 문안으로 들어서자 조금 전 문을 열었던 종이 사색이 된 얼굴로 어쩔 줄 모르고 서 있었다.

안쪽에서는 더 많은 종들이 한껏 공경하는 모습으로 황보숭을 향해 허리를 숙여 인사했다.

누구인지는 모르지만 집사가 허둥지둥 달려나가 맞이한 사람이니 대단한 손님이라고 여긴 것이다.

그러나 황보숭의 차림새를 훔쳐보고는 다들 머리를 갸웃거렸다.

황보숭이 집사 도학겸에게 물었다.

"동 대인이 나를 기다리셨다고 했는가?"

"그렇습니다."

"그래? 내가 올 줄 어찌 알고?"

"소생이 어찌 대인의 깊은 흉중을 헤아려 볼 수 있겠습니까? 그저 그렇게 말씀하셨으니 알 뿐이지요."

"흐음."

황보숭은 아직 만나보지 않았지만 동태웅이라는 자가 여간내기가 아닐 것이라고 짐작했다. 그렇다면 일이 어려워질 수도 있다.

집사를 따라 두 개의 월동문을 지나자 아늑한 후원이 나왔다. 거기 수국이 만개한 연못가에 작은 정자 한 채가 그림처럼 앉아 있었는데, 마치 깊은 숲 속에 들어와 있는 것처럼 적요했다.

황보숭은 동태웅이 제법 운치를 즐길 줄도 아는 자라는 걸 알았다. 그런 자들일수록 생각이 깊고 심지가 곧으니 상대하기 쉽지 않다는 걸 알지만 황보숭은 조금도 당황하거나 초조해하지 않았다.

정자 안에서 동태웅이 황보숭을 기다리고 있었다.

육십대의 노인이었는데, 수수한 옷을 입었고 후덕하지만 지극히 평범해 보이는 인상이었다.

저자에 나가면 흔히 볼 수 있는 유복한 노인의 모습, 이상도 이하도 아니다.

하지만 그의 두 눈만은 밝게 빛나고 있었다. 광채가 강렬해서 어지간한 자는 그 눈을 똑바로 바라볼 수 없을 정도였다.

두 사람이 빈 탁자를 마주하고 앉았는데, 어디를 가나 손님이 오면 내놓게 마련인 차 한 잔도 없었다.

황보숭을 살펴보길 얼마쯤, 동태웅이 여전히 그의 용모를

살피며 느릿느릿 말했다.

"나는 당신을 알지."

황보숭이 빙긋 웃었다.

"나도 당신을 안다오."

동태웅이 의미심장하게 바라보며 물었다.

"당신은 나의 무엇을 아시오?"

"장사꾼이라는 것."

불쑥 말을 던진 황보숭이 처음으로 표정을 보였다. 경멸하는 기색이다.

동태웅이 불쾌한 듯 눈살을 찌푸렸다.

"장사꾼이 어때서?"

"돈이 되겠다 싶으면 제 처자식도 서슴없이 팔지."

"마누라야 또 얻으면 되고 자식도 또 낳으면 되지 않소?"

"늙어서 얻은 마누라가 어찌 나를 즐겁게 해줄 것이며, 늙어서 얻은 자식이 어찌 효도를 다할 수 있겠소?"

"늙었어도 내게는 돈이 있지. 당신은 지금 그걸 구걸하기 위해 온 게 아니오? 그렇다면 내 화를 돋우어서는 안 될 텐데?"

"당신이 이렇게 나를 만나고 있는 건 나에게서 돈을 보았기 때문이겠지. 그러니 아쉬운 건 당신이지 않소?"

"나는 당신에게 찾아가지 않았소."

"교활해서이지. 아니면 거만해서이거나."

"으음."

동태웅이 더욱 낯을 찌푸렸다. 심히 불쾌해서 노여움을 참기 힘들다는 듯 몸을 뒤로 물리고 거친 숨을 뱉어낸다.

정자 아래에서 대기하고 있는 집사 도학겸이 잔뜩 긴장했다. 주인의 화가 더 솟구칠 것 같으면 즉시 종들을 불러와 황보숭을 끌어낼 생각이다.

한동안 씩씩거리던 동태웅이 겨우 마음을 가라앉히고 다시 말했다.

"무얼 원하시오?"

"당신의 돈."

"얼마면 되겠소?"

"일만 냥."

적은 돈이 아니다.

동태웅이 노려보듯이 황보숭을 한동안 바라보았다. 이글거리는 눈빛이 더욱 강렬해졌지만 황보숭은 태연하기만 했다. 제가 맡겨놓은 걸 찾으러 온 사람 같다.

동태웅이 얼굴을 펴고 평소의 안색으로 돌아와 거만하게 말했다.

"당신은 고작 황무지 한 귀퉁이를 개간한 걸 가지고 내 앞에서 위세를 떨려는 것이오?"

"지금은 오천 평을 개간한 데에 지나지 않지만 내년 봄에는 일만 평이 더 개간되어 넓은 땅에 옥수수가 가득해질 것이오."

"일만 평이든 십만 평이든 화문평은 내 땅이니 그곳에서 거두는 소출도 모두 내 것이오. 나는 지금이라도 그곳의 옥수수 밭을 뭉개 버리고 거기 붙어사는 사람들을 내쫓을 수 있소."

땅 주인의 허락도 없이 멋대로 작물을 재배했으니 그렇게 한다고 해도 뭐라고 할 수 없다. 그러나 황보숭은 동태웅의 협박에도 느긋하기만 했다. 아니, 더욱 경멸하는 얼굴로 비웃는다.

"삼 년 뒤에는 일백만 평의 황무지가 옥수수로 가득한 황금의 땅이 되고, 다시 삼 년이 지나면 삼백만 평 모두가 그렇게 될 텐데 그걸 마다하겠다니? 그렇다면 마음대로 하시구려."

"당신에게 그럴 능력이 있을까?"

이번에는 동태웅이 비웃었다. 황보숭도 마주 웃는다.

"당신이 원치 않으면 그만이오. 그 땅은 당신 것이니 당신 마음대로 해도 되지. 황무지로 버려둔다고 해도 누가 뭐라고 할 사람은 없소. 실례했소이다."

황보숭이 자리에서 일어섰다. 미련없이 떠나려는데 동태

웅이 그의 등에 대고 물었다.

"나에게 돌아오는 건 무엇이오?"

황보숭이 돌아서지 않고 고개만 돌려 말했다.

"사람들의 마음. 그만하면 손해 보는 장사는 아니라고 생각하오만?"

동태웅이 빙긋 웃었다.

"일만 냥이면 되겠소?"

"닷새 안에 오백 명의 사람이 삼 년 먹을 양식과 개간에 필요한 농기구 일체와 파종할 옥수수 씨앗, 그리고 스무 마리의 힘 좋은 소를 보내주시오. 돈이 부족하면 더 채우고 남는다면 당신의 창고에 다시 넣어두시오."

"당신은 한 푼도 주머니에 넣지 않겠다는 거요?"

"필요없소."

황보숭이 더 이상 있고 싶지 않다는 듯 옷자락을 펄럭이며 제집에서 나가듯 떠나갔다.

한동안 어이없다는 얼굴로 그가 사라진 허공을 바라보던 집사 도학겸이 비로소 말했다.

"미친 사람일까요?"

"큰 사람이다."

"예?"

"그가 주문한 걸 다 들었겠지?"

"그렇습니다만, 설마 정말로……."

"사흘 안에 모두 준비해야 그가 말한 닷새의 기한을 지킬 수 있다. 서둘러라."

"대인!"

도학겸의 입이 놀람으로 쩍 벌어졌고, 동태웅은 제 무릎을 치며 대소를 터뜨렸다.

"하하하, 죽기 전에는 영영 날아볼 수 없을 줄 알았는데 이제야 날 수 있게 되었구나. 하늘이 나를 불쌍히 여겨서 그 사람을 보내준 것이야."

그러더니 여전히 넋이 나가 있는 도학겸에게 호통쳤다.

"무엇 하고 있는 게냐? 사흘 안에 그 모든 준비를 마치려면 발이 부르트도록 뛰어다녀도 부족할 텐데?"

깜짝 놀란 도학겸이 머리를 흔들며 바삐 사라졌다.


흰 말을 탄 동태웅이 몸소 종들을 거느리고 찾아왔다.

스무 마리의 소가 끄는 커다란 수레에 옥수수 씨앗과 도구가 넘치도록 실려 있었으며, 그 뒤로는 다시 서른 마리의 말이 곡식을 가득 실은 서른 대의 수레를 끌고 따라왔다.

그것들을 부리는 장정들만 해도 삼십여 명은 족히 되었으니 황무지에 살던 사람들에게는 생전 처음 보는 거창한 행렬이었다.

식량이며 씨앗을 가득 담은 포대가 산처럼 쌓이고, 대장간에서 막 뽑아온 것 같은 온갖 농기구들이 내려지자 마을 사람들의 놀람은 극에 달했다.

사람들은 지난 사흘 동안 빈집 하나를 수리해 창고로 개조하기 위해 눈코 뜰 새 없이 바빴다.

어디론가 떠났다가 이틀 만에 돌아온 황보숭이 재촉했던 것이다.

마을 사람들은 그의 말에 따라 부지런히 일하면서도 이 궁벽한 곳에 넓은 창고가 왜 필요한지 몰라 머리를 갸웃거렸다.

그러나 이제는 그 창고도 부족할 만큼 물품이 쌓이자 놀람이 기쁨으로, 기쁨이 다시 놀람으로 바뀌었다. 그럴 만한 놀람이다.

"어떻소? 나는 약속을 모두 지켰소. 도와줄 장정들까지 서른 명이나 데려왔으니 하시오?"

"잘했소."

"이 장정들은 본래 내 마음대로 부리시오.

황보숭의 눈치를 보며

"더 필요한 게 있으

"이만하면 충분하오."

빙긋 웃은 황보숭이 태자 청화륜을 불러와 처음으로 두 사람을 만나게 해주었다.

"제자로 데리고 있는 몽위라오. 아직 많이 부족하지만 머지않아 나를 대신하기에 충분할 것이니 당신이 잘 돌보아주기 바라오."

고개를 끄덕인 동태웅이 청화륜을 유심히 바라보더니 머리를 갸웃거렸다.

"그런데 어디서 본 것 같은 얼굴이구려."

과거에 그는 장사를 위해 수시로 척라국과 청오랑국을 오간 적이 있었다. 그때는 두 나라가 한창 전성기를 맞고 있을 때라 무역의 규모도 컸다.

그는 신성대제 청하겸이 머무는 왕성에까지 들어가 귀한 □들을 팔거나 더러 진상한 적이 있는데, 그때 몇 번인가 □에서 태자 청화륜을 언뜻 보기도 했었다.

□ 그때는 청화륜이 막 청년이 되려는 무렵이었으며, □자의 신분이었으니 지금과는 같지 않았다.

□ 웃으며 말했다.

□를 보았는지 모르나 비슷한 사람이야 어디에 □요."

□ 끄덕였으나 동태웅의 낯빛은 왠지 그늘이

져 있었다.

 떠나기 전 그가 황보숭을 따로 만나 은밀하게 말했다.

 "나는 당신의 이름이 황보숭이라는 걸 알고 있소. 내가 들어서 알고 있는 황보 대인은 청오랑국의 현자이지."

 의미심장한 눈으로 황보숭을 바라본다. 황보숭은 가타부타 말을 하지 않았다.

 "당신이 누구이든 이제 그것은 중요하지 않소. 다만 당신을 위해 한 가지 조언을 해주지 않을 수 없구려."

 "말해보시오."

 "당신의 제자는 아무래도 멀리하는 게 좋을 것 같소이다."

 "어째서 그렇게 생각하시오?"

 "그의 눈을 보았소이다. 눈빛이 흐리고 깊으며 수
하니 그런 사람은 반드시 남에게 해를 끼칠 사람
결코 가까이할 게 못 된다오."

 "하하, 동 대인, 당신은 언제 관상을

 "장사꾼은 멀리 돌아다니고 많
겪게 마련이니 따로 배우지
게 된다오. 그러니 내 말을

 "잘 알았소. 잊지 않고

 황보숭은 웃으며 동
다.

"누구나 한 가지 일에 전심을 다하면 그 한 가지뿐만 아니라 열 가지를 절로 얻게 되는 것이구나."

동태웅의 안목에 감탄하는 한편, 자신의 앞날을 생각하며 우울해지지 않을 수 없었다.

그러나 황보숭은 여전히 황보강을 위해서라면, 그의 사나운 업을 대신 질 수만 있다면 내 한목숨쯤 조금도 아깝지 않다고 생각했다.

## 4. 대풍(大豊)

땅에 자갈이 잔뜩 드러나 척박한 건 물이 흙을 쓸어가 버리기 때문이다.

우기가 되어 많은 비가 쏟아지면 경사진 화문평은 견디지 못했다.

지난 일 년 동안 몇 그루의 작은 나무와 잡풀들이 붙잡아두었던 한 줌의 흙마저도 콸콸 흘러내리는 물에 모두 쓸려가고 말았던 것이다.

니 자갈이 더욱 드러날 수밖에 없고, 나무며 풀은 뿌리
내릴 수 없다. 그러면 흙을 잡아두는 힘이 약해 금방
려 내려가 버리고 더욱 많은 자갈이 드러나게 된

황보숭은 그런 악순환의 고리를 끊는 일이 우선이라고 생각했다. 그래서 그해에는 옥수수를 파종하지 않았다.

　대신 여기저기 돌아다니며 빗물이 흘러들어 올 만한 곳을 찾아냈는데, 완만하게 경사진 화문평의 왼쪽 위가 가장 심했다.

　우선 황보숭은 사람들을 독려하여 그곳에 긴 둑을 쌓게 했다. 그런 다음에 약한 물줄기가 흘러들 오른쪽 위에는 고랑을 깊이 파서 물길을 만든 다음 그것이 깊은 웅덩이로 흘러가도록 했다.

　그와 같이 단단한 둑을 쌓으면서 고랑을 내고 물웅덩이를 파는 일은 간단치가 않았다. 온통 자갈뿐인 땅을 긁어내고 파내는 일에 마을 사람들과 장정들 모두가 달려들었어도 두 달이 넘게 걸렸다.

　그러는 동안 화문평에 가면 먹을 양식을 거저 나누어 준다는 소문이 저자에까지 퍼졌고, 오갈 데 없는 유민들이 하나둘씩 찾아오기 시작하더니 일차 공사가 끝나갈 즈음에는 어느덧 삼백여 명의 새 식구가 화문평에 자리 잡게 되었다.

　황보숭은 오백 명까지 받아들일 생각이었다. 그래서 동태웅에게 오백 명이 삼 년 먹을 양식을 요구했던 것이다.

　원래 화문평에 붙어살던 오십여 명의 사람들까지 더하자 이제는 대공사를 할 만한 인원이 되었다.

그때부터 황보숭은 청화륜과 함께 사람들을 독려하여 큰 공사를 시작했다.

산의 개울들을 막아 큰 둑을 쌓고, 물길이 모이는 아래쪽에는 이쪽 골짜기와 저쪽 골짜기를 막아 크고 단단한 둑을 쌓게 한 것이다. 저수고(貯水庫)를 만드는 일이었다.

위의 둑을 채우고 넘쳐흐르는 물은 자연히 아래쪽의 저수고에 모이게 된다. 그곳의 위치가 화문평보다 아래쪽에 있으니 저수고의 물을 끌어올릴 수차를 건설한다면 사철 황무지에 물을 댈 수 있을 것이다.

일 년이 그렇게 지났을 때 드디어 네 개의 큰 둑과 한 개의 저수고가 만들어졌다.

다음으로는 자갈밭을 흙으로 덮는 일이다.

황보숭은 가을까지 산에서 흙을 퍼와 자갈밭을 얇게 덮는 일을 시켰다. 다들 서두른 덕에 빠르게 일이 진전되어 겨울이 되기 전 오십여 만 평의 밭을 흙으로 덮을 수 있었다. 그리고 그해 겨울에는 많은 눈이 내렸다.

봄이 되자 눈 녹은 물이 흘러 위쪽의 둑과 저수고를 채우기 시작했고, 오십만 평의 밭을 덮은 흙은 물기를 잔뜩 머금고 축축해졌다.

그해 봄에 황보숭은 비로소 씨앗 가마를 풀어 오십만 평에 옥수수를 파종했다.

그리고 우기가 찾아왔다.

많은 비가 쏟아졌지만 황보숭의 생각대로 더 이상 화문평을 휩쓸어가지 못했다. 오히려 저수고의 물이 넘쳐 나도록 채워주었을 뿐이다.

그 결과 여름이 끝나갈 무렵에는 오십만 평의 밭에 누런 옥수수가 가득 자랐다. 대풍이었다.

외지인들이 더 찾아왔고, 오백 명을 넘어서 이제는 천여 명을 바라보게 되었다. 그 사람들을 시켜서 나머지 오십여 만 평의 밭을 개간하는 일은 훨씬 수월했다.

그렇게 다시 한 해가 지나 동태웅에게 말한 삼 년이 되었을 때는 화문평 전체의 삼분지 일에 달하는 일백만 평의 황무지가 온통 옥수수 밭으로 변했다.

그곳에서 거두어들인 수확으로 노동에 참가한 일천여 명의 사람들에게 일 년 양식을 나누어 주고도 옥수수가 산더미처럼 쌓였다. 그것을 저자에 내다 팔자 삼천 냥의 이문이 남았다.

황보숭은 그 돈을 모두 수레에 실어 동태웅에게로 가져갔다.

"과연, 과연!"

몸소 대문까지 달려나온 동태웅이 뛸 듯이 기뻐했다.

"이렇게 다시 삼 년이 지나면 당신에게서 빌려갔던 일만

냥을 모두 갚을 수 있을 것이오."

"내가 언제 그 돈을 돌려달라고 합디까?"

"당신의 돈으로 당신의 땅에서 농사를 지어 수확했으니 당신이 모두 갖는 게 당연하지 않겠소? 노동을 하고 농사를 지은 사람들에게는 그들이 먹고살 만큼의 양식만 남겨주면 될 것이오."

"자, 자, 그 얘기는 천천히 하고 우선 안으로 들어갑시다."

동태웅이 안 듯이 하여 황보숭을 넓은 정청으로 인도했다.

그의 연이은 호령에 종들이 이리 뛰고 저리 뛰느라고 정신을 차리지 못했다.

얼마 지나지 않아 정청 가득 푸짐한 음식상이 차려졌는데, 황보숭으로서는 여태까지 듣지도 보지도 못했던 산해진미가 가득했다.

거기에 향기로운 미주가 곁들여지니 황제의 만찬이 부럽지 않을 지경이었다.

동태웅이 열심히 권했지만 황보숭은 그 많은 음식 중 밥 반 접시와 나물 볶은 것 몇 가지를 집어 먹었을 뿐이다. 온갖 기름진 음식들에는 젓가락도 대지 않았다.

동태웅이 걱정스런 얼굴로 물었다.

"왜? 음식이 입에 맞지 않으시오?"

"아니. 나는 다만 몸을 고생시키지 않으려는 것이니 신경 쓰지 마시오."

"배탈이 날까 봐서?"

"기름지고 맛있는 음식을 맛보면 다음부터 내 몸이 그것을
먹지 못하는 걸 괴로워하지 않겠소?"

"하하, 그 일이라면 걱정 마시오. 평생 내가 당신이 먹을
음식을 대리다."

"평생 나의 주인 노릇을 하겠다는 것이오?"

"그건 또 무슨 소리요?"

"사람이 일을 하는 건 음식을 먹기 위한 것 아니겠소? 남의
종살이를 하는 건 배부르게 먹을 수 있기 때문이고, 돈을 버
는 것도 그와 같. 자식이 부모를 따르는 건 부모가 거르지
않고 음식을 먹여주기 때문이고, 신하가 왕을 모시는 건 왕으
로부터 음식이 나오기 때문이라오. 이치가 그런데 당신이 평
생 나에게 음식을 대주겠다고 하는 건 곧 평생 나의 주인이
되겠다는 것과 다름없지 않겠소?"

"하하, 괴변이로군. 어찌 사람이 음식 때문에 살겠소? 어찌
자식이 음식 때문에 부모를 사랑하겠소?"

"세상이 어렵고 앞날이 어찌 될지 모르는 불안한 때에는
그렇게 되는 거라오."

"그 말은?"

"지금 세상이 그런 괴변이 사실이 될 만큼 불안하고 어렵

다는 말이외다. 다들 누군가 배불리 먹여줄 사람을 찾고, 누군가 안전하게 살 수 있도록 해줄 사람을 찾아 이리저리 떠돌지. 그런 사람들이 얼마나 될 것 같소?"

동태웅의 낯빛이 심각해졌다. 황보숭이 천천히 말했다.

"천하에는 그런 사람들이 헤아릴 수도 없이 많을 것이오. 아마도 대황국의 황제 사량격발이 자랑하는 그의 병사들보다 백배는 더 많겠지."

동태웅은 어느덧 젓가락을 내려놓고 있었다. 긴장하여 황보숭을 뚫어지게 바라본다. 황보숭이 말을 계속했다.

"만약 동 대인 당신이 일만 명을 먹여줄 수 있다면 당장 작은 성 하나쯤은 차지하고 위세를 떨칠 수 있겠지. 십만 명을 먹여준다면 작은 나라를 하나 세울 수도 있을 것이오. 만약 거기에서 더 나아가 백만 명의 배를 채워줄 수 있다면 어떻게 되겠소?"

"당신……."

"일만 명의 병사를 거느린다면 당신은 십만 명의 백성에게서 세금을 걷을 수 있을 것이오. 십만 명의 병사를 거느린다면 백만 명으로부터 그렇게 할 수 있으니 더 많은 돈을 벌겠지. 백만 명의 병사가 있으면 어떻게 될 것 같소?"

이제 동태웅은 입을 굳게 다물었다.

이글거리는 눈으로 큰 적을 노려보듯이 황보숭을 노려볼

뿐이다. 그러나 황보숭은 아무것도 모르는 것처럼 여전히 느릿느릿 제 말을 했다.

"천만 명의 백성에게서 세금을 걷는다면 늘 곳간에 천만금이 넘쳐 날 테니 병사들을 먹이고 입히고 돌보는 데 부족함이 없을뿐더러 오히려 남을 것이오. 그러면 찾아오는 백성들이 더 많아질 것이고, 병사들도 더 많이 뽑아 쓸 수 있게 되겠지. 그런 다음에는……."

황보숭이 비로소 말을 멈추고 빙그레 웃으며 동태웅을 마주 보았다.

한참 뒤에 낮게 말한다.

"그러니 나라를 다스리는 일이야말로 가장 큰 이문을 남기는 장사가 아니겠소? 장차 천하를 다스리게 된다면 더 이상 말할 것도 없지."

'천하!'

동태웅의 가슴속에 온통 그 말이 가득 들어차 웅웅 울렸다.

날이 어두워지도록 정청 안에는 무거운 침묵이 흘렀다.

불도 켜지 않은 채 마주 앉은 두 사람은 그대로 석상이 된 것 같았다.

기름지고 향기로운 음식이 싸늘히 식은 지 오래되었지만 두 사람은 이제 그것에 신경 쓰지 않았고, 감히 음식을 바꾸기 위해 들어오는 종들도 없었다.

"당신은 그 말을 하기 위해 나를 찾아온 것이었소?"

비로소 동태웅이 낮고 무겁게 가라앉은 음성으로 물었다. 황보숭이 천천히 고개를 가로저었다.

"나는 다만 일만 냥의 돈이 필요해서 왔던 것이오."

"아니, 그렇지 않아. 일만 냥의 돈은 핑계에 불과했지. 당신은 나에게 그 말이 하고 싶었던 게 틀림없소. 그래서 일만 냥으로 나를 움직여 본 것이야. 그렇지 않소?"

"음식 잘 먹었소이다. 그럼 이만 가오."

황보숭이 동태웅의 말에는 대꾸하지 않고 일어섰다. 인사마저도 생략한 채 성큼성큼 걸어 어두운 정청 밖으로 나가 버렸다.

동태웅은 그날 밤이 새도록 넓고 어두운 정청을 홀로 지키고 앉아서 꼼짝하지 않았다.

第二章
큰 꿈을 꾸다

## 1. 그대가 주인이 되시오

삼 년이 지났다.

천하가 더욱 소란스러워졌는데, 대황국의 황제 사량격발이 변한 것과 무관하지 않았다.

그는 이제 완연한 노인이 되어 있었다. 젊어서의 꿈을 모두 이루었지만 여전히 만족하지 못하는 건 세월을 제 힘으로 다스릴 수 없기 때문일 것이다.

그는 자신이 죽기 전에 천하를 모두 움켜쥐기를 바랐다. 하지만 아직 남쪽에는 정복하지 못한 나라들이 있었다.

여기가 끝이라고 생각하면 그 너머에 또 다른 나라가 있었으니 대체 언제 천하를 모두 차지한단 말인가.

사량격발은 늙어서야 천하가 자신이 생각했던 것보다 훨씬 넓다는 걸 깨달았다.

그렇다고 그의 야망이 사라진 건 아니었다.

몸이 늙는 것과 야망이 시들어가는 건 전혀 상관없는 일이었던 것이다.

그러나 그는 한 몸이고 이미 정복한 나라는 수십 개 국이 되었으니 한 몸으로 그 많은 나라들을 모두 다스리기엔 벅찼다.

그것이 번왕을 세워 그들로 하여금 다스리게 한 이유이다.

사량격발은 원래 통이 크고 그런 만큼 자신감도 큰 인물이었다. 그것이 나이가 들어가면서 완고한 고집과 강퍅함으로 변해갔다.

그의 주위에는 어느덧 그를 신처럼 떠받드는 아부꾼만 늘어났고, 사량격발은 그것을 즐거워했다. 저를 칭송하는 소리가 듣기 좋아졌으니 역시 나이를 먹은 탓이리라.

갈수록 더욱 완고해졌고, 제 마음을 다스리지 못해 희비가 수시로 바뀌면서 더욱 강퍅해지게 되었다.

늙어가는 나이와 함께 그의 그런 모습은 주위의 사람들을 불안하게 했다. 그러니 보신을 위해 아부하는 자가 더 늘어날 수밖에 없는 일이었다.

직언과 충언을 서슴지 않던 자들은 하나둘 소리없이 사라져 어느덧 눈을 씻고 보아도 찾아보기 힘들게 되었다.

그럴수록 그에 대한 충성심은 얇아져 갔고, 그의 영향력에서 벗어나려는 자들이 생기기 시작했다. 그건 대황국과 멀리 떨어진 곳일수록 더했다.

사량격발을 대신해 속국을 다스리던 번왕들이 다른 마음을 먹기 시작했던 것이다.

그러자 자기의 세력을 가지고 있던 속국의 영주며 호족들 또한 배신을 꿈꾸었고, 기회만 오면 모반의 깃발을 들었다.

힘이 있으면 누구라도 한 나라를 세울 수 있고, 천하를 넘볼 수도 있다는 생각이 팽배했다.

당연히 군웅들이 각처에서 할거하기 시작했고, 크고 작은 전쟁들이 끊임없이 일어나 백성들의 삶을 더욱 피폐하게 만들어갔다.

천하를 뒤덮었던 제국이 무너질 조짐을 보이기 시작한 것이다.

그런 조짐이 나타나자 그것은 질병처럼 급속히 제국 전체로 퍼져 나갔다.

바야흐로 천하가 빠르게 혼돈 속으로 빠져들어 가고 있었던 것이다.

도유강을 떠난 황보숭이 천호성에서 청화륜을 데리고 나

와 척라국으로 향하고 있을 때가 바로 그런 무렵이었는데, 그때 황보강은 두 자루의 신검을 품고 홀로 천호천산으로 향하고 있었다.

*       *       *

황보강이 멀리 적망대공 나하순의 성을 보면서 왼쪽으로 크게 돌아가는 건 아직 성에 있을 악몽들을 피하기 위해서였다.

나하순이 어찌 되었는지, 그의 성이 어떻게 변했는지 궁금했고, 그곳에서 짧은 인연을 맺었던 모든 사람들이 궁금했지만 참을 수밖에 없다.

천호천산에 들어간 황보강은 곧장 백호의 동굴로 향했다. 그리고 그곳에서 풍옥빈을 만날 수 있었다.

그는 예전의 풍옥빈이 아니었다.

무겁고 장중한 중에 날카로운 기운을 깊이 감추고 현자가 된 것 같은 눈으로 황보강을 바라보았는데, 이미 그가 찾아올 것을 알고 있었다는 것 같았다.

"축하합니다. 드디어 도를 이루셨군요."

황보강이 진심으로 기뻐하자 풍옥빈의 입가에 잔잔한 미소가 떠올랐다.

"도의 냄새를 맡고 그림자를 보았을 뿐이니 그것으로 어찌 이루었다고 할 수 있겠느냐?"

"이전의 풍 형은 누구보다 무서운 검객이었는데 지금은 그때보다 열 배는 더 뛰어나 보이니 이미 검종의 경지마저도 넘어서 검선의 경계에 든 까닭 아니겠습니까?"

"검을 통해 도의 지경을 넘보기는 했지만 아직도 멀었다."

풍옥빈은 겸손했다. 확실히 달라진 모습이었다. 과거의 그는 날카롭기가 잘 벼려진 칼끝 같은 사람이었고, 형형한 안광이 보는 자의 폐부를 뚫을 것 같지 않았던가.

차갑고 무뚝뚝하기가 얼음 굴에서 불어 나오는 바람 같았던 사람이 고요하고 잠잠해졌다.

"이곳에서 호신의 덕을 단단히 본 사람은 바로 풍 형이로군요."

황보강의 말에 풍옥빈이 빙긋 웃고 그의 품에 있는 검을 눈으로 가리켰다.

"담사헌이 약속을 지킨 모양이로구나."

"그렇습니다. 그는 자신의 심마를 다스렸을 뿐 아니라 풍 형과 같이 검의 궁극에 이르러 도를 바라보는 경지에 이르렀더군요."

풍옥빈이 고개를 끄덕였다.

"그는 마음이 굳세고 행동이 과감한 사람이니 한번 결심하면 반드시 이루고야 말지. 한때 그를 의심했던 일이 부끄러워지는구나."

황보강이 풍옥빈에게 신검 한 자루를 불쑥 내밀었다.

"이제부터 이것은 풍 형의 것입니다."

풍옥빈이 어리둥절하여 황보강을 보고 신검을 본다.

"내 것이라니?"

"원래 육화문으로 돌아가야 하는 것인데 담 대협께서 그럴 필요 없다며 이것을 풍 형에게 전해주라고 하셨습니다."

"아, 그가 그렇게 말했단 말이냐?"

"그렇습니다. 육화문에는 한 자루가 있으면 충분하다고 했습니다."

풍옥빈이 비로소 손을 내밀어 신검을 받았다. 그것을 어루만지는 손길이 가늘게 떨렸다.

만감이 교차하는 얼굴로 지그시 눈마저 감은 채 신검의 기운을 음미하던 그가 미소를 지으며 말했다.

"너를 도와주라는 의미이겠지. 저는 이 위험한 일에서 발을 빼고 싶었던 게야."

잠시 황보강을 바라보더니 다시 빙긋 웃었다.

"하지만 그것도 좋은 일이지. 암흑존자를 제거할 수 있다면 수많은 사람들에게 덕을 베푸는 일이 될 테니까."

검을 간직한 그가 성큼 나섰다.

"가자."

황보강이 의아하여 물었다.

"이제는 호신을 기다리지 않는 겁니까?"

"신검이 나에게 왔으니 여기 머물러 있으면 악몽이라는 것들이 반드시 찾아와 귀찮게 할 것이다. 그러기 전에 피하는 게 상책이지."

"제가 어디로 갈 건지 물어보지도 않으십니까?"

"이미 검을 받았으니 너를 도와주어야 할 텐데 네가 어디로 가든지 상관없지 않겠느냐?"

"저는 대황국을 돌아서 사막으로 나갈 겁니다. 멀고 고달픈 길이 되겠지요."

"상관없다."

그들은 잠시 앉았다가 길 떠나는 사람들처럼 미련없이 호신의 동굴을 등지고 산을 떠났다. 그리고 일백 리쯤 갔을 때 긴 강을 만났다.

황보강은 둘러보아도 배 한 척 보이지 않는 막막한 물가에서 멍하니 서 있기만 했고, 풍옥빈은 여전히 아무 상관 없다는 얼굴로 태평하게 하늘을 보았다.

넓은 백사장이 눈부신 흰빛을 사방으로 던져 대는 한낮이었다. 머리 위의 태양이 더욱 이글거렸다. 어찌 저것을 봄날의 태양이라고 할 수 있을 것인가. 오히려 한여름의 그것보다 강렬한 것이어서 의아해진다.

눈이 부셨다.

흰 백사장이 뿌려대는 햇빛 때문에 눈이 부셨고, 으르렁거리며 빠르게 흘러가는 강물의 번쩍임 때문에 더욱 눈을 뜨기 힘들었다.

구름 한 점 없는 하늘도 흰빛으로 뻥 뚫려 있는 것 같았다. 그리로 쏟아져 내리고 있는 햇빛도 온통 하얗다.

점점 눈에 보이는 사물들이 백색으로 변해가고 있었다. 눈부시게 번쩍인다.

쩽 하고 부서지는 소리가 귓속에 이명으로 울렸다. 투명한 햇살이 유리 방울들이 되어서 온통 쏟아지는 것 같다. 그것이 세상의 모든 것과 부딪쳐 깨지는 날카로운 소리가 머릿속을 긁어댄다.

황보강이 진땀을 흘렸다. 가슴이 답답하고 숨이 차왔다. 갑작스럽게 닥쳐든 일이었다.

긴장과 두려움이 살갗을 들뜨게 하며 일어섰고, 머리카락이 쭈뼛거렸다.

두 손이 저절로 푸들푸들 떨리며 힘줄이 툭툭 불거져 나왔다. 아프도록 온몸의 근육에 힘이 실리더니 그것들이 곧 터져버릴 것처럼 부풀었다.

커다란 고통이었다.

뒷목이 부목을 댄 것처럼 뻣뻣해질 때 황보강은 한 사람을 보았다.

제 그림자를 함께 딛고 곁에 고요히 서 있는 흰옷의 사내였다. 언제부터 그렇게 저와 나란히 서서 하얀 세상을 무심히 바라보고 있었는지 알 수 없다.

그를 돌아본 황보강이 머리를 갸웃거렸다.

온통 흰 세상의 정령인 것처럼 흰빛을 두르고 고요히 서 있는 그 사람이 낯익었기 때문이다.

"단조영?"

황보강이 반갑게 그의 이름을 불렀다.

"정말 당신입니까?"

그 사람이 천천히 황보강을 바라보았다. 말없이 고개만 끄덕이고는 다시 하얀 빛무리 속으로 눈길을 돌렸다.

황보강은 단조영이 왜 이렇게 여기 서 있는 건지 알 수 없었다. 제 손으로 그를 죽였다는 의식조차 하지 못했다. 아니, 그런 일은 먼 꿈속에서 잠깐 스쳐 지나갔던 기억인 것 같았다. 아련하고 어슴푸레하다.

그리고 지금 이 순간이 현실이었다. 이 흰빛과 그것이 탈색시켜 버린 새하얀 세상 속에서 이렇게 그와 그림자 하나를 공유하며 나란히 서 있는 게 바로 현실이다.

단조영이 품에서 신검을 뽑았다. 그것을 황보강에게 내민다. 황보강은 당연히 그래야 하는 것처럼 그것을 받았다.

고개를 끄덕인 단조영이 조용하게 말했다.

"이제는 네가 바로 나야. 내가 곧 너인 셈이지."

바라보는 눈길이 따뜻했다. 그러니 두려워할 것 없다고 말하는 눈길이다. 황보강은 그래서 어리둥절해졌다.

'무엇을 두려워하지 말라고 나를 위로하고 격려해 주는 것인가?'

그때 풍옥빈은 믿을 수 없는 광경을 보고 있었다.

황보강의 오른손에서 천천히 신검 한 자루가 빠져나오고 있었던 것이다.

그것은 물이 바위틈으로 스며 나오듯이, 얼었던 땅을 뚫고 새싹이 돋아 나오듯이 그의 손바닥을 뚫고 솟아나오는 것처럼 보였다. 신기하고 두렵기도 한 광경이었다. 마술을 보는 것 같기도 했다.

황보강을 보았다.

그는 멍한 눈길을 허공에 던지고 있을 뿐 그런 사실조차 알지 못하고 있는 것 같았다.

그가 왼손으로 또 한 자루의 검을 천천히 뽑았다. 그리하여 그는 이제 두 손에 신검을 갖게 되었다. 단조영의 검 두 자루를 모두 손에 쥔 것이다.

그와 함께 그가 바라보는 저 막막한 백사장 너머에서 그놈들이 쏟아져 나오고 있었다.

악몽들이었다.

검은 옷자락을 깃발처럼 펄럭거리며 거친 숨소리도 없이 달려오는 것들.

신검을 끝까지 추적해 온다는 바로 그놈들. 암흑존자의 추적자들이었다.

버드나무가 늘어선 하얀 풍경의 강 언덕을 넘어 그놈들이 헤아릴 수도 없이 달려오고 있었다.

발길에 채여 피어나는 모래먼지가 구름처럼 퍼지고, 쿵쿵거리는 그것들의 발소리에 은은히 땅이 흔들렸다.

아무 소리도 들리지 않는 절대의 적막과 흰빛 속에서 비로소 조금씩 그 소리들이 살아나기 시작하고 있었다.

아주 먼 데서 들리는 것 같더니 빠르게 커지며 다가온다.


## 2. 대살육(大殺戮)

천둥치는 것 같은 소리, 아니면 야생의 말 떼가 벌판을 마구 달려오는 것 같은 요란한 소리.

그것들이 세상을 뒤덮었다.

하얗기만 하던 그 알 수 없는 세상을 밀어내며 온통 검은 그림자들이 쏟아져 들어오고 있었다.

쿵쿵거리는 발소리가 수만 개의 북을 빠르게 두드리는 것처럼 가슴에 울린다.

풍옥빈이 신검을 뽑아 들었다. 번쩍이는 그 빛이 사방의 어둠을 밀어낸다. 그것에 부딪친 어둠이 소용돌이치며 마구 흔들렸다.

"기어이 저놈들이 우리 뒤를 쫓아왔구나!"

그의 커다란 외침에 황보강은 천천히 현실감을 되찾았다. 제 손에 들려 있는 두 자루의 신검을 보고 옆을 돌아보았다. 거기 단조영은 없었다.

내가 서서 꿈을 꾼 것일까 하는 생각이 들지만 오른손에 쥐어져 있는 또 한 자루의 신검은 그것이 꿈이 아니었다는 걸 증명해 주고 있었다.

"어떻게 할 거냐? 달아나려면 지금 그렇게 해야 한다."

풍옥빈이 앞을 쏘아보며 재촉했다.

황보강은 하얀 백사장을 검게 뒤덮으며 몰려오고 있는 악몽들을 물끄러미 바라보기만 했다.

이제 두려움은 없었다. 머리카락을 곤두서게 했던 그 무서움이 씻은 듯 사라지고 고요한 평온이 마음을 채웠다.

그는 단조영의 말을 떠올리고, 사량격발의 연무장에서 악몽들 속으로 뛰어들던 그의 모습을 떠올렸다. 그때 그가 보여주었던 검무(劍舞)를 제 것처럼 기억한다. 나운선인의 무상검법 삼초 사십이식이 물 흐르듯이 머릿속에 떠오르고 사라지고 다시 떠오르기를 거듭했다.

그러자 가슴속 깊은 곳에서 커다란 용기와 적개심이 일어났다. 그것에 감응한 듯 두 손에 들려 있는 신검이 우웅 하는 용틀임을 했다. 그것의 진동이 온몸에 전해져 온다.

이제 악몽들은 삼십여 보 앞까지 밀려와 있었다. 검은 구름이 빠르게 몰려오는 것 같고, 검은 파도가 밀려오는 것 같았다.

그들을 바라보던 황보강이 천천히 눈을 들었다.

언덕 위, 버드나무 늘어선 그곳에 두 사람이 있었다.

노새를 타고 있는 추레한 노인과 검은 말을 타고 있는 검은 갑옷의 장군 한 명.

황보강은 그들을 잊을 수 없었다.

노인은 암흑존자가 틀림없고, 장수는 '검은곰' 으로 불렸던 그놈. 지금은 암흑존자의 '광기' 가 되어 있는 바로 그놈이다.

황보강은 이것이 자신에 대한 시험이라는 걸 알았다.

암흑존자는 내가 얼마나 변했는지, 어떤 능력을 갖고 있는지 알고 싶어 하는 것이다.

그렇다면 보여주리라.

황보강이 밀려오는 악몽들을 향해 터벅터벅 마주 걸어나가기 시작했다.

그의 손에 들린 두 자루의 신검이 쨍 하고 눈부신 빛을 뿌렸다. 그것이 토해내는 용음(龍吟)이 공명음처럼 웅웅거렸다.

"뭐 하려는 거냐?"

뒤에서 풍옥빈이 놀라 외쳤지만 황보강은 듣지 못한 것 같았다.

그가 다시 한 번 버드나무 언덕을 바라보았다. 거기 암흑존자와 '광기'는 여전히 무심하게 서서 이쪽을 내려다보고 있었다.

'역시 나에 대한 시험이다.'

황보강은 이 상황을 그렇게 받아들였다. 마지막 꺼림칙함마저 떨쳐 버린다.

지잉 하고 그의 검이 더욱 큰 용음을 터뜨렸다. 지척에 밀려온 검은 악몽이 주춤하는 게 느껴졌다. 그리고 그의 검이 부드럽고 우아하게, 그러나 강렬하게 허공을 쳤다. 첫 번째 검격이었다.

서격.

제일 처음 부딪친 놈의 머리통이 쩍 벌어졌다.

쓰러지는 놈을 짓밟으며 파도처럼 밀려드는 악몽들 속으로 황보강이 성큼 걸어 들어갔다.

그리고 그의 두 자루 신검이 흰 빛을 찬란하게 뿌리며 춤을 추었다.

때로는 번개가 되고, 때로는 부드러운 바람이 되고, 때로는 저승의 음울한 탄식을 쏟아내는 피리가 된다.

콰앙—!

그리고 검은 악몽들의 검과 부딪칠 때는 바위를 쪼개 버리는 굉음을 터뜨렸다.

두 자루 신검이 용처럼 꿈틀거리며 허공을 치고 나갈 때마다 검은 악몽들이 무수히 베이고 깎여 쓰러졌다. 낙엽이 떨어지는 것 같다.

"저놈!"

그 놀라운 광경을 본 풍옥빈이 입을 쩍 벌렸다. 황보강의 위용을 눈앞에서 보고 있건만 믿을 수 없었다.

황보강을 지나친 검은 악몽들은 이제 풍옥빈에게까지 달려들기 시작했다. 그가 신검을 가지고 있는 한 피할 수 없는 싸움이다.

"좋아, 내 성취를 시험해 본다!"

풍옥빈이 차갑게 외쳤다. 이것은 또한 그의 성취에 대한 암흑존자의 시험이기도 한 것이다.

그는 자신이 있었다. 그동안 터득한 자신의 검법이 천하제일임을 스스로에게 증명해 보이고 싶어졌다.

풍옥빈이 성큼 다가서며 크게 검을 휘둘렀다.

쏴아아 하고 허공을 쓸어가는 웅장한 바람 소리가 나더니 희고 창백한 검광이 뻗어 나갔다.

그것이 부드러운 원을 그리며 사방을 휩쓸었고, 그 안에 들어온 모든 것을 쪼개고 갈라 버렸다.

검은 피가 솟구쳐 오르는 곳에 쩍쩍 갈라진 악몽들의 몸뚱이가 있었다. 비명도 없이 무너지듯 쓰러져 땅에 깔렸다.

풍옥빈이 그 끔찍한 주검들을 건너 검은 악몽 속으로 뛰어들었다. 두려움은 없다.

한쪽에서는 황보강이 무성한 잡초를 베듯이 악몽들을 베어 넘기며 나아갔고, 그 옆에서는 풍옥빈이 신검을 휘둘러 그렇게 했다.

이제 아무것도, 누구도 그들을 가로막을 수 없었다. 그들이 지나간 곳에는 무수한 악몽의 주검만 덧없이 쓰러져 깔렸다.

신검의 위력과 두 사람의 검법이 합해지자 악몽들의 숫자는 아무런 의미가 없었다.

단조영이 사랑격발의 연무장에서 홀로 일천 명의 악몽을 베어버렸듯이 그렇게 서슴없이 검무를 추며 나아가는 황보강의 면전에서 검은 악몽들은 허깨비처럼 무너져 내리기만 할 뿐이었다.

신검의 신령한 힘은 그것들이 다시 일어서지 못하도록 했다.

악몽들을 완전하게 죽여 버릴 수 있는 네 자루의 용수신검

중 세 자루가 동시에 나타났고, 그 앞에서 악몽들은 더 이상 아무 위협도 되지 못했다.

영영 끝나지 않을 것 같던 검은 악몽들의 끝이 보이기 시작했다. 그리고 그 너머에 암흑존자가 있다.

황보강은 그 늙은 추물을 노리고 있었다.

악몽을 헤치고 나아가 언덕 위로 성큼 뛰어오르고, 일검에 그 늙은이를 베어버릴 셈이었다. 그러면 이 모든 지긋지긋한 어둠이 걷히고, 자신의 악업도 끝나리라고 믿었다.

멀리서도 암흑존자의 쏘아보는 눈길이 뜨겁게 느껴졌다. 그건 굉장한 적의였다. 그에게서 처음으로 느껴보는 살기이기도 하다.

서걱.

다시 달려드는 악몽 한 놈을 베어 쓰러뜨리면서 황보강은 상관없다고 생각했다. 오늘은 반드시 저 늙은이의 목을 쳐버리고 말리라며 마음을 단단히 먹는다.

드디어 앞이 훤히 뚫렸다.

언덕을 향해 질주해 가던 황보강이 멈칫했다. 말에서 내린 장수, '광기'가 어른 팔뚝만큼이나 굵은 낭아곤(狼牙棍)을 쥐고 쿵쿵거리며 달려 내려오고 있었기 때문이다.

갑주의 쩔그렁거리는 소리가 천둥소리처럼 울렸다.

잠깐 망설이는 동안 어느새 황보강의 면전으로 쇄도해 든

'광기'가 아무 말 없이 무섭게 낭아곤을 휘둘러 머리통을 때려왔다.

낭아곤은 박달나무 자루에 머리 부분만 철판으로 감아 만드는 것인데, 광기가 쥐고 있는 그것은 전체가 무쇠로 된 것이었다.

검고 칙칙한 빛으로 번쩍이는 그것의 냉랭한 기운이 정수리를 서늘하게 한다.

부웅 하고 허공을 찢는 바람 소리가 귀 따갑게 쏟아져 들어왔다.

용수신검이 아무리 천하제일의 보검이라고 해도 저렇게 무지막지한 무쇠 덩어리와 부딪쳐서는 손해를 볼 수밖에 없다.

부드럽게 반원을 그리며 옆으로 돌아 아슬아슬하게 낭아곤을 흘려보낸 황보강이 검을 휘둘러 광기의 목을 베어갔다. 한줄기 예리한 검광이 눈부시게 쳐들어간다.

광기가 성큼 뒤로 물러섰다. 터럭 같은 차이를 두고 그의 턱 아래를 검광이 스쳐 지나갔다.

투구 속에서 번쩍이는 광기의 눈에 언뜻 감탄의 기색이 흘렀다. 그러나 그뿐, 그는 조금도 두려워하지 않고 더욱 힘을 쏟아 낭아봉을 휘둘러 댔다.

무지막지한 무쇠 봉이 마치 회초리처럼 어지럽게 허공을

때리고 밀어낸다.

바람개비처럼 돌아가는 그 무서운 기세 앞에서 황보강은 멈칫거리지 않을 수 없었다. 파고들 틈을 찾기가 쉽지 않았던 것이다.

"달아나."

붕붕거리는 바람 소리에 섞여 광기의 낮은 중얼거림이 불쑥 들려왔다.

바람에 흔들리는 버들가지처럼 부드럽게 움직여 피하면서 황보강이 의아한 눈길을 보냈다.

"존자는 이제 미련을 버리고 대장을 죽이기로 결심했다. 그러니 달아나야 해."

"뭐라고 지껄이는 거냐?"

황보강이 소리치자 광기가 더욱 힘차게 낭아봉을 휘둘러 몰아치며 다급히 속삭였다.

"쉿, 아무 소리 말고 내 말을 듣기만 해."

저쪽에서는 풍옥빈이 나머지 검은 악몽들이 황보강에게 달려들지 못하도록 붙잡아두고 있었다.

몇 겹의 악몽에게 에워싸여 있지만 풍옥빈의 검은 조금도 기세가 위축되지 않았다.

그의 검법은 원래 날카롭고 빠르며 굳세기로 이름났는데 지금은 그렇지 않았다.

검로(劍路)가 어지럽고, 찌르고 베며 끊어가는 움직임이 춤을 추듯 부드러웠던 것이다. 황보강이 보였던 무상검법의 움직임과 비슷하다.

그 부드럽고 어지러운 검격 앞에서 검은 악몽들은 대항할 수단을 찾지 못하고 있었다.

바람에 꺾이는 들풀들처럼 검광이 스치고 지나가는 곳마다 맥없이 쓰러질 뿐이다.

그러면서도 검은 악몽들은 악착같이 풍옥빈에게 달려들고 있었다. 그리고 쓰러져 죽는다. 그만하라는 명령이 있기 전에는 절대로 물러서지 않을 것이다.

마치 불을 향해 달려드는 부나방들을 보는 것 같았다. 자석에 이끌려 달라붙는 쇳조각들 같기도 하다.

일천 명이 넘어 보이던 검은 악몽들이 이제는 풍옥빈에게 달라붙고 있는 일백여 명 남짓밖에는 남아 있지 않았다.

그 넓던 백사장이 온통 검은 악몽들의 주검으로 뒤덮이다시피 했다.

끔찍한 광경이건만 그것에 신경을 쓰는 사람은 아무도 없다.

부웅—

아슬아슬하게 옆머리를 스쳐 떨어지는 낭아봉의 바람 속으로 광기의 속삭임이 다시 섞여 들어왔다.

"그게 싫다면 나를 지금 죽여."

"진심이냐?"

황보강이 낭아봉이 훑고 지나간 빈 공간으로 슬며시 검을 찔러 넣으며 속삭이듯 말했다.

"이렇게 사는 건 이제 지긋지긋해. 지옥으로 떨어지더라도 차라리 죽는 게 마음 편하겠다. 그러니 나를 죽여. 오직 대장 만이 그렇게 할 수 있다."

황보강은 투구 속에서 번쩍이는 광기의 눈을 보았다.

'이놈은 진심이다. 정말로 내가 저를 죽여주기를 바라고 있다. 내가 그렇게 할 수 있을까?'

즉각 아니라는 마음의 대답이 돌아왔다.

'검은곰'. 함께 전장을 치달리며 목숨을 걸고 서로를 도와 싸우지 않았던가. 가장 믿을 만한 든든한 부하였다. 그와 함 께 싸우면 어떤 어려운 상황에서도 조금도 두렵지 않았다.

그러나 이제는 암흑존자의 손에 영혼이 떨어져 광기로 다 시 태어난 놈. 적이 되어서 나와 이렇게 싸우고 있는 놈.

그놈이 바로 '검은곰'이라는 걸 황보강은 머릿속에서 지 워 버릴 수가 없었다.

눈앞의 이 무지막지한 놈이 악몽들의 우두머리이기 전에 '검은곰'이라는 걸 생각하면 차마 그의 몸뚱이에 검을 찔러 넣을 수가 없는 것이다.

### 3. '광기', 혹은 '검은곰'

"나는 그럴 수 없다."

황보강의 속삭임에 '검은곰'이 머리를 흔들었다.

"그렇다면 여기서 달아나, 바로 지금. 아니면 내가 대장을 죽일 수밖에 없잖아. 나도 그렇게 할 수 없다."

"비켜서라. 그러면 내가 언덕으로 달려 올라가 암흑존자를 죽일 테다."

황보강의 날카로운 검이 광기의 투구를 치고 지나갔다. 땡하는 쇳소리에 광기의 속삭임이 다시 섞였다.

"멍청하구나. 대장은 존자를 죽일 수 없어."

"내가 그를 죽이지 못한다고?"

이번에는 광기의 낭아봉이 황보강의 정수리 위로 떨어졌다.

땅!

신검으로 그것을 쳐서 무지막지한 힘을 비켜가게 했지만 검이 부러질 듯 웅웅거리며 떨렸다. 팔목까지 뻐근하게 아파왔다.

"아직은 그렇다. 때가 되기 전에는 아무도 존자를 죽일 수 없어. 그러니 지금은 달아나는 것만이 살길이다. 내 말을 들어."

그 '때' 가 언제인지 황보강은 알 수 없었다. 다시 한 번 광기의 눈을 보았다. 진심이라는 걸 확인할 수 있다.

광기가 발을 들어 걷어차며 말했다.

"두 놈이 이리로 달려오고 있다. 그놈들이 도착하면 절대로 여기서 살아날 수 없어."

두 놈의 장군이 그의 수하 악몽들을 거느리고 몰려오고 있다는 말일 것이다. 황보강이 흠칫했다.

이제 악몽을 거느린 암흑존자의 장군은 열 명이 남아 있었다. 그중 어떤 놈들인지 모르나 덧없이 죽임을 당했던 '망각' 이나 '고통' 못지않은 놈들일 게 틀림없다. 아니, 그놈들보다 더 악착같고 지독하리라.

그러나 풍옥빈이 있지 않은가. 더욱이 신검을 가지고 있으니 그와 함께 그놈들을 죽이지 못할 것도 없다.

문제는 그 두 놈이 아니라 그놈들이 거느린 악몽들이었다. 몇 놈이나 될지 모르나 저 검은 추적자들과는 달리 모두 중무장한 기병들일 것이다. 그런 놈들이 이천이나 삼천 명쯤 몰려오고 있다면 백 번 생각해 보아도 살아날 가망이 없다.

"가겠다."

황보강이 힘껏 검을 뿌려 광기를 물러서게 했다.

"남쪽으로 가라."

그 말을 한 광기가 황보강의 검광 속으로 불쑥 뛰어들었다. 아니, 제 가슴을 주저없이 밀어 넣은 것이다.

황보강이 미처 검을 거둘 새도 없이 그것이 광기의 어깨 어림을 푹 찔렀다.

광기가 검은 피를 흘려대며 신음했다. 비틀거리고 쿵쿵 물러선다. 그리고 눈짓으로 바로 지금이라고 말했다.

그를 한 번 바라본 황보강이 미련없이 돌아섰다.

즐비한 검은 악몽들의 주검을 뛰어 건너며 쏜살같이 백사장 저편으로 달려간다.

그때 검은 악몽들은 마지막 한 놈이 남아 풍옥빈의 검에 목이 잘리고 있었다.

일천 명이 넘던 자들 중 이제는 살아 있는 악몽이 한 놈도 없다.

벌써 저만큼 멀어져 있는 황보강을 보고 광기를 본 풍옥빈이 훌쩍 몸을 날려 달려갔다. 황보강과 함께 이내 시야에서 사라져 버렸다.


\*        \*        \*


"그놈들의 눈을 속일 방법은 한 가지뿐이다."
"그게 뭡니까?"

"신검을 감추는 것이지."

"그건……."

풍옥빈의 말에 황보강이 난색을 표했다.

"신검을 지니고 있는 한 그놈들은 결코 떨어지지 않을 것이다."

"하지만 신검이 있기 때문에 암흑존자가 아직 저의 마성을 드러내지 못하고 있는 것 아니겠습니까?"

"네 안에는 신검 한 자루가 감추어져 있지 않으냐?"

풍옥빈이 황보강의 가슴을 가리켰다.

"단조영이 신검과 함께 네 안에 숨어 있지. 암흑존자의 눈을 속일 수 있는 가장 좋은 방법이었어."

"그 말씀은 무슨 뜻입니까? 설마 풍 형도 내 안으로 숨어들어 가겠다는 건 아니겠지요?"

"하하, 나는 아직 단조영만큼 도를 이루지 못했으니 그럴 능력이 없지."

"그렇다면?"

"네가 가지고 있는 한 자루와 내가 가지고 있는 또 한 자루의 신검을 아무도 모르는 곳에 감추어두자는 거다. 그것들이 없으면 우리를 찾을 수 없을 것이다. 악몽들은 신검의 기운을 쫓아오는 것이니까."

황보강이 고개를 끄덕였다. 제가 신검을 지니게 되고 나서부터 악몽들의 집요한 추격을 당했다는 걸 생각한 것이다.

문득 당몽현이 걱정되었다. 그도 한 자루의 신검을 가지고 있지 않은가.

"당몽현은 무사할까요?"

풍옥빈이 고개를 흔들었다.

"그에게도 언젠가는 악몽들이 달라붙겠지. 하지만 지금은 괜찮을 것이다. 암흑존자는 당몽현보다 너를 처리하는 게 더 급할 테니까."

"두 자루의 신검이 호신의 동굴 속에 숨겨져 있을 때 악몽들은 어째서 그것을 몰랐을까요?"

그놈들이 신검의 기운을 따라오는 것이라면 당연히 호신의 동굴에 찾아가 그것을 탈취해 갔어야 하지 않는가 하는 의문이 들었다.

풍옥빈이 빙긋 웃었다.

"호신이 감추고 있었기 때문이지. 그의 기운으로 동굴을 막고 있었던 것이다."

"무엇 때문에 그랬을까요?"

"나는 이제야 호신에 대하여 한 가지 사실을 짐작했다."

"……?"

"그건 아마도 또 하나의 힘이면서 운명일 것이다."

"그저 영성이 트인 백호가 아니라는 것이군요?"

"하늘과 땅 사이에 허공이 있고, 낮과 밤 사이에 새벽이 있듯이 광명과 어둠 사이에도 중간자가 있어야 하지. 그게 호신일 것이다. 틀림없어."

"그렇다면 광명의 수호자인 나운선인과 어둠의 힘을 가진 암흑존자 외에 또 하나의 존재란 말입니까?"

풍옥빈이 고개를 끄덕였다.

"그렇다. 네 말이 맞다. 하지만 호신에게는 나운선인이나 암흑존자와 같은 힘이 없지. 낮과 밤의 힘은 강하나 새벽은 잠깐 머물 뿐 아니더냐? 그와 같은 이치라고 생각하면 이해할 수 있을 것이다. 그러나 그의 힘으로 암흑존자로부터 두 자루의 신검을 지키기에 충분했지."

황보강에게 문득 한 가지 생각이 떠올랐다. 풍옥빈에 대한 것이다.

"아! 풍 형은 장차 호신이 되려는 것이군요? 그래서 호신의 동굴에 머물며 그를 기다리고 있었던 것 아닙니까?"

풍옥빈이 엄숙하게 말했다.

"나는 나운선인이나 암흑존자처럼 절대적인 도의 경지에 오를 수가 없다. 그것이 내 운명이고 나의 한계라는 걸 깨달았지. 그래서 나는 중간계에 머무는 자가 되려는 것이다. 그것만 이룰 수 있어도 대단하지 않겠느냐?"

황보강은 풍옥빈이 추구하는 도가 바로 그것이라는 걸 비로소 확실히 알았다.

그는 신이 되려는 것이다. 비록 중간자로서의 작은 힘밖에 갖지 못하더라도 세상의 운명 한쪽을 다스릴 수 있는 존재가 되는 것이다. 그건 대단함을 넘어서는 일이 아닐 수 없다. 인간의 한계를 벗어나 신의 반열에 다가서는 일이 아닌가.

"호신이 나에게 저의 운명을 물려주었다."

풍옥빈이 덧붙인 말에 황보강의 믿음은 더욱 확고해졌다.

"그럼 호신은?"

"그가 너에게 말하지 않았더냐? 때가 되면 네게 찾아오겠노라고."

"그렇습니다. 그는 내 손에 죽기를 원했지요."

풍옥빈이 손가락으로 황보강의 가슴을 쿡 찔렀다.

"죽는 게 아니다. 너의 이곳으로 옮겨가려는 것이지. 단조영이 그런 것처럼 말이다."

"왜……?"

풍옥빈이 빙긋 웃는 걸로 대답을 대신했다.

때가 되면 저절로 알게 될 것이라는 의미일 것이다.

황보강은 거기에 대해서 더 묻지 않았다. 풍옥빈이 저렇게 한번 입을 다물면 다시 열게 할 방법이 없다는 걸 잘 알기 때문이다.

그들은 높고 험한 산속으로 들어갔다.

삼명산(三明山)이라고 하는 곳인데, 대황국과 청오랑국; 척라국의 경계를 이루며 산맥을 이루고 남쪽으로 길게 뻗어 있는 거대한 산이었다.

그 산의 북쪽을 넘으면 대황국의 변경을 지날 수 있게 된다. 그러면 드넓은 초원과 사막을 만날 수 있게 되는 것이다.

황보강이 가려는 곳은 바로 그 초원이고 사막이었다.

풍옥빈은 한 번도 그가 굳이 그곳으로 가려는 이유를 묻지 않았다. 황보강과 이렇게 동행하는 게 저의 운명이라고 믿는 것이다.

삼명산 북면의 골짜기 깊은 곳에서 은밀한 동굴 하나를 찾아 그 안에 두 자루의 신검을 감추었다.

바위를 굴려 입구를 막은 풍옥빈이 몇 개의 방위에 돌무더기를 쌓고 여기저기 나뭇가지를 꽂았다.

"무얼 하는 겁니까?"

"작은 금진(禁陣)을 하나 만들어두는 것이지."

"금진?"

"이것으로 적어도 석 달 동안은 신검의 기운이 흘러나오지 못하도록 막아둘 수 있을 것이다."

"아니, 언제 그런 진법까지 익혔습니까?"

"도를 추구하는 자라면 누구나 스스로를 지킬 수 있는 금진 한두 개와 사악한 기운을 막아줄 결계(結界)를 치는 방법

한두 가지는 알고 있게 마련이다."

"누구에게 배우지 않고서도 그렇게 될 수 있단 말입니까?"

"배우든 스스로 깨닫든 다를 게 없어."

풍옥빈은 더 이상 자세한 말을 하려 하지 않았다.


## 4. 옛 친구를 만나다


두 사람은 대황국의 황량한 변경을 지나 드디어 드넓은 초원에 들어섰다. 삼명산을 넘어온 지 열흘이 지났을 무렵이다.

신검을 두고 와서인지 그 열흘 동안 악몽들을 한 번도 만나지 않았다.

끝없이 펼쳐져 있는 초원을 눈앞에 두자 막막해졌다. 어디로 가야 할지 알 수 없다.

황보강이 이곳에 온 것은 한 사람을 찾기 위해서였다. 그의 힘이 필요한 때이기 때문이다.

저 초원 어딘가에 그가 있을 것이다. 그러나 이 바다처럼 넓은 초원을 무작정 헤매고 다닐 수는 없지 않은가.

작은 마을 초입에 있는 허름한 객잔에 들어 주인에게 은근히 물어보았다.

"남묘국이오? 사라진 지 벌써 오래전인데 그건 찾아서 뭐하려오?"

체구가 큼직하고 뚱뚱한 중년 주인 사내의 퉁명스런 말에 황보강이 빙긋 웃었다.

"당신도 남묘국 사람이었던 모양이군?"

"쳇, 그저 먹고살기에 급급한 처지를 면치 못하고 있는데 그게 무슨 상관이겠소? 어서 주문이나 하시구려."

여전히 퉁명스럽다.

황보강이 목소리를 한껏 낮추어 다시 물었다.

"석지란을 알겠군. 남묘국의 장군이었다는 사람 말이야."

주인 사내는 대답 대신 매서운 눈으로 황보강을 쏘아보았다. 잔뜩 경계하는 기색이 완연하다.

"나는 그런 사람 모르오."

딱 잡아떼는 주인을 물끄러미 바라보며 황보강이 천천히 머리를 끄덕였다.

"모르면 할 수 없지."

태연히 몇 가지의 음식과 술을 주문하여 먹고 마시더니 탁자 위에 은 부스러기를 던져 놓고 일어섰다.

말없이 막막한 초원을 바라보며 한참 걸어갔을 때 풍옥빈이 비로소 고개를 갸웃거리며 말했다.

"그 주인 사내가 어딘지 수상해."

"두고 보면 알겠지요."

"너도 느꼈군."

"석지란이라는 이름을 듣자마자 펄쩍 뛰며 잡아떼는 건 그를 잘 알고 있다는 반증 아니겠습니까?"

"흘흘, 그렇다면 제대로 찾아갔던 셈이로군. 그런데 석지란이 누구인가? 왜 그를 찾아가는 거지?"

풍옥빈은 황보강이 그를 만나기 위해 위험을 무릅쓰고 이 먼 곳까지 왔다는 걸 아직 이해할 수 없었다.

그는 석지란이 누구인지 전혀 알지 못하고 있는 것이다.

황보강은 그가 이 초원의 북쪽을 지배하던 남묘국의 젊은 장군이었으며, 나라가 망하면서 사로잡혀 자신과 함께 대황국 근위대의 뇌옥 안에 갇혀 있던 자였다는 걸 자세히 말해주었다.

그에 대한 이야기를 들은 풍옥빈이 고개를 끄덕였다.

"그런 자가 있었군."

그곳에서 사량격발을 위한 무투대회에 나가 힘을 합해 싸워 승리했고, 그 대가로 저와 함께 석방되었던 세 명 중 한 명이라는 걸 자세히 듣고는 감탄을 금치 못했다.

"네 말을 듣고 나니 네가 그자를 찾아 이곳에 온 이유를 짐작하겠다."

"무엇입니까?"

"너는 그자를 네 동료들이 있다는 그곳으로 데려가려는 것이지?"

"그렇습니다. 그가 아직 살아 있다면 반드시 그렇게 해야지요. 그가 다시 나와 함께 싸워준다면 큰 힘이 될 것이니까요."

"그가 만약 싫다고 한다면?"

"그럼 할 수 없지요. 헛걸음한 걸로 치는 수밖에."

"하하, 솔직히 말해라. 너는 기어이 그를 설득해서 데리고 갈 작정 아니냐? 그뿐 아니라 나머지 두 명도 찾아서 모두 데려가려는 생각에 이 먼 곳까지 온 것이지. 그렇지 않으냐?"

"풍 형의 말이 맞습니다. 백검천과 모용탈마저 데려갈 작정입니다."

"그들이 어디에 있는지는 알고?"

"모용탈은 석지란과 마찬가지로 저의 고향으로 돌아갔을 겁니다. 그러니 찾기 쉽지요. 다만 백검천은……."

황보강이 말끝을 흐리고 초원 저 너머 희미하게 보이는 커다란 산맥을 바라보았다.

"그를 찾을 수 없을지도 모르겠습니다."

"어째서?"

"그는 저 산맥 어딘가에 있을 텐데, 저 높고 큰 산들을 다 뒤지려면 평생이 걸려도 부족할 것 아니겠습니까?"

풍옥빈이 빙긋 웃으며 황보강의 어깨를 두드렸다.

"내가 찾아주마. 방법이 있을 거야. 어쩌면 생각보다 쉽게 찾을 수 있을지도 모르지."

"어떻게 말입니까?"

황보강이 반색을 했다.

"두고 보면 알게 될 것이다."

풍옥빈이 성큼성큼 앞서 걸어갔다.

그렇게 이십여 리쯤 걸어갔을 때 뒤에서 급히 쫓아오는 말
발굽 소리가 들려왔다.

황보강이 돌아보고 나서 하하 웃었다.

"그들이 왔군요."

"길을 안내해 줄 자들 말이지?"

풍옥빈도 빙긋 웃고 걸음을 멈추었다.

십여 명의 장한이 거칠게 말을 몰아 달려오고 있었는데 하
나같이 칼을 뽑아 들었다. 행색마저 험악한 것이 도둑떼가 상
인을 습격할 때의 그 모습이었다.

그들이 황보강과 풍옥빈을 에워싸고 빙빙 돌았다. 한껏 겁
을 주려는 것이다.

"너희가 조금 전 만금객잔에서 나온 자들이지?"

위협적으로 다가오며 으르렁대는 자에게 황보강이 태연하
게 대답했다.

"그렇다."

"겁도 없는 놈이구나. 감히 이곳이 어디라고 산보라도 나

온 듯이 어슬렁거린단 말이야."

"너희들은 누구냐?"

"보면 모르겠어? 우리는 너희 같은 놈들을 잡아서 먹고사는 어르신들이다. 반항하면 죽인다."

"가진 걸 다 내주면 되겠느냐?"

두려워하지 않는 두 사람이 이상하다는 듯 고개를 갸웃거리며 한동안 바라보던 자가 히죽 웃었다.

"그것만으로는 부족하지. 너희들은 토벌대의 첩자가 틀림없어. 내 눈은 못 속인다. 그러니 대두령에게로 잡아가서 상을 탈 테다."

말에서 뛰어내린 자들이 우르르 달려들어 황보강과 풍옥빈의 짐을 벗겨내고 꽁꽁 묶었다.

두 사람은 반항하지 않았다. 말 잘 듣는 아이처럼 얌전히 그들의 손에 몸을 맡기고 있을 뿐이다.


그들이 서쪽으로 반나절 남짓 끌려간 곳은 견고하게 지어진 토성(土城)이었다.

초원에 불쑥 솟아난 구릉 위에 있었으므로 사방이 탁 트인 이런 곳에서는 요새나 다름없었다.

성벽을 따라 누런 바탕 복판에 늑대의 이빨 같은 검은 초승달을 그려 넣은 깃발들이 여기저기 펄럭이고 있었다. 초원의

승냥이들이라고 불리는 약탈자들의 표식이다.

이 일대에서는 그들을 흑월단(黑月團)이라고 불렀다. 사막을 건너가기 위해 초원을 지나가는 대상(隊商)들을 약탈했는데, 무자비하고 힘이 강성해 그들을 막을 자가 없었다.

초원 전체에 악명을 떨치는 자들이지만 황보강과 풍옥빈이 그런 내막을 알 리 없었다.

토성은 구릉 아래에서 보았을 때보다 규모가 컸는데, 안으로 들어가자 많은 사람들이 거주하고 있어서 마치 복잡한 저자에 온 것 같았다.

곳곳에 망루가 세워져 있고, 건장하고 험악하게 생긴 장한들이 들끓었다.

그들뿐만 아니라 부녀자도 있었고, 뛰노는 아이들이며, 어슬렁거리는 개들까지 뒤섞여 있는 것이 제법 사람 사는 냄새가 났다.

이 황량한 초원에서 유일하게 생동감이 넘치는 곳임이 분명하다.

결박당한 황보강과 풍옥빈이 끌려오자 아이들이 몰려들어 신기한 듯 바라보았고, 개들도 다가와 킁킁거리며 냄새를 맡았다.

두 사람을 사로잡아 온 자들이 그들을 끌고 간 곳은 토성 안쪽에 흙벽돌을 쌓아 지은 삼 층의 건물이었다. 누각과 망루를 겸하면서 두목이 거주하는 거처로도 쓰이는 곳이다.

그곳에 짐작대로 그가 있었다.

석지란.

남묘국의 젊은 대장군이었던 그가 지금은 악명 높은 초원
의 약탈자들을 이끄는 두령이 되어 나타난 것이다.

그는 어느덧 중년을 바라보는 사내가 되어 있었다.

그가 꽁꽁 묶여 있는 황보강을 어리둥절해서 한참이나 바
라보더니 허리에 차고 있던 커다란 칼을 두드리며 껄껄 웃었
다.

"토벌대의 첩자를 잡아왔다더니 저 빌어먹을 놈들이 저승
사자를 끌고 왔구나!"

쿵쿵거리며 계단을 달려 내려온 석지란이 와락 황보강을
끌어안는 걸 보고 그를 잡아와 의기양양해져 있던 자들이 모
두 눈을 휘둥그레 떴다.

"이놈, 이놈, 역시 살아 있었구나! 내 그럴 줄 알았지. 으허
허허—!"

마구 흔들어대더니 손수 포승을 벗겨주고 다시 끌어안았
다. 마치 죽은 형제가 다시 살아 돌아온 걸 맞이하는 것 같았
다.


토성 전체가 성대한 잔치 분위기로 들떴다.

석지란이 모두에게 소리쳤던 것이다.

"이 사람은 내 형제다! 피를 나눈 골육보다 더했으면 더했지 덜하지 않다! 왜냐고? 그 빌어먹을 사량격발의 뇌옥 안에서 끝까지 살아남아 돌아온 네 놈 중 한 명이기 때문이다! 아니, 솔직하게 말하지! 바로 이놈이 우리 모두를 살려준 것이다!"

그 말에 무슨 영문인가 하여 대두령의 거처 앞에 몰려나온 자들이 서로를 돌아보았다. 눈을 부라린 석지란이 다시 버럭 소리쳤다.

"너희들도 이름을 들어보았겠지? 뭐라고? 못 들었다고? 그런 놈이 있다면 이리 나와라! 내가 귓구멍을 맞창이 나도록 시원하게 뚫어줄 테니까! 이놈이 바로 황보강이야! 너희들은 이제부터 절대로 그 이름을 잊어서는 안 된다! 어디에서 이놈을 보든지 간에 네놈들의 조상을 본 듯이 해! 안 그랬다가는 내가 그놈의 머리통을 밟아서 말뚝처럼 땅속에 박아버리고 말 테니까! 정말이다!"

사람들은 더욱 어리둥절해서 웅성거렸다. 아직까지 대두령이 저렇게 누구를 반기고 더욱이 한껏 높여주는 걸 보지 못했던 것이다.

석지란이 두 손을 마구 내두르며 악을 썼다.

"자, 잔치다! 소든 돼지든 닥치는 대로 잡아서 삶고 구워라!

술을 죄다 꺼내와! 없으면 즉시 가서 약탈이라도 해와라! 오늘은 이 빌어먹을 토성을 술 속에 빠뜨려 버리고 말겠다!"

그는 본래 호탕하고 거칠 것 없는 호한의 기질을 가지고 있는 자였다.

대황국 근위대의 뇌옥에 있을 때도 그랬는데 지금은 그때보다 더 거칠고 호탕해진 것 같았다.

황보강은 이 초원에서의 삶이 그를 다시 그렇게 만들어준 것이라고 생각했다.

그렇다면 가슴속에 야망도 되살아나 있을 것이니 설득하기 쉬우리라는 생각에 마음이 놓였다.


사흘 동안 연이어진 술잔치로 모두들 떡이 되었다. 말술을 들이켠 석지란도 마찬가지다.

이 토성 안에서 정신이 멀쩡한 사람은 황보강과 풍옥빈 두 사람뿐인 것 같았다.

"자, 가자. 이제 됐으니까 그만 가자고."

석지란이 비틀거리며 일어섰다.

"어딜 간단 말이냐? 그 꼴을 해가지고."

황보강이 혀를 차자 석지란이 게슴츠레하게 풀어진 붉어진 눈을 끔벅거리며 바보처럼 웃었다.

"헤헤, 모용탈이랑 백검천 그놈들을 찾으러 가겠다고 하지 않았느냐? 그럼 가야지. 모용탈이야 그렇다 치고 백가 그 빌어먹을 놈이 잘 있는지 궁금하다."

"지금 당장 말이냐?"

"쇠뿔도 단김에 빼라는 말 모르냐? 생각났을 때 후딱 가지 않으면 다시 몇 날 며칠 주저앉게 된단 말이다. 아, 어서 못 일어나냐?"

일리가 있다.

황보강과 풍옥빈이 서로 돌아보고 빙긋 웃었다.

"이놈들아, 난 이제 이 짓 그만둔다! 다신 안 돌아와!"

석지란이 부하들에게 버럭 소리쳤다.

술에 취해 여기저기 함부로 쓰러져 있던 자들이 더러는 부스스한 얼굴로 일어나 앉았고, 더러는 눈만 멀뚱거리며 쳐다보았다.

석지란이 그들에게 다시 버럭 소리쳤다.

"이 코딱지만 한 토성에 처박혀서 세월이나 죽이고 있는 일도 이제는 신물이 난다. 나는 다시 저 넓은 세상으로 나갈 테니까 너희들끼리 잘 처먹고 잘살아라!"

부두령 노릇을 하고 있던 장한이 어리둥절해서 물었다.

"아니, 대두령, 가긴 어딜 간단 말이오? 여기가 우리의 고향이고 우리가 뼈를 묻을 곳이라고 할 때는 언제고?"

"이놈아, 옛날에는 그랬지. 그런데 봐라, 이 빌어먹을 초원 어느 구석에 옛날 우리가 영화를 누리며 살던 남묘국이 남아 있는지."

그 말에 이제는 모두 일어나 앉았다. 술이 깬 얼굴로 석지란을 뚫어지게 바라본다.

석지란이 한숨을 길게 내쉬고 나서 말했다.

"어디에도 빌어먹을 사량격발의 힘이 미치지 않는 곳이 없다. 여기만 해도 그래. 우리 땅이지만 언제 그 빌어먹을 황제 놈의 토벌대가 들이닥칠지 몰라서 전전긍긍하지 않느냐? 그래서 나는 결심했다. 그놈의 힘이 미치지 않는 곳에 새로운 나라를 하나 세우겠다고 말이다. 그래서 사량격발과 다시 한 번 통쾌하게 싸울 테다. 내가 이 코딱지만 한 토성에서 평생 약탈자 짓이나 하며 살 사람이냐? 안 그래?"

"나라를 세운다고? 아니, 어디에 말이오?"

"우리는 왜 안 데려가는 겁니까?"

"그러니까 대두령 혼자서만 잘 먹고 잘살겠다는 겁니까? 왕이 되어서?"

"이런, 젠장! 그 꼴은 못 봐! 나도 따라가겠소!"

"나도 간다!"

"나도!"

여기저기에서 아우성들이 터져 나오자 석지란이 눈을 부라리며 허공에 주먹을 흔들어댔다.

"이 썩을 놈들아, 조용히 못해!"

이제 더 이상 술에 취해 해롱거리는 자는 없었다. 다들 눈을 크게 뜨고 석지란을 뚫어지게 바라본다.

요란하게 헛기침을 한 석지란이 멋쩍은 듯 말했다.

"커흠! 그러니까 말이다, 실은 그게 내 나라가 아직은 아니거든. 나도 더부살이하러 가는 형편인데 너희들까지 어떻게 다 데리고 가겠느냐? 그러니 여기서 좀 참고 있어라. 번듯한 내 나라를 한 개 갖게 되면 그때는 다들 불러줄 테니까. 알았지?"

"그럼 대두령이 당장 나라를 세운다는 게 아니었소?"

석지란이 히히, 웃었다.

"여기 이놈, 황보강이 벌써 세웠단다. 나는 그를 도와서 인정을 받을 생각이야. 그런 다음에는 나도 독립해서 나라를 한 개 세워볼까 한다, 뭐 그런 말인 거지. 알아들었냐?"

황보강이 나라를 벌써 세웠다는 건 과장된 말이다. 그럴듯한 핑곗거리를 만들기 위한 구실에 지나지 않았던 것이다. 그러나 아무도 그 말에는 트집을 잡지 않았다. 오직 석지란을 비아냥거릴 뿐이다.

"쳇, 그러니까 나라 운운한 건 역시 허풍이었군."

"난 또……."

"그럼 그렇지. 대두령 허풍에 또 속아 넘어간 우리가 바보인 거지, 뭐."

"그럼 잘해보슈."

다들 입을 실쭉거리고 눈을 흘기며 다시 드러누웠다. 가든
말든 상관하지 않겠다는 분위기다.

"쯧쯧, 인정머리없고 철딱서니없는 것들 같으니. 내 말을
그렇게 못 알아들어?"

혀를 찬 석지란이 그래도 서운하고 아쉬운 듯 딴청을 부리
거나 다시 코를 골아대는 장한들을 한동안 물끄러미 바라보
더니 한숨을 쉬었다.

"이제 됐다. 다 정리했으니까 홀가분하게 가자."

황보강의 옷소매를 잡아당기며 재촉한다.

# 第三章
## 도(道)라는 것

黒風口

# 1. 바위를 두드리다

"모용탈이 있는 곳은 내가 잘 알아."

토성이 보이지 않을 만큼 멀어진 곳에 이르자 석지란이 말
고삐를 당기더니 불쑥 그렇게 말했다.

황보강이 저 먼 서쪽을 가리켰다.

"역시 고향에 돌아가 있겠지?"

"아니. 그놈도 나와 같은 신세지."

"고향에 돌아가지 않았단 말이냐?"

"나라는 이미 없어지고 가족들마저 죄다 뿔뿔이 흩어져 찾
을 수 없게 되었는데 돌아갈 고향이 어디 있어?"

"그럼……."

나라가 망할 때 대부분 죽었을 것이다. 살아남은 자들은 멀리 달아나거나 아니면 포로가 되어 끌려가 어디에서인가 종살이를 하고 있을 것이다.

석지란이 분한 듯 멀리 침을 뱉어내고 퉁명스럽게 말했다.

"나처럼 약탈자 신세로 전락하고 말았지. 저 사막 복판에 버려진 낡은 고성을 차지하고 앉아서 매일 술만 퍼마신단다."

"그를 만나본 적이 있구나?"

"벌써 오래전이야. 그가 거기 있다는 소문을 듣고 찾아갔었지."

"그래서?"

"그래서는 무슨, 빌어먹을 짓이었지. 사흘 동안 하는 일 없이 내리 술만 퍼마시고 돌아왔다. 그 뒤로 다시 찾아가지 않았지만 아직도 거기 있을 거야."

거기가 아니면 갈 곳이 없을 것이다. 석지란이 투덜거리는 건 그의 신세가 저와 같기 때문이다.

황보강의 얼굴이 어두워졌다.

다들 한 나라를 일으켜 세웠던 용장들 아닌가. 그런 그들이 지금은 이렇게 몰락하여 존재마저 희미하게 되었다는 게 안타깝기만 했다.

"내가 그놈을 데리고 올 테다. 네 말을 들려주면 좋아할 거야. 그놈이 무뚝뚝하고 교만하기 짝이 없어서 재수없는 놈 같지만 알고 보면 속마음은 그렇지 않아. 의리를 아는 놈이다. 정도 많지."

황보강이 웃으며 고개를 끄덕였다.

"좋다, 나는 백검천을 찾아올 테다. 모용탈은 너에게 맡기지."

"좋아, 여기서 곧장 저 산을 향해 오십 리를 가면 작은 마을을 만나게 될 거다. 한 달 뒤에 거기에서 만나자."

석지란이 말 머리를 돌려 뒤도 돌아보지 않고 달려갔다.

그가 멀어지는 걸 바라보고 있던 풍옥빈이 혀를 찼다.

"성질이 정말 급한 친구로군."


석지란과 헤어진 황보강은 그가 말한 대로 오십 리를 더 가서 작은 마을을 만났다.

마을 입구에 간판도 없는 허름한 객잔이 하나 있었는데 한 달 뒤에 그곳에서 모두 모이기를 바라며 천천히 지나쳤다.

멀리 있기만 하던 커다란 산맥이 훨씬 가깝게 보였다.

대걸륜산(大傑崙山)이다. 그것이 산맥을 이루며 대지를 동서로 길게 가르고 있었다. 그 기슭이 백검천이 살았던 대걸륜국의 영토였다.

백검천이 대걸륜산으로 들어간 건 아직도 제 나라를 잊지 못해서일 것이다.

산에 점점 가까워질수록 막막한 심정이 되기만 했다.

황보강은 흰 눈을 이고 있는 높은 봉우리와 그 아래의 시커먼 산그늘을 보며 한숨을 쉬었다.

산기슭의 버려진 오두막에서 뜬눈으로 하룻밤을 새우다시피 한 다음날은 하늘이 잔뜩 흐렸다.

우기가 아니니 비가 올 리 없건만 바람이 습기를 품었고, 구름은 머리 위에 낮게 떠서 빠르게 흘러갔다.

어디를 보나 황량하고 음침한 골짜기뿐이었다.

이 커다란 산이 온통 바위로 되어 있는 것 같았다. 숲은커녕 커다란 나무 한 그루 찾아볼 수 없다.

거친 곳에서도 자라는 몇 종류의 풀과 작고 마른 나무들이 자갈 틈의 척박한 땅에 뿌리를 박고 애처롭게 버티고 있을 뿐인데, 그나마 드문드문 떨어져 있어서 안쓰럽기까지 했다.

음산한 바람이 산을 감싸고 불어왔다.

황보강은 문득 눈앞에 있는 거대한 산의 기운을 느끼고 두려워졌다.

"음기가 강한 산이다."

풍옥빈이 나무도 별로 없이 가파르기만 한 산을 올려다보며 그렇게 중얼거렸다.

"도를 닦기에 좋은 기운이야."

"이런 음기가 말입니까?"

"음이든 양이든 기운이 강하다는 건 신령함을 품고 있다는 거지. 수양자들에게는 탐나는 기운인 것이다."

"이런 기운 속에서 수양한다면 그가 얻는 도라는 것 또한 음사한 데로 치우치지 않겠습니까?"

"하하, 도에 어디 광명함이 있고 음사함이 있단 말이냐? 이르는 길이 달라도 결국 같은 곳에 도달하지. 도는 도일 뿐이다."

"나운선인과 암흑존자는 가장 높은 도를 이루었지만 서로의 도가 확연히 다르지 않습니까?"

"그들은 이미 조화의 경지에 이른 선인들이니 우리가 무엇을 짐작할 수 있겠느냐? 그들은 도의 속성 하나씩을 붙들고 그것 자체가 되었으니 도의 틀에서 벗어나 스스로 도가 된 것이라고 할 수 있지."

알쏭달쏭한 말이다. 황보강이 고개를 갸웃거리지만 풍옥빈은 더 말하지 않았다. 황보강에게 음과 양을 아우르는 지고한 도의 본성을 말해봐야 입만 아플 뿐이라고 여긴 것인지도 모른다.

더구나 나운선인과 암흑존자는 도를 이루었을 뿐 아니라 그것에서 음과 양의 본성 하나씩을 얻어 다시 세상으로 나온 사람들 아닌가. 그 오묘한 경지에 대해서는 아직 알지 못하니 더욱 말할 수가 없다.


눈 녹은 물이 사철 졸졸 흘러내리는 개울가에 앉아서 황보강은 거푸 한숨을 쉬기만 했다. 벌써 사흘째 이렇게 헤매고 있을 뿐, 사람의 흔적조차 찾을 수 없었기 때문이다. 풍옥빈이 그의 곁에 앉아 위로했다.

"그가 이 산에 있다면 반드시 찾을 수 있을 것이다."

"십 년 뒤에, 아니, 백 년 뒤에 말입니까?"

"어쩌면 내일이 될지도 모르지."

"풍 형은 태평해서 좋겠군요."

그가 제 일이 아니라고 너무 무심하다는 생각이 들어 서운했다.

다음날도 역시 허탕이었고 그 다음날도 그랬다. 그렇게 보름 동안이나 어디엔가 지옥의 입구가 있을 것 같은 산을 헤매고 다녔다.

그리고 기어이 끔찍한 골짜기를 만났다. 무작정, 이제는 오기가 생겨서 미친 듯이 산을 헤매고 다닌 지 이십 일이 지났을 때다.

황보강은 이 세상에서 이곳보다 더 철저하게 버려진 땅은 없을 것이라고 믿었다. 그런 생각이 들 만큼 황량하고 거친 골짜기에 들어섰던 것이다.

그리고 그곳에서 풍옥빈은 비로소 만족해하였다.

"됐다. 더 찾아다닐 필요없어."

"예?"

"여기서 그를 만난다."

그의 단호한 말에 어이없어하는데 커다란 바위 하나를 찾아 그 위에 올라앉은 풍옥빈이 머리 위로 손바닥만 하게 뚫려 있는 하늘을 바라보았다.

"하루 중 가장 황량한 시간이 언제일 것 같으냐?"

불쑥 알 수 없는 질문을 던졌다. 그리고 스스로 대답했다.

"해가 지는 무렵이지."

"낙조의 아름다움이 일출보다 더 화려한데 뭐가 황량한 시간이란 말입니까?"

"가장 아름다운 때이기에 가장 황량한 것이다."

모르겠느냐는 듯이 황보강을 바라본 풍옥빈이 덧붙여 말했다.

"곧 사라질 화려함이고 그 뒤에는 어둠이 있기 때문이지. 누구나 낙조를 보면 안타깝고 애잔한 마음이 되는 게 그런 이유에서인 것이다."

"그게 대체 어떻다는 겁니까? 이 빌어먹을 곳에서는 낙조

를 볼 수도 없으려니와, 지금 감상적인 말이나 하고 있을 때입니까?'

황보강이 잔뜩 불만 서린 얼굴로 투덜거리자 풍옥빈이 빙그레 웃었다.

"오늘, 그 황량한 시간에 그를 불러주마. 내일쯤에는 네 소원이 이루어지게 될 것이다."

알 수 없다. 황보강은 팔베개를 하고 바위 위에 벌렁 누워 버렸다.

"풍 형 마음대로 하세요. 아무래도 내일은 다 포기하고 돌아가야 할까 봅니다. 제기랄."

깜빡 잠이 들었던 황보강이 커다란 울림에 깜짝 놀라 눈을 떴다.

쾅!

곁에서 천둥이 치는 것 같은 소리와 함께 그 커다란 바위가 무너질 듯 흔들렸다.

"아니, 지금 뭐 하는 겁니까?"

황보강이 벌떡 뛰어 일어났다.

바위 아래에서 풍옥빈이 커다란 돌을 들어 그것을 치고 있었다.

콰앙!

이번에는 더욱 강하게 쳤으므로 바위뿐 아니라 온 골짜기가 진동을 했다.

황보강은 풍옥빈이 미친 것 아닌가 하고 생각했다. 바위에서 뛰어내려 온 그는 그러나 풍옥빈을 제지할 수 없었다. 그의 엄숙하고 진지한 얼굴을 보았기 때문이다.

그건 여태까지 보아왔던 풍옥빈의 얼굴 중 가장 엄숙한 얼굴이었다.

무언가 알 수 없는 말을 웅얼거리며 바위를 마주하고 있는 그의 모습은 천신께 제사를 지내고 있는 신관의 그것과 같았다. 완전히 몰입해 있다.

쾅!

그가 다시 한 번 커다란 돌을 들어 힘껏 바위를 내려쳤다.

일곱 번을 그렇게 한 풍옥빈이 비로소 돌을 던져 버리고 황보강을 돌아보았다. 피곤한 모습이었다.

"이제 되었다. 기다리자."

황보강은 아무 말도 할 수 없었다. 그가 제발 온전한 정신이기를 바랄 뿐이다.


어두운 하늘에 별무리가 가득해졌을 무렵이다.

깊고 황량한 골짜기는 이 세상에서 가장 어두운 곳이 되어 있었다. 손바닥만큼 보이는 하늘에 별들이 박혀 있지 않았더라면 어디가 하늘인지 땅인지 알아볼 수조차 없었을 것이다.

눈을 감은 것과 다름없는 그곳에서 두 사람은 서로 싸운 것처럼 아무 말 없이 앉아 있기만 했다.

풍옥빈이 더듬더듬 주변의 덤불 풀들을 끌어모으더니 부싯돌을 쳐서 불을 붙였다.

작은 불빛이 눈을 밝게 해주었다. 이 어둠 속에서 유일한 불빛이다.

그것에 의지하여 주변에 더러 보이는 작고 마른 나뭇가지들을 부지런히 주워 모은 풍옥빈이 불을 키웠다.

이제는 제법 활활 타오르는 모닥불이 되어서 골짜기를 붉게 물들인다.

그때까지도 잔뜩 화가 난 사람처럼 앉아 있기만 하던 황보강도 비로소 부지런히 움직이며 나뭇가지들을 주워왔다. 이내 모닥불 주위에는 밤새 불을 피울 만큼 마른 나뭇가지가 쌓였다.

황혼 무렵이 가장 황량한 때라는 풍옥빈의 말을 뒤집으면 일출 무렵이 가장 풍요로운 때가 될 것이다.

그리고 적어도 황보강에게 있어서는 그게 사실이었다. 지난 이십여 일 동안 간절하게 품어왔던 그의 소망이 이루어졌기 때문이다.


2. 백검천(白劍泉)

그는 어둠처럼 소리없이 찾아왔다.

그가 다가온 것을 황보강은 전혀 알지 못했지만 풍옥빈은 이미 눈치채고 있었던 것 같았다.

"나와라."

그의 낮은 말에 꾸벅꾸벅 졸고 있던 황보강이 눈을 떴다. 그리고 크게 놀라 뛰어 일어났다.

어둠 속에서 한 사람이 천천히 모습을 드러내며 다가왔던 것이다.

헐렁한 잿빛 옷을 입었고, 머리를 단정하게 빗어 틀어 올린 마른 몸집의 사내.

검은 수염이 얼굴의 반을 가렸지만 황보강은 그가 바로 그처럼 찾아다녔던 백검천이라는 걸 한눈에 알아볼 수 있었다.

"정말 너란 말이냐?"

황보강의 놀란 말에 더욱 불 가까이 다가온 백검천이 히죽 웃었다.

"네가 찾아올 줄 알고 있었다. 하지만 이렇게 일찍 올 줄은 몰랐어."

태연하게 말하더니 풍옥빈을 향해 두 손을 모으고 깊이 허리를 숙였다.

"수고롭게 해서 송구할 따름입니다."

"천만의 말씀. 이렇게 만나볼 수 있어서 정말 반갑고 고마울 뿐이오."

풍옥빈도 두 손을 모으고 정중하게 머리를 숙여 화답했다. 그가 누구에게 그처럼 진중한 예를 갖추는 일은 처음 보는 것이라 황보강이 눈을 휘둥그레 떴다.

설마 두 사람이 오래전부터 알고 있었던 건 아니겠지 하는 의혹이 드는 건 백검천이나 풍옥빈이나 서로에 대해서 아무런 경계도 하지 않았을 뿐 아니라 묻지도 않았기 때문이다.

"도란 천 리 만 리 떨어져 있어도 원하면 느끼고 볼 수 있는 것이지."

황보강이 묻자 풍옥빈이 그렇게 대답했고, 백검천은 말없이 잔가지를 꺾어 모닥불에 던지기만 했다.

황보강이 다시 물었다.

"그렇다면 풍 형은 이 친구의 존재를 이미 느끼고 있었단 말입니까?"

"내 도가 아직 깊지 못하지만 적당한 곳에서 적당한 때에 부르면 그가 화답하리라는 건 알았다."

"도가 깊어지면?"

"부르지 않아도 그는 나를 보고 느끼며 나는 그를 보고 느낄 수 있게 되겠지."

"더 깊어지면?"

"그때는 굳이 부르거나 느끼거나 할 필요도 없겠지."

"함께 있듯이 안단 말입니까?"

"그렇다."

황보강이 이번에는 백검천에게 물었다. 풍옥빈의 말을 아무래도 믿기 힘들었던 것이다.

"그가 너를 부른다는 걸 어떻게 알았지?"

백검천이 무심하게 대답했다.

"큰 바위는 뿌리가 온 산의 근간이 되는 암석에 닿아 있지. 그것을 두드리면 산의 반대편에 있어도 알 수 있다."

엉뚱한 대답이지만 뜻은 분명했다.

저의 도는 아직 움직임이 있어야 알 수 있을 만큼밖에 되지 못한다는 것이다.

풍옥빈의 그것과 크게 다르지 않다. 그러나 황보강은 그들이 검의 수련을 통해서 그와 같은 경지에 이르렀다는 것만으로도 경탄하지 않을 수 없었다.

도에 이르는 길이 과연 천 갈래 만 갈래가 될 만큼 많다는 걸 인정할 수밖에 없다.

문득 한 가지 의문이 들었다.

"그렇다면 나운선인과 암흑존자가 운명을 알며 그것을 다스린다는 건 거짓이 아니겠군요?"

"그렇다. 그들은 이미 틀을 깨고 스스로 도가 되었으며, 그것에서 하나를 붙잡아 다시 세상에 나왔으니 보지 않아도 삼라만상을 알고, 인간의 운명을 다스릴 수 있겠지. 아, 과연 누가 그러한 경지에 또 오를 수 있을 것인가."

마지막 말은 부러움과 자신에 대한 한탄이었다.

황보강이 당황하여 사방을 두리번거렸다.

"그렇다면 암흑존자는 벌써 우리가 이곳에 이렇게 모여 있다는 것도 알고 있겠군요? 그건 큰일이지 않습니까?"

"그렇다. 우리는 어서 이곳을 떠나는 게 좋겠구나."

불을 밟아서 끄고 새벽빛이 배어들기 시작한 하늘을 보며 서둘러 떠나는 풍옥빈의 뒤를 황보강과 백검천이 잰걸음으로 따랐다.


드디어 다시 모였다.

객잔이 온통 한 사람의 시끄럽게 떠들어대는 소리로 들썩거렸는데, 그 주인공은 석지란이었다.

황보강과 백검천은 미소를 지으며 앉아 있었고, 모용탈(毛容脫)은 여전히 무뚝뚝하기만 했으며, 풍옥빈은 제가 끼어들 자리가 아니라는 걸 잘 아는 터라 그들과 떨어진 탁자에 앉아 잠자코 있을 뿐이었다.

"으하하하, 대체 이렇게 죄다 모이리라고 누가 생각이나 했겠느냐? 마음속으로 간절히 원하기만 했지 그게 현실이 되리라고 누가 믿었느냔 말이다!"

탁자를 두드리며 소리쳐 댄 석지란이 젓가락으로 찌를 듯이 모용탈을 가리켰다.

"너, 이 빌어먹을 모용가야, 입이 달라붙어 버린 거냐? 왜 말을 안 해? 너는 이놈과 이놈을 이렇게 살아서 만나게 된 게 하나도 안 기쁘단 거냐? 정말 그렇다면 내가 오늘은 기어이 네놈의 못생긴 면상을 짓밟아서라도 그 싸가지없는 버르장머리를 고쳐 놓고 말 테다!"

정말 달려들 듯이 옷소매를 걷어 올린다.

모용탈은 코웃음을 칠 뿐 거들떠보지도 않았다.

"한 잔의 술을 함께 나누면 됐지, 어찌 아녀자들처럼 종일 재재거린단 말이냐?"

황보강이 제 술잔을 높이 들어 올렸다. 백검천과 모용탈이 빙긋 웃으며 술잔을 같이 들어 올린다.

"그렇지. 사나이들이 만난 자리에 호들갑은 어울리지 않아. 자, 마시자!"

금방 싸움을 벌일 것 같았던 석지란도 큼직한 술잔을 높이 들어 올리고 나서 단숨에 벌컥벌컥 비워 버렸다.

모용탈이 비로소 입을 열었다. 걸걸하고 무뚝뚝한 음성이 조금도 달라지지 않았다.

"어떻게 된 거냐? 너 약해빠진 놈은 정말 검선이 되어서 다

시 나온 것이냐?'

백검천을 위아래로 훑어본다.

백검천이 빙긋 웃고 그에게 다시 한 잔의 술을 따라주었다.

"저기 풍 선배가 계시는데 어찌 나에게 검선이라는 말을
할 수 있단 말이냐? 나는 다만 풍 선배의 발치에라도 설 수 있
게 되기를 바랄 뿐이다."

갑자기 풍옥빈을 끌어들인다.

모용탈은 물론 석지란도 그제야 그를 발견했다는 듯 눈을
크게 뜨고 바라보았다. 그들과 떨어진 탁자에 홀로 앉아 있던
풍옥빈이 잔을 들었다.

"백 형제의 겸손이라네. 그러니 그 말을 귀담아들을 필요
없어."

석지란이 황보강의 멱살을 쥐고 이마로 받을 듯이 끌어당
기더니 속삭였다.

"정말이야? 저 사람이 검선이었어?"

그가 황보강과 함께 꽁꽁 묶여서 붙잡혀 왔다는 걸 기억한
다. 그때부터 석지란은 풍옥빈에게 신경조차 쓰지 않았었다.
그저 황보강과 동행하게 된 사람으로 여겼을 뿐인 것이다. 그
런데 그가 검선의 경지에 오른 검객이라니 믿을 수 없다.

황보강이 고개를 끄덕이는 걸로 대답을 대신했다.

"허어—"

석지란이 더욱 눈을 부릅뜨고 풍옥빈을 바라보았다.

조용하고 단정할 뿐 자기들과 달라 보이는 게 아무것도 없
다.

"정말이야?"

다시 묻고 황보강은 다시 고개를 끄덕였다.

"허어—"


### 3. 혼란한 세상


돌아오는 길에 황보강과 풍옥빈은 세 사람을 기다리게 하
고 삼명산에 들어가 신검을 찾아왔다.

"나와 백검천이 함께 있으니 굳이 결계를 치지 않더라도
악몽들은 더 이상 신검의 기운을 느끼지 못하게 될 것이다.
백검천이 겸양을 하지만 그의 경지 또한 나와 크게 다르지 않
으니 그만한 도력이면 충분하지."

풍옥빈의 말에 황보강이 반색을 했다.

"그렇다면 잘된 일이군요."

한 가지 걱정을 떨쳐 버리게 된 황보강은 모두를 인도하여
제가 떠나왔던 삼산평으로 향했다.

부지런히 걸어 석 달을 가야 하는 먼 길이다. 삼산평을 떠
나온 지 벌써 두 해가 지났으니 그곳에서의 일들이 얼마나 진

척되어 있을지 궁금해 마음이 급했다.

그들이 삼명산을 넘어 청오랑국 땅으로 들어설 무렵은 가을이었다. 그해는 봄부터 비가 끊기더니 가을에 이르는 이때까지 비가 한 방울도 내리지 않은 해였다.

대륙 전체가 지독한 가뭄으로 쩍쩍 갈라지고 있었다.

농사를 망쳤으나 영주와 지주들의 수탈은 여전하니 이번 겨울과 내년 봄에 이르기까지 백성들의 고통은 이루 말할 수 없이 클 것이다.

어디를 가든 벌써 인심이 흉흉했고, 도적떼가 창궐했다.

그런 와중에 청오랑국과 국경을 맞댔던 척라국에서 대황국의 황제 사량격발에게 반기를 든 자가 생겼다는 소문이 돌았다.

척라국의 대부호였던 동태웅이라는 자가 화문평에서 무리를 모으더니 그곳의 호족인 진각동을 굴복시켜 수하로 삼은 게 시작이라고 했다.

일만 명의 군세로 일어선 그가 불과 석 달 만에 인근의 다섯 호족을 밀물처럼 짓밟아 굴복시키고 드디어 영주인 대공 나하만의 성을 빼앗았다고 한다.

그의 병사들마저 손에 넣자 동태웅은 이십만 명으로 늘어난 병사들을 거느리고 나하만의 성을 근거지로 하여 번왕 창(蒼)에게 반기를 든 것이다.

척라국의 번왕 창은 사량격발의 다섯 번째 아들이다. 사량문창(師亮文蒼)이라고 하는데, 제 이름의 마지막 글자를 따서 왕가의 이름으로 삼았다. 그 후로는 모두 그를 창왕(蒼王)이라고 부를 뿐, 다섯째 왕자라고 부르지 않았다.

그는 문사풍의 생김새와 같이 온화한 성품을 지닌 군주였는데, 동태웅의 거센 반란을 처음 접하고 당황했다.

수하의 장군들을 보내 그를 토벌하려 했지만 벌써 세 번에 걸친 싸움에서 모두 패했다. 그가 아끼던 세 명의 장군 중 두 명이 사로잡혀 목이 잘리고 십만의 병사 중 반수가 죽거나 포로가 되어 동태웅의 손에 들어가고 만 것이다.

창왕은 급히 전국의 영주와 호족들에게 명을 내려 그들로 하여금 병사들을 이끌고 도성인 만창귀성(萬蒼貴城)으로 모이게 했다.

도성 밖의 끝이 보이지 않는 너른 벌판이 각지에서 달려온 병사들로 가득 찼다. 오십만에 가까운 수가 모인 것이다.

그들의 천막이 끝없이 잇닿았고, 펄럭이는 깃발들이 구름처럼 벌판을 뒤덮었다.

창왕의 명령에 모여든 영주가 일곱 명이고 호족이 스물두 명이라니 그럴 만도 하다.

척라국 전체에 흩어져 있던 영주와 호족들 중 삼분지 이가 왕명을 받든 것이다.

나머지 삼분지 일은 요지부동하고 도성으로 오지 않았다.
왕명을 거역한 것이다.

그들이 사태의 추이를 관망하는 이유는 이 기회에 저도 야
욕을 펼쳐 보거나 눈치를 보아서 유리한 쪽에 가담하려는 것
이리라.

"나는 동태웅을 잘 알지."

풍옥빈의 말에 모두 그를 바라보았다.

"그는 척라국의 대상인으로서 천만금의 부를 이룬 사람이
지만 한 나라를 세울 만큼 대단한 자는 아니었다."

황보강이 물었다.

"어떻게 아십니까?"

"강호의 떠돌이였을 때 삼 년 동안 그의 호위무사가 되어
서 상단을 따라다닌 적이 있다."

"그는 어떤 사람입니까?"

"계산에 밝은 거야 말할 것도 없고, 상인치고는 제법 배포
도 크고 너그러운 면도 있었다. 그래서 한때는 그를 주인으로
섬길까 하는 생각을 한 적도 있었지."

풍옥빈이 그런 생각을 했을 정도라면 동태웅이 보통 사람
은 아니라는 걸 능히 짐작할 수 있었다.

황보강이 고개를 끄덕였다.

"그는 오래전부터 흉중에 이와 같은 야망을 품고 있었던 것인지도 모르겠군요."

"아니, 그렇지 않아. 그는 다른 상인과 달리 제 이익을 양보할 줄 아는 배포와 덕이 있었으나 나라를 경영할 만한 그릇은 아니었다."

"하지만 저기 저렇게 당당하게 깃발을 세우고 독립을 위해 일어서 있지 않습니까?"

황보강이 손을 들어 발아래 보이는 드넓은 벌판을 가리켰다.

거기 삼십만의 대군이 동서로 나뉘어 운집해 있었다.

척라국 북쪽에서 가장 넓은 벌판인데, 지금쯤은 누렇게 익어가는 밀이 가득해야 할 그곳이 밀 대신 펄럭이는 깃발들로 뒤덮여 있었다.

황보강은 풍옥빈 등과 함께 그 벌판이 잘 내려다보이는 산 능선에 서 있었다.

동쪽에 진을 치고 있는 십만 남짓해 보이는 병사들은 동태웅의 병사들이었다. 동태웅이 그들을 친히 이끌고 나온 것이다.

낮은 언덕 위에 그의 군막이 있었고, 그를 상징하는 오색의 깃발이 힘차게 펄럭이고 있었다.

그들과 마주 보는 서쪽 벌판 끝에는 이십만의 대군이 포진하고 있었다.

창왕의 명을 받아 급히 달려온 영주와 호족들의 병사들이었다. 창왕은 오십만에 달하던 그들 중 정병이라고 할 수 있는 이십만 명을 뽑아 토벌대를 구성하여 이 드넓은 금맥평(金貊坪)에서 일전을 벌이려는 것이다.

서쪽 언덕 위에는 창왕이 친히 나와 있었다. 커다란 군막이 세 개 세워졌고, 창왕을 나타내는 다섯 개의 푸른 별이 겹쳐진 깃발이 펄럭이고 있었다.

눈을 가늘게 뜨고 동태웅의 군막을 유심히 바라보던 황보강이 머리를 갸웃거렸다.

동태웅 곁에 갑주를 입고 우뚝 서 있는 한 젊은 무장이 자꾸 마음에 걸렸던 것이다.

아무리 눈이 매처럼 밝은 황보강이라고 해도 그의 용모를 뚜렷이 알아보기에는 너무 먼 거리였다. 그러나 자꾸 눈이 가는 건 그자에게서 한 사람의 영상을 떠올리게 되는 까닭이었다. 청오랑국의 태자 청화륜이다.

석지란과 모용탈은 눈도 깜빡이지 않고 벌판을 내려다보고 있었다. 무장으로서의 본능이 그들을 흥분하게 했으리라.

풍옥빈은 무엇을 생각하는 듯 눈살을 찌푸린 채 말이 없었고, 백검천은 무심하고 평온했다. 그는 이런 싸움 자체에 관심이 없는 것이다.

황보강은 이 싸움이 창왕의 번국에 있어서 운명을 가름하는 중요한 싸움이리라고 생각했다.

여기에서 이기는 자가 운명의 주도자가 되는 것이다.

창왕이 이긴다면 동태웅의 모반은 물거품처럼 꺼져 버리고 말 테지만, 만약 동태웅이 이긴다면 창왕의 번국은 끝을 알 수 없는 혼란으로 빠져 버릴 게 틀림없었다.

그의 명령을 받고 모였던 영주와 호족들이 뿔뿔이 흩어지고, 각지에서 효웅들이 제 깃발을 들고 일어설 것 아닌가. 그러면 창왕은 결국 무너지고 말 것이다. 그 영향은 창왕의 번국 하나에만 그치지 않을 것이다.

그러니 어쩌면 이 싸움이야말로 천하의 대혼란을 가져오는 역사적인 싸움이 될지도 모른다.

그런 생각은 황보강을 또 다른 흥분으로 몰아갔다. 그 역시 나라를 세울 꿈을 가지고 있고, 대황국을 무너뜨리겠다는 결심을 하고 있기 때문이다.

황보강이 주먹을 불끈 쥐고 창왕의 진영에서 한 장수가 말을 달려오는 것을 바라보았다.

번쩍이는 황동의 갑주를 입었고, 역시 황동의 투구를 썼으며, 등에는 자신을 나타내는 깃발을 꽂고 있었다.

눈처럼 흰 말에 올라타고 한 자루의 긴 장창을 풍차처럼 휘두르며 달려가는 기세가 늠름하고 호쾌했다.

이번에는 동쪽, 동태웅의 진문이 활짝 열리더니 역시 한 사람의 장수가 맞이하기 위해 검은 말을 달려 나왔다.

그는 검은빛으로 번쩍이는 갑주에 투구를 쓴 장수였는데, 긴 사슬이 달린 유성추를 빙빙 돌리며 달려가는 기세가 사납고 용맹해 보였다.

창왕의 진영에서 달려나온 황동 갑주의 장수는 영주인 망양대공(望陽大公)의 휘하에 있는 장수로서 이름을 번인삭(蕃忍朔)이라고 하는 자였다.

망양대공의 막장으로 여러 차례 크고 작은 싸움에 나가 용맹을 떨치고 전공을 세운 바 있다. 창법이 정교하고 날카롭기로 널리 이름이 알려진 자였다.

그에 비해 동태웅의 진영에서 마주 나온 장수는 아직 전장에서 이름을 얻지 못한 풋내기였다.

장오(張五)라고 하는데, 유민으로 떠돌다가 화문평의 개간 이야기를 듣고 찾아와 정착한 자였다.

그의 힘이 넘쳐 나는 걸 본 황보숭이 동태웅과 청화륜에게 추천하여 장수로 삼았다.

그는 제대로 된 무예를 배운 적이 없는 자였다. 그러나 타고난 힘이 능히 맨손으로 소뿔을 뽑고도 남을 자였다.

길이가 여덟 자나 되는 쇠사슬 끝에 호박만 한 유성추를 매달고 휘두르는 것을 어린아이가 새끼줄 휘두르는 것처럼 했다. 그러니 그 앞에서는 제아무리 무예가 출중한 자라고 해도 우선 겁부터 먹지 않을 수 없었다.

처음 그의 굉장한 힘과 씩씩한 모습을 본 동태웅은 입에 침이 마르도록 칭찬하고 감탄했다. 그 뒤로는 그를 마치 제 자식이라도 되는 것처럼 아꼈는데, 그가 오늘 처음으로 싸움에 나와 동태웅의 진영을 대표하게 된 것이다.

황동 갑옷의 번인삭과 무쇠 갑옷의 장오가 이내 부딪쳤다. 서로를 비난하고 놀리거나 하는 말도 없이 곧장 말을 달려와 그대로 일 합을 나눈 것이다.

허공에 붕붕거리는 바람 소리를 뿌리며 무섭게 휘돌던 장오의 유성추가 벼락 치는 소리와 함께 떨어졌다. 그것에 맞으면 바윗덩이라고 해도 박살이 나버리고 말 것이다.

번인삭이 '이크!' 하고 재빨리 머리를 숙여 피하며 장창을 힘껏 내질렀다. 그것이 쏜살같이 허공을 가르고 뻗어 나가 장오의 가슴을 노린다.

장오가 말고삐를 채서 방향을 틀더니 옆으로 빠르게 달려 지나갔다.

휙 하고 바람이 스친 순간 몸을 뒤튼 그가 뒤를 바라보며 다시 유성추를 휘둘렀다. 이번에는 그것이 커다란 그물이 된 것처럼 하늘을 온통 시커먼 그림자로 뒤덮으며 번인삭의 허리통을 휘감아왔다.

마상에서 역시 몸을 틀어 뒤를 바라보며 장창을 휘둘러 그
것을 쳐내는 번인삭의 창술에 양쪽 진영에서 와 하는 함성이
터져 나왔다. 아군은 물론 적까지도 그의 현란한 창술에 환호
하는 것이다.

다시 말을 마주 보게 한 두 사람이 처음보다 더욱 맹렬하게
서로를 향해 달려들었다.

말들이 으르렁거리고, 어지럽게 휘도는 발굽에 뽀얗게 먼
지가 일어 두 사람을 가렸다. 그 속에서 우렁찬 고함 소리와
바람 소리, 쨍강거리는 쇳소리가 쉬지 않고 터져 나왔다.

십여 합을 그렇게 싸우던 두 사람이 갈라졌다. 각기 말을
달려 먼지구름 속에서 빠져나오는 모습을 바라보던 사람들이
모두 숨을 죽였다.

몇 걸음 달려나갔던 번인삭의 말이 비틀거리더니 고꾸라
졌던 것이다.

빗나간 유성추에 목을 맞았던지 머리를 들지 못하고 버둥
거리며 구슬프게 울었다.

말에서 굴러 떨어진 번인삭이 창을 내던지고 벌떡 일어섰
는데, 그는 어느새 말안장에 걸어놓았던 활을 쥐고 있었다.
그것에 한 대의 화살을 걸고 시위를 힘껏 당기는 모습이 생생
하게 보였다.

황보강은 저 유성추의 장수가 위험하다고 생각했다. 그리고 그 순간 돌아서는 장오의 가슴을 향해 화살이 힘차게 날았다.

그것에 정통으로 가슴을 꿰뚫린 장오가 비명과 함께 말에서 굴러 떨어지는 모습을 보며 석지란과 모용탈이 동시에 발을 굴렀다.

"아깝다."

그들은 유성추를 휘두르는 청년 장수의 힘과 거친 기백에 흠뻑 빠져 있었던 것이다.

그러나 황보강의 생각은 달랐다. 그는 황동 갑옷을 입은 젊은 장수, 번인삭에게 감탄했다.

"전장에서 싸우는 법을 잘 알고 있는 자다. 훌륭해."

창법이 날카롭고 정교해 기병전에서 위력을 발휘할 만하다. 게다가 궁사(弓射)에도 능하니 저만한 장수를 찾아보기 힘들 것이다.

장오가 뜻밖의 죽임을 당하고 번인삭은 말을 잃었으니 양쪽 진영 모두가 술렁거렸다.

그때 갑자기 동태웅의 진중에서 세 명의 장수가 말을 달려 나왔다. 번인삭을 잡으려는 것이다.

그것을 본 창왕의 진영에서도 세 명의 장수가 쏜살같이 말을 몰아 달려왔다.

이제는 여섯 명의 장수가 한꺼번에 어울려 싸우는 난전이 벌어졌다. 서로의 기량이 엇비슷해서 쉽사리 승부가 날 것 같지 않았다.

십여 합이 지나갔을 때 양쪽 진영이 활짝 열리고 병사들이 함성을 지르며 쏟아져 나오기 시작했다.

선두는 역시 기병이었다.

창왕의 진영에서 쏟아져 나오는 기병은 얼핏 보아도 삼만 기가 넘어 보였다. 그것을 상대하기 위해 마주 달려오는 동태웅의 기병들도 일만 기 가까이 된다.

그것들이 일제히 벌판을 두드리며 달리자 그 소리에 땅이 흔들렸다.


4. 천궁진(天弓陣)을 아는 사람


참으로 오랜만에 이와 같이 장쾌한 장면을 구경하는 황보강은 물론 석지란과 모용탈도 긴장하여 두 주먹을 움켜쥔 채 눈을 부릅뜨고 바라보았다.

비명과 말 울음소리, 창검 부딪치는 소리로 벌판이 떠나갈 듯했다.

보병들은 진군을 멈춘 채 멀찍이 떨어진 곳에서 기병들의 싸움을 구경하기만 할 뿐 가까이 다가갈 엄두를 내지 못했다.

그들의 싸움을 뚫어지게 지켜보던 황보강이 '아!' 하고 탄성을 터뜨렸다.

"이 싸움은 동태웅이 이기겠군요."

모두 의아하여 황보강을 바라보았다.

양측이 서로 비슷한 전력이라는 건 두 눈으로 확인했다. 그렇다면 수가 많은 쪽이 절대적으로 유리할 것 아니겠는가. 그러니 두 배나 많은 병력을 이끌고 온 창왕이 이겨야 한다. 그러나 황보강은 이미 결정된 일이라는 듯 단호하게 동태웅이 이길 것이라고 말했다.

"어째서?"

석지란의 물음에 황보강이 손을 들어 한곳을 가리켰다.

그의 손끝을 따라 시선을 돌린 사람들이 탄성을 터뜨렸다. 남쪽과 북쪽 벌판의 좌우에서 은밀하게 이동하는 기병들이 있었던 것이다.

"동태웅의 진영에 병법에 밝은 군사가 있는 게 틀림없습니다. 기습을 준비했고, 또 만약을 대비한 별동대를 숨겨두었으니 말입니다. 어쩌면 그들이 이 싸움의 주역인지도 모르지요."

각기 일만으로 보이는 경기병들이 벌판을 멀리 돌아 전장의 좌우 측면을 은밀하게 지나고 있었다. 황보강 등이 서 있는 높은 산 능선에서는 한눈에 보였으나 정작 싸움이 더욱 치열해지고 있는 벌판에서는 알아채기 힘들 것이다.

황보강이 별동대라고 지목한 일만 기 남짓의 경기병들은 대오를 갖춘 채 동태웅의 진영 앞에 나와 있었다. 땅에 박아 놓은 것처럼 조금의 움직임도 없다.

"저들은?"

풍옥빈이 호기심을 참지 못하고 물었다. 이처럼 대규모의 집단전은 처음 구경하는 것이라 무심한 그의 가슴에도 피가 끓어오르고 있었던 것이다.

황보강이 확신에 찬 어조로 말했다.

"이 싸움의 주인공은 저들이 될 것입니다."

"고작 일만여 기의 기병으로 말이냐?"

"두고 보면 알 것입니다. 동태웅의 나머지 구만 병력은 저들 일만 기의 기병이 공을 세우게 하기 위한 속임수에 지나지 않을 것입니다. 결국 승리는 저 일만 기의 별동대가 취하게 되겠지요."

"허—"

황보강의 말에 풍옥빈은 물론 석지란과 모용탈이 모두 탄성을 터뜨렸다. 그러나 그들은 그 말을 여전히 믿을 수 없었다.

바야흐로 양측 삼십만의 대군이 일제히 부딪치려 하는 저 굉장한 전장을 고작 일만 기의 기병으로 장악한다는 게 말이 되지 않기 때문이다.

황보강은 몸마저 앞으로 기울인 채 더욱 뚫어지게 전장을 내려다보고 있기만 했다. 마치 제가 이 싸움을 지휘하는 장군이 된 것 같다.

그때 창왕의 진영에서 다시 오만에 가까워 보이는 기병들이 전장을 향해 쏟아져 나왔다.

앞서 내보냈던 삼만의 기병들은 동태웅의 전력을 이끌어내기 위한 수단이었고, 지금이라고 생각한 창왕이 모든 전력을 쏟아부은 것이다.

머릿수에 있어서도 적의 병력을 압도하는 기병으로 일거에 휩쓸어 버리려는 의도가 분명했다.

군막 안에서 동태웅과 함께 전장의 상황을 예의 주시하고 있던 황보숭이 얼굴을 가리고 있던 부채를 접어 앞을 가리켰다.

"바로 지금이다. 오직 앞만 바라보고 달려야 한다."

군령이다.

단단히 준비하고 있던 태자 청화륜이 우렁찬 소리로 복명하고 군막을 나갔다. 진영 앞에서 대기하고 있던 일만 기의 별동대를 이끄는 장군이 바로 그였던 것이다.

청화륜이 자신의 애마에 올라 선두에 나서는 걸 본 황보숭이 한 손을 높이 들었다. 그때를 기다리고 있었다는 듯 요란한 포성이 세 번 거푸 들려왔다. 그러자 그것을 신호로 삼은 듯 벌판의 좌우로 은밀하게 이동하던 두 개의 기병단이 일제히 전장을 향해 달려들었다.

급히 방향을 꺾더니 전력을 다해 질풍처럼 달려오는데, 진영을 빠져나온 창왕의 주력 오만 기를 향해서였다.

그들은 좌우에서 갑자기 찔러 들어오는 기습을 만나 당황했다.

각기 이만 기씩 두 무리로 나뉘어 그들을 맞이하러 나가는 한편, 나머지 일만 기는 여전히 전장을 향해 질주해 갔다.

이제는 보병들이 싸움에 뛰어들었다.

뒤에서 명령을 기다리고 있던 동태웅의 보군 오만 명이 전장을 향해 힘껏 내닫기 시작한 것이다.

장창을 겨눈 일만 명이 선두에 섰고, 그 뒤를 칼과 도끼, 철퇴 등을 든 중보병들이 함성을 지르며 따른다.

그들은 부챗살을 펴듯이 넓게 퍼지며 전장을 덮어갔다.

그동안 전력을 다해 창왕의 기병단과 맞서 싸우던 선봉 일만 기의 기병들이 뒤로 빠지기 시작했다. 그들의 피해는 막심해서 처음 일만 기이던 것이 이제는 불과 이삼천 기로 줄어 있었다.

어느 전장에서나 선봉의 피해가 가장 크게 마련이다. 그만큼 막중한 역할을 한다.

동태웅의 선봉대 일만 기는 제 역할을 충분히 해주었다.

창왕의 선봉 삼만 기를 맞아 그들의 진격을 가로막고 황보숭이 계획했던 군략이 실행될 수 있는 시간과 여건을 이끌어냈던 것이다. 그들 모두에게, 산 자는 물론 죽은 자들에게까지도 큰 상을 주어야 할 것이다.

동태웅의 보군들이 나오는 걸 본 십만여 명이나 되는 창왕의 보군들도 더 이상 기다리지 않고 마주 전장을 향해 달려나왔다.

이내 전장은 기병과 보군이 뒤섞여 피아를 구분하기 어려운 난전장으로 변해갔다.

선봉이 무너진 반군들을 단번에 짓밟을 작정으로 달려왔던 창왕의 본진 오만의 기병단은 보군들과 완벽한 합동작전을 펼 수 없었다. 사만이라는 병력을 빼서 동태웅의 기습적인 기병전에 응변해야 했기 때문이다.

그래도 일만의 기병이 전장에 뛰어들 수 있으니 다행인지 모른다. 그들의 난입으로 인해 전장은 더욱 아수라장이 되었고, 동태웅의 보군들이 밀리기 시작했던 것이다.

정면으로 격돌하는 게 아니라 밀리는 자들을 쫓으며 쳐들어가는 양상이 되자 전장은 드넓은 벌판 전체로 퍼져 나갔다. 그만큼 엷어질 수밖에 없다.

"이때다!"

손에 땀을 쥐고 그것을 지켜보던 황보강이 소리친 것과 동시에 쿵! 하고 동태웅의 진영에서 다시 한 발의 포성이 울렸다.

그리고 그때까지 석상들처럼 미동도 하지 않고 서서 전장을 바라보기만 하고 있던 별동대 일만의 경기병들이 일제히 함성을 지르며 앞으로 쏟아져 나갔다.

내닫는 말발굽 소리가 땅을 흔든다. 죽음을 각오한 자들의 무서운 기세였다.

황보강은 그 선두에서 칼을 휘두르며 달려가는 장수에게서 눈을 떼지 못했다.

"아! 과연 네 말이 맞았구나!"

싸움의 양상을 지켜보던 풍옥빈이 탄성을 터뜨렸다. 황보강이 이 전장을 마치 제가 계획하고 주도하는 것처럼 훤히 알고 있다는 게 경이로웠던 것이다.

선두의 청화륜을 좌우에서 네 명의 부장이 호위했고, 그들의 뒤를 일만의 기병이 한 몸이 된 듯 따랐다. 그들이 대나무를 쪼개듯 곧게 전장을 가르고 질주해 가는 모습은 아름답기까지 했다.

그들은 좌우를 돌아보지 않았다. 넓게 퍼진 전장의 한복판을 화살처럼 가르며 질주해 갈 뿐이다.

비로소 그들이 위험한 존재라는 걸 안 창왕의 기병들이 달려들었지만 뒤엉킨 적과 아군의 보병들 때문에 조직적이지 못했다.

산발적으로 부딪쳐 오는 적의 기병들을 가볍게 해치우며 일만 기의 별동대는 오직 정면 저 멀리 보이는 창왕의 군막을 향해 쇄도해 갈 뿐이었다.

그들이 전장을 뚫고 빠져나왔다. 놀랍게도 거의 희생이 없었다.

그때에야 사태가 어떻게 된 건지 파악한 창왕의 군막이 혼란스러워졌다. 언덕 아래 아직 대기하고 있던 친위군 일만의 기병이 마저 군진을 박차고 일제히 뛰어나왔지만 그때는 청화륜이 이끄는 기병들이 이미 코앞에 닥쳐들고 있었다.

선두의 기병들이 맹렬하게 충돌했다. 잠시 주춤거리는 사이에 청화륜의 기병대 후미가 좌우로 갈라지더니 밀물처럼 쏟아져 들어가 격렬하게 창왕의 친위 기병단을 두드리기 시작했다. 그들이 우왕좌왕하는 게 똑똑히 보인다.

그 틈에 청화륜은 남은 자들을 이끌고 다시 똑바로 달려나갔다.

그 모든 광경을 지켜본 황보강이 놀란 외침을 터뜨렸다.

"아, 저것은 확실히 천궁진이다! 대천궁진과 소천궁진을 동시에 펼치고 있어!"

"천궁진이라고? 그게 뭔데?"

처음 들어보는 말에 석지란이 급하게 물었다.

황보강은 대꾸할 정신도 없어 보였다. 몸을 더욱 기울인 채 이제는 입마저 딱 벌리고 놀라서 바라볼 뿐이다.

어느새 선두의 기병들이 언덕 위로 뛰어오르고 있었다.

창왕이 호위들에게 둘러싸여 급히 말에 오르는 모습이 똑똑히 보였다.

그는 겨우 백여 기의 기병들에게 보호받으며 뒤도 돌아보지 않고 달아났다.

청화륜이 이끄는 별동대는 격렬하게 저항하는 친위대를 짓밟더니 그대로 창왕의 뒤를 추격하기 시작했다. 그러나 갑옷과 병장기마저 내던진 채 홑옷 차림으로 미친 듯이 달아나는 창왕과의 거리는 점점 멀어지기만 했다.

"끝났어."

황보강이 비로소 몸을 바로 세우고 한숨을 쉬었다.

누구나 이 싸움은 이제 끝났다는 걸 알 수 있을 만큼 전세가 동태웅 쪽으로 확연하게 기울어가고 있었던 것이다.

창왕이 겨우 몸만 빼서 달아났다는 걸 안 연합군들은 전의를 잃고 말았다.

한번 사기가 꺾이자 전세는 급격히 기울었고, 이제는 무엇으로도 돌이킬 수 없게 되었다.

여기저기에서 병장기를 버리고 항복하는 자들이 보였다.

셀 수 없을 만큼 늘어난다.

"대체 누가?"

황보강은 여전히 멍한 얼굴로 저 멀리 보이는 동태웅의 군막을 바라보았다.

저 안에 누가 있기에 이처럼 훌륭하게 수만의 대군을 제 몸처럼 마음대로 지휘할 수 있는 건지 궁금하기만 했다.

더구나 그가 대소(大小) 천궁진(天弓陣)을 알고 있을 뿐 아니라 그것을 이처럼 완벽하게 구현해 냈다는 데에 더욱 경악했다. 등에 소름이 돋을 지경이었다.

그러는 동안 전장은 이제 마지막에 다다르고 있었다.

산발적으로 저항하는 자들을 제압하는 모습이 보였고, 항복한 자들을 포박하는 모습이 보였다.

달아나는 자들을 뒤쫓지 않는 건 전장에서의 예의이자 훌륭하게 싸운 상대에 대한 경의를 표하는 일이기도 하다.

병사들에게 그러한 것까지 가르치고 실천하도록 만든 그 누군가에 대하여 황보강은 전율을 느끼지 않을 수 없었다. 고작 척라국의 상인에 지나지 않았던 동태웅의 휘하에 그런 자가 있다는 게 믿어지지 않는다.

"아, 장차 천하는 동태웅의 손에 들어갈지도 모르겠구나."

황보강이 긴 탄식과 함께 그렇게 중얼거리고 말 머리를 돌렸다.

이 세상에서 천궁진을 아는 사람은 아버지와 자기뿐이라고 굳게 믿어왔다. 그런데 엉뚱한 곳에서 그것을 보게 되었으니 마음이 혼란하기 짝이 없었다.

황보강은 아버지에게서 그 천궁진을 배웠다.

도유강에서 아버지는 그에게 말했다.

"이것은 내가 생각해 낸 것이다. 한 번도 전장에서 써본 적은 없지만 그 어떤 진법보다 강렬하고 효과적일 것임을 확신한다. 그러니 잘 배워두어라. 장차 너에게도 이것이 큰 힘이 될 것이다."

그 말에 황보강은 더욱 정신을 기울여 천궁진의 운용법과 그 묘용과 변화를 배웠지만 아직까지 한 번도 실전에서 펼쳐볼 기회가 없었다.

오직 이 세상에서 아버지와 자기만 알고 있다고 여겼던 그것이 금맥평에 갑자기 나타났다는 걸 생각하면 '대체 어찌된 일인가?' 하는 의문 때문에 머리가 어지러워지기만 했다.

# 第四章

## 삼산평(三山坪)의 변화

## 1. 돌아오다

금맥평의 싸움 이후 세상이 달라졌고 황보강 또한 달라졌다.

세상은 동태웅의 대승에 고무되기도 하고 두려워하기도 했으므로 온갖 말들이 떠돌아 뒤숭숭해졌다.

그중 사람들을 가장 두렵게 하는 건 사량격발이 진노하여 친히 대황국의 정예 기병단을 보낸다는 것이었다.

과거 척라국의 영토에 대한 또 한 차례 무자비한 정벌을 단행할 것이라는 소문이 세상을 떨게 했다.

창왕은 재기 불능의 상태가 되어 이웃한 율해왕 모아합에게로 피신했다고 한다.

사실상 그의 번국은 무너진 것이다.

그러자 누구나 생각했던 대로 각지에서 효웅들이 들고일어나 세력을 불리기 위한 싸움으로 날 가는 줄 몰랐다.

가뭄이 극심한 중에 그런 혼란까지 겹치니 민초들만 죽을 맛이었다.

척라국의 영토 전체가 열병을 앓는 것처럼 달아올랐고, 솥단지의 죽처럼 들끓어 하루도 평온할 날이 없었다.

황보강이 그 척라국을 통과하면서 목격한 크고 작은 싸움만도 서른 개가 넘었으니 더 말할 것도 없다.

영주와 호족들의 싸움이 그칠 줄 몰랐다. 그런 싸움 중에는 주제를 모르고 일어선 어중이떠중이들이 설쳐 대는 것들도 있었다.

그들은 도적의 떼와 다를 게 없었다. 큰 꿈도 야망도 없이 그저 이 혼란 통에 한 뼘의 땅과 한 바가지의 재물이라도 더 차지하려고 하는 것뿐이니 그렇다.

그러나 그런 자들도 필요에 의해 서로 뭉치면 일만이나 이만의 대군이 되곤 했으므로 뜻있는 영주들에게는 골칫거리가 아닐 수 없었다.

살기 위해서는 강도질을 할 수밖에 없다고 여기는 자들이 늘어나는 것도 문제였다. 그런 자들은 별다른 죄의식 없이 남과 이웃을 죽이거나 약탈하기를 서슴지 않았다.

혼란이 혼란을 불러오고 가중시키는 악순환이 거듭되기만
할 뿐 그것을 통제할 사람이 아무도 없으니 옛 척라국은 이대
로 버려진 땅이 되어버릴 것 같았다.

그 혼란을 묵묵히 바라보며 통과하는 황보강의 마음은 내
내 편치 않았다. 금맥평의 일전에서 보았던 대소 천궁진에 대
한 생각이 지워지지 않아 더욱 그렇다.

말라붙어 버린 개울가에서 모닥불을 피워놓고 야숙을 할
때 그런 황보강의 마음을 짐작한 풍옥빈이 궁금함을 참지 못
하고 물었다.

"대체 네가 말한 그 천궁진이라는 게 무엇이기에 그처럼
신경을 쓰고 있는 것이냐?"

"금맥평에서 보았듯이 좌우로 두 무리의 기병을 보내 그것
으로 활의 역할을 하게 하는 것이지요."

"그 기병들이 빨리 달려 전진할수록 활을 크게 굽히는 게
되겠군?"

"그렇습니다."

"그럼 활시위는 본진의 보병들이 되겠구나?"

"그렇습니다."

황보강이 감탄했다는 듯 풍옥빈을 바라보았다.

한 가지를 가르쳐 주었을 뿐인데 모든 걸 짐작하니 그렇다.

"화살의 역할을 하는 게 바로 별동대이지요. 큰 활을 힘껏 당겨 강전을 쏘아 보내는 효과를 내는 게 천궁진입니다. 처음 별동대가 달려나가던 그것이 대천궁진이고, 나중에 창왕의 친위대와 부딪쳤을 때 그들이 다시 좌우로 갈라져 활대의 역할을 하고 남은 자들이 화살이 되어 곧장 뚫고 나갔던 게 소천궁진이 되는 것입니다."

"흠, 그걸 성공하기 위해서는 누군가 병사들을 제 수족처럼 부릴 수 있는 사람이 있어야겠군."

"그렇지요. 전장의 상황을 한눈에 파악하고 주도할 사람이 있어야 하며, 그의 명령을 한 치의 오차도 없이 완수할 병사들이 있어야 합니다. 또한 시간이 무엇보다 중요하지요. 적당한 때를 놓치거나 너무 서두르게 되면 아무 효과도 얻지 못합니다."

"지나치게 당겨서 활대가 부러지거나 채 당기지도 않아서 활시위를 놓아버리는 꼴이 된단 말이지?"

"대단하십니다. 풍 형은 병략가가 되어도 크게 성공했을 것입니다."

진심으로 감탄하는 황보강을 보며 풍옥빈이 멋쩍은 웃음을 흘렸다.

"상황을 제 뜻에 맞게 만들어갈 수 있는 능력이 천궁진을 주도하는 가장 큰 힘일 텐데 나에게는 그처럼 주도면밀하게 지휘하고 통제할 두뇌와 인내심이 없다."

그건 석지란이나 모용탈도 마찬가지였다.

그들의 말을 엿듣고 있던 석지란이 '쳇' 하고 혀를 찼다.

"그런 걸 하려고 했다가는 머리통이 터져 버리고 말 거다. 나는 화살이 되겠어. 그냥 쳐들어가서 가슴팍이든 대가리든 박살 내버리는 게 좋아."

내내 말없이 있던 백검천이 처음으로 참견했다.

"천궁진을 그렇게 잘 아는데 무엇 때문에 근심한 거냐? 필요하면 언제든 너도 그 진법을 사용하여 싸울 수 있지 않겠어?"

그는 황보강이 천궁진을 상대할 방법을 생각하느라 고민하는 것이라고 여겼던 것이다.

황보강이 한숨을 쉬었다.

"그게 아니다. 이 세상에서 천궁진을 아는 사람은 두 사람뿐이어야 한다. 바로 나와 나에게 그것을 가르쳐 주신 아버지이시지. 그분이 고안해 낸 진법이니 다른 사람들이 알 리가 없다."

등을 돌리고 누워 있던 모용탈이 몸을 일으키고 황보강을 바라보았다.

"그렇다면 동태웅의 진중에서 군사의 역할을 한 사람이 바로 네 부친이란 말이냐?"

"그럴 리가 없다."

황보강이 단호하게 부정했다.

아버지는 결코 도유강을 떠나지 않을 것이라는 확신이 있었던 것이다.

세상일에 나서서 스스로를 번거롭게 할 분이 아닌 것이다. 지금도 아버지는 도유강의 정자에 앉아 한가롭게 거문고를 타고 있을 게 틀림없다.

아니, 아버지가 세상에 나오셨다고 해도 다시 전란의 와중으로 걸어 들어가셨을 리가 없다. 무엇보다 싸움을 미워하고 싫어하시던 분 아닌가.

더구나 그 아버지가 동태웅에게 몸을 의탁하여 그를 도울 리가 없다고 믿었다.

적어도 아버지를 거둘 만한 그릇을 가진 사람이라면 이 천하에서 사량격발과 맞설 만한 자라야 할 것이다. 그런데 동태웅은 결코 그만한 인물이 되지 못한다는 걸 풍옥빈이 증언하지 않았던가.

그러므로 아버지가 동태웅의 진중에 있을 리 없다.

그런 굳은 믿음 때문에 황보강은 더욱 혼란스러워져 있었다.

그렇다면 대체 누가 천궁진을 펼쳤단 말인가 하는 의문에 대한 답을 찾을 수 없기 때문이다.

'어쩌면 아버지께서 누군가에게 그것을 가르쳐 주었을지
도 모르지.'

그렇게 생각할 수밖에 없다.

정말 그렇다면 그건 아버지가 그자를 단단히 믿고 그자의
능력을 높이 샀다는 것이리라. 그렇다면 그자가 누구일까 하
는 생각이 또 다른 궁금증을 불러온다.

"부딪쳐 보면 절로 알게 되겠지."

풍옥빈이 그렇게 말했다.

황보강은 그 말이 옳다고 생각했다. 당장 도유강으로 달려
가 확인하고 싶은 마음이 굴뚝같지만 그럴 수 없기 때문이다.

암흑존자와 얽혀 버리고 만 저의 이 빌어먹을 운명 속에 아
버지를 끌어들일 수는 없다고 다시 한 번 이를 악문다.

                    *              *              *

석 달 뒤.

대결륜산을 떠나온 지 꼭 여섯 달이 되어갈 무렵에야 황보
강은 풍옥빈 등과 함께 삼산평을 감추고 있는 관조산을 멀리
서 바라볼 수 있게 되었다.

어느덧 아국충과 약속한 삼 년이 지나가고 있을 무렵인 것
이다.

이백 리가 온통 황량한 땅이라 사람들의 왕래가 끊어진 지 오래된 곳이다.

이 세상에서 철저하게 버려진 또 하나의 공간.

그곳에 관조산이 있고, 그 너머에 삼산평이 있다는 걸 아는 사람이 거의 없었다.

삼 년 전의 일이 그랬는데, 지금은 그때와 사뭇 달라져 있었다.

많은 사람이 오간 흔적이 버려진 땅 여기저기에 나 있었던 것이다. 차마가 통행한 흔적도 뚜렷하고, 황량한 벌판과 산기슭에는 드문드문 마을이 생겨나 있기도 했다.

황보강은 그 변화 앞에서 격세지감을 느끼고 감회가 새로워졌다.

이처럼 사람들의 흔적이 생겼다는 건 아국충이 제 당부의 말을 잊지 않고 삼산평을 잘 다스렸다는 것이리라.

얼마나 어떻게 변했을지 궁금해 몸이 달아올랐다. 그리고 그날 해가 저물기 전에 한 떼의 사람들과 조우했다.

관조산 동쪽, 바다와 연해 있는 툭 터진 곳에 높고 튼튼한 성벽이 쌓여 있었고 망루가 세워져 있었다.

삼산평에서 유일하게 뚫린 곳을 저렇게 성벽으로 막았으니 이제 그곳은 누구도 넘볼 수 없는 요새가 되어 있으리라.

그들이 가까이 다가가자 망루 위에서 파수를 보던 자가 황보강을 알아보았다. 즉시 소리쳤고, 이내 성문이 활짝 열리며 한 떼의 사람들이 쏟아져 나왔다.

말을 달려오는 이십여 명의 사람들은 갑주를 입은 병사와 홑옷 차림이거나 웃통을 벗어부친 자들이었다.

그들을 본 황보강의 얼굴에 웃음이 짙어지더니 두 팔을 활짝 벌리고 크게 소리쳤다.

"호장충! 장소삼!"

선두를 다투며 달려오고 있는 두 사람은 과연 삼 년 전 검은 벌판에서부터 황보강을 따르기 시작한 장수 호장충과 관조산의 산채에서 소두령 노릇을 하고 있던 장소삼이었다.

그 뒤를 따르고 있는 사람들도 모두 낯이 익다.

황보강에 의해 귀호대로 바뀐 병사들이고, 관조산의 터줏대감 노릇을 하던 산적들인 것이다.

그들이 반가움을 주체하지 못하고 한 덩어리가 되어서 악을 쓰듯 소리 지르며 달려오고 있었다.

"네가 말했던 자들이냐?"

다가온 석지란이 호기심으로 눈을 반짝이며 물었다.

황보강이 크게 고개를 끄덕였다. 얼굴이 홍분으로 붉어져 있다.

"그렇다. 저들이 바로 나와 함께 신천지를 개척했고, 한 나라를 이루어갈 주인공들이지."

"쳇, 생긴 건 영락없는 산도둑놈들인데, 뭘."

## 2. 무르익는 꿈

모두가 황보강의 무사 귀환을 반가워했지만 특히 아국충이 더 그랬다.

그는 지난 삼 년 동안 황보강이 말했던 대로 삼산평에 수로를 놓고 사람들을 받아들여 땅을 나누어 주며, 그들 속에서 장정들을 뽑아 병사로 훈련시켰다.

또한 세 개의 산을 잇는 성을 쌓고 망루를 세웠으며 우물을 팠으니 한시도 편히 쉴 새가 없었다.

"황 대장, 당신이 드디어 돌아왔으니 이제 발을 쭉 뻗고 잘 수 있겠군."

그가 손을 잡고 흔들며 대뜸 한 말에서 황보강은 그동안 겪었을 그의 고충을 충분히 짐작할 수 있었다.

흰 얼굴에 귀골의 품위가 배어 있던 아국충은 지난 삼 년 동안 거칠게 변해 있었다. 고생한 티가 완연하다.

그의 노력으로 삼산평 너른 들에는 곡식이 무르익어 고개를 숙였으며, 관조산 아래에는 이만여 호의 커다란 성읍이 생겨나 있었다.

상주하는 사람은 십만에 가까웠는데, 장정들이 많아서 그

중 병사로 뽑아 농사와 훈련을 함께하도록 한 사람들이 삼만 명이나 된다고 했다.

갑주를 입히고 창검을 들게 하면 당장 전장에 달려나가 제 몫을 할 만큼 단련된 병사가 삼만이나 생긴 것이다.

바깥세상은 가뭄으로 극심한 고통을 겪고 있었으나 삼산 평은 그렇지 않았다. 황보강이 떠나기 전 저수고를 만들고 물 길을 계획해 둔 덕이었다.

또한 그동안 관조산과 풍령, 운달 세 산이 물을 빨아들이기 만 했을 뿐 내보내지 않아 넘치도록 많은 지하수를 감추고 있 었기 때문이기도 하다.

연 닷새에 걸친 잔치가 끝난 뒤에 황보강은 아국충의 안내 를 받으며 세 개의 산을 이은 성벽과 망루를 돌아보고 주민이 거주하는 지역과 물길을 꼼꼼하게 살펴보았다.

아직도 이삼만 호, 십만 명은 더 받아들일 수 있다는 결론 을 내린 황보강은 이제 꿈을 실현시킬 때가 되었다고 여겼다.

흥분으로 가슴이 뛴다.

"가을 추수가 끝나면 본격적으로 병사들의 훈련이 시작된 다네. 한 달 뒤에는 그 장관을 볼 수 있을 거야."

아국충이 우쭐대며 하는 말에 황보강의 마음은 더욱 달아 올랐다. 과연 삼만 명의 병사들이 얼마나 단련되어 있는지 당 장 보고 싶어 몸살이 날 지경이다.

드디어 추수가 모두 끝났다.

새벽이면 찬 서리가 내리기 시작하는 무렵이 되었고, 삼만 명의 병사들을 조련시킬 때가 되었다.

황보강의 재촉으로 우선 그들을 점고하기로 한 아국충이 막장들을 모두 소집했다.

"출진하는 것이라고 생각해. 그동안 갈고닦은 기량을 아낌없이 보여주도록!"

그의 군령에 이십여 명이나 되는 장수가 일제히 우렁차게 복명했다.

각 장수 휘하의 부장들만 해도 일백여 명이 되었으니 그들이 부하들을 인솔하여 삼산평에 운집한다면 장관일 것이다.

북소리가 둥둥 울리자 삼산평으로 병사들이 쏟아져 나오기 시작했다.

모두 번쩍이는 갑주를 입었고 잘 갈린 창검을 들었는데, 그중 기병이 일만이었다.

아국충은 그동안 부지런히 말을 사들이고 갑주며 병장기를 만들어 그들 모두를 훌륭하게 무장시켰다.

중무장한 일만의 기병들이 기치창검을 세워 들고 북쪽에 도열했고, 이만의 중보병 또한 기치창검을 번쩍이며 남쪽에 도열했다.

삼만의 병사들이 일제히 움직이는 모습은 장관이었다.

각 대별로 기병들이 열 무리로 벌려 섰고, 보군들 또한 그렇게 했다. 그들 한 무리가 한 명의 장수에 의해 통솔되는 독립된 군진인 것이다.

각 군진은 다시 열 개의 작은 무리로 나뉘어 각자의 자리를 지키고 섰다. 부장들이 그들을 지휘한다.

엄숙한 기운이 구름처럼 삼산평을 뒤덮었다. 늠름한 기상과 번쩍이는 눈빛에서 충천한 사기가 느껴진다.

병사들은 그동안 황보강에 대해서 귀가 아플 만큼 듣기만 했을 뿐 직접 보는 건 처음이었다.

그가 자신들을 통솔할 군령이 될 것임을 알기에 그의 눈에 잘 보이기 위해 더욱 분발한다.

황보강은 갑주를 입고 전포를 두른 아국충과 함께 전차에 올라타고 그들을 사열했다.

이어서 모든 병사들이 질서있게 움직이기 시작했다.

높은 대 위에는 황보강이 아국충과 함께 앉았고, 그들의 뒤에 풍옥빈과 백검천, 석지란, 모용탈이 좌우로 나누어 앉았다.

대 아래에는 완전무장한 일백 명의 호위대가 눈을 부릅뜨고 엄숙하게 도열해 섰다.

거푸 북소리가 둥둥 울리고 기병을 선두로 한 삼만 병사가

차례로 대 앞을 지나가며 황보강 등에게 군례를 올렸다. 상견
례인 것이다.

그 엄정한 질서와 절도있는 행동이며 칼끝처럼 날카롭게
세워진 군기가 눈부시게 빛났다.

"대단하다, 대단해!"

석지란이 연신 감탄했고, 무뚝뚝한 모용탈마저 일 대의 병
사들이 지나갈 때마다 탄성을 터뜨렸다.

그들은 이처럼 질서정연하고 군기가 엄숙한 병사들을 처
음 보는 터였다. 사량격발의 정병들이라고 해도 이보다 더 잘
훈련되지는 못했을 것이라는 생각에 가슴이 쿵쿵 뛰었다.

장군의 호령 한마디에 수많은 병사들이 한 몸처럼 움직이
는 걸 보면 절로 흥분될 수밖에 없다.

게다가 자신들이 장차 이 병사들을 이끌고 전장에 나가 종
횡무진으로 말을 달릴 생각을 하면 더욱 그렇다.

병사들의 싸움에는 별 관심이 없는 풍옥빈이나 백검천 또
한 놀란 눈을 두리번거리기는 마찬가지였다.

그들은 모두 황보강과 나란히 앉아 있는 아국충을 존경의
눈으로 바라보았다.

저 부드러워 보이는 귀골의 젊은 장군이 많은 병사들을 이
토록 훌륭하게 조련시켜 냈다는 데에 절로 경외지심이 든 것
이다.

그건 황보강도 마찬가지였다.

그가 아국충의 거칠어진 손을 잡으며 열에 들떠 말했다.

"정말 훌륭하군. 아 장군, 당신은 내 기대 이상으로 잘해주었어. 고생했네."

아국충이 씩 웃었다. 넘치는 자신감이 그의 얼굴에 가득했다.

"말을 더 많이 사들여야겠어."

황보강의 말에 아국충이 고개를 끄덕였다.

"나도 기병들을 더 확충해야 한다고 생각했다네."

"지금의 일만으로는 부족해. 내 욕심 같아서는 저들 삼만 명을 모두 기병으로 양성하고 싶군."

"불가능할 것도 없지. 그동안 정련해 놓은 철과 다른 광물이 풍부하니 마구며 병장기를 만드는 데 지장이 없고, 그것들을 밖으로 가지고 나가 말과 바꾸어 오기에도 충분할 것이네."

하지만 어찌 기병만으로 싸움을 할 수 있을 것인가. 전장에서는 보병의 역할이 더 중요할 때도 있다.

"우선 좋은 말을 일만 필만 더 사 오세. 그래서 일만 명의 기병을 더 만드는 거야."

기병 이만에 보병 일만의 군세를 갖추자는 말에 아국충도 찬성했다.

다음날부터 황보강이 몸소 병사들을 독려하며 조련하기 시작했다. 이제 몇 가지의 진법만 익숙하게 훈련시키면 될 뿐, 다른 건 필요없었다.

아국충은 서른 명의 부하로 하여금 상단을 꾸미게 하여 몸소 그들을 이끌고 밖으로 나갔다. 말을 구해오려는 것이다.

한 번에 일만 필을 모두 구입하면 세상의 이목을 끌게 될 것이므로 수백 필씩만 사 오기로 했다.

그것도 한번 사 오고 나면 잠시 사이를 두었다가 다시 사 와야 하니 앞으로 일 년 넘게 바쁘게 오가야 할 것이다.

황보강은 그 일 년이 가장 중요한 시간이라고 생각했다.

삼만 명 모두를 정병으로 가다듬기 위해서 우선 병사들의 편재를 새롭게 했는데, 훈련을 시키면서 눈여겨보아 둔 바가 있기 때문이었다.

그는 우선 귀호대를 새롭게 만들었다. 검은 벌판에서부터 자신을 따라온 일백 명의 병사들 외에 일백 명을 더 뽑아서 확충한 것이다.

새로 뽑힌 일백 명은 한때 도울 각하의 충의군에 속했던 자들로서 척망평의 일전에서 같이 싸운 역전의 용사들이었다.

아국충과 함께 살아서 이곳에 자리를 잡고 숨어 있던 자들이기도 하다.

그들 이백 명이 모두 귀호대에 배속되기를 원했으나 황보강은 그중 일백 명만 추려서 받아들이고 호장충에게 그들을 맡겨서 언제나 자신과 함께 움직이게 했다. 근위대 역할을 하게 한 것이다.

석지란과 모용탈에게는 각기 오천의 기병을 지휘하게 했다.

그 두 사람은 용력이 뛰어나고 두려움이 없는 자이면서 대군을 지휘했던 경험이 풍부한지라 그보다 적임자는 없을 것이다.

게다가 사막과 초원의 병사들은 모두 기병들이었으니 더욱 그들을 능숙하게 다루고 이끌 것이다.

황보강은 장차 그들 두 기병단을 별동대로 쓸 생각을 하고 있었다.

짐작하건대, 전장에 나가면 그 어떤 자의 별동대보다 몇 배나 뛰어난 기동력과 위력을 보여줄 것이다.

새롭게 구성될 일만의 기병은 아국충이 몸소 이끌게 할 작정이었다. 그들을 주축으로 삼으려는 것이다.

아국충은 황보강과 마찬가지로 어느덧 사십을 바라보는 장년의 무장이 되어 있었다. 그러나 전장에 나가면 여전히 빼어난 기량과 용맹을 보여줄 게 틀림없다.

황보강은 자신의 나이를 생각하면 세월의 무상함에 한숨이 나오고 마음이 초조해졌다.

하지만 바야흐로 천하를 경략하려는 때가 아닌가. 서두른 다고 될 일이 아니라는 걸 누구보다 그 자신이 잘 알고 있었다.

그러는 동안 아국충은 부지런히 오가며 말과 필요한 장비들을 사들였다. 그 결과 반년이 지났을 때는 오천 명의 기병을 더 만들 수 있게 되었다.

황보강은 그들에 대한 편제가 끝나자 호된 훈련으로 조련했는데 대부분이 궁술에 대한 것이었다.

전장에서 무엇보다 위력적인 게 바로 활이라는 걸 누구보다 그가 잘 아는 까닭에 더욱 공들여 궁술을 가르쳤고, 모두가 궁사에 익숙해지도록 다그쳤다.

누구나 아침에 훈련장으로 나오기 전에 오십 발의 강전을 쏘아야 했다. 그중 사십 발 이상 과녁에 적중시킨 자만 그날 훈련에 임할 수 있었다.

그렇지 못한 자들은 오전 내내 오직 궁술 연습만을 했다. 그래서 사십 발 이상 맞히면 오후 훈련에는 참석할 수 있지만 그렇지 못하면 그날 훈련은 빠져야 했다.

훈련에 참석하지 못한다는 건 불명예였다. 그러므로 다들 열을 올려서 궁술을 익히는 데에 노력을 기울였다.

또한 열흘에 한 번씩 각 군진 별로 궁술 시합을 열게 했는데, 그날 승리한 군진의 장수와 병사들에게는 술과 고기를 내리고 격려하였다.

명예가 걸린 일이라 각 군진에 속한 병사들은 경쟁심이 솟구쳐 밤잠을 걸러 가면서까지 궁술에 매진하기 일쑤였다.

그렇게 매일 반복되는 궁술 훈련 덕에 삼만의 병사들은 누구나 훌륭한 궁사들로 거듭나고 있었다.

황보강은 그들 중 탁월한 실력을 보이는 자들을 선발하여 기병으로 삼았다. 기존해 있던 기병들 중에서도 궁술에 처지는 자는 보군으로 내려보냈는데, 그건 황보강이 기병을 무엇보다 중요하게 여겼기 때문이다. 그들 개개인을 모두 정예한 병사들로 만들려는 의도인 것이다.

공성전이나 산악전에서는 무엇보다 보병의 역할이 크지만 그렇지 않은 전장을 지배하는 건 기병이게 마련이다.

보병은 짧은 기간에 충분히 훈련시킬 수 있지만 기병은 그렇지 않다. 그래서 황보강은 기병 전력에 더욱 공을 들이고 있었다.

기병들 중에서도 궁술이 뛰어난 자들 중 팔백 명을 뽑아 귀호대에 편입시켰다. 기존의 이백 명에 더하여 일천 명의 귀호대를 만든 것이다.

황보강은 그들을 전장의 쐐기로 쓸 작정이었다.

그들은 별동대와 달리 은밀하게 이동하여 적의 배후나 측면을 들이치는 기습전을 펼치게 될 것이다.

한 몸이 되어 용맹하게 적진을 가르고 나가 적장의 목을 치는 게 그들의 임무다.

상황에 따라서는 매복에도 투입되어야 하므로 보병전술 또한 익숙하게 익혀야 한다.

황보강은 그렇게 열성을 갖고 지도하는 한편 모두에게 뚜렷한 목표를 제시하고 희망을 심어주는 일에도 많은 노력을 기울였다.

그 결과, 삼만의 병사들은 모두 이곳을 발판으로 삼아 자신들의 새로운 나라를 세운다는 데에 한껏 고무되어 있었다.

대황국의 폭압에서 벗어나는 건 물론 청오랑국이나 척라국도, 삼산평이 속해 있는 명천사국(明川四國)도 아닌 자신들만의 새로운 나라를 만들어 그 안에서 새 삶을 살겠다는 건 얼마나 큰 희망인가.

먹을 게 풍족하고 공통의 목표가 있으며 훌륭한 장수의 지휘를 받으니 사기가 높아지지 않을 수 없다.

삼산평이 귀신도 살지 못할 땅이라는 오명을 벗고 지난 삼 년간 그토록 많은 병사들과 넘치는 사기와 풍요로움으로 거듭나고 있으니 그것을 넘보는 자들이 없을 수 없었다.

그동안은 버려진 땅으로써 누구도 신경을 쓰지 않았고, 세상과의 사이에 넓은 황무지가 가로막고 있어서 오가는 발길이 끊어졌었지만 이제는 아니었다.

가장 위험한 자는 삼산평 가까이에 있는 영주 곡차련(谷車聯)이었다.

그는 토호로서 한때 명천사국의 고관이었으나 나라가 망하고 대황국의 번국으로 새롭게 태어나면서 영주가 된 자였다.

곡차련은 황무지 건너의 번현(繁縣)에 차귀성(遮鬼城)이라는 크고 단단한 성을 쌓고 웅거하며 자신의 영지를 지배했는데, 몇 해 전부터 호시탐탐 삼산평을 넘보고 있었다.

그러나 삼산평이 원래 주인없던 땅이었으므로 제 소유권을 주장할 수 없었고, 몇 차례 염탐을 한 결과 철옹성 같은 그곳을 침략할 엄두를 내지 못했기에 참고 있었을 뿐이다.

그러나 삼산평이 병사들을 뽑아 무장하고 있다는 걸 안 뒤부터는 조바심을 냈다. 자칫하면 그곳이 자신의 심복지환(心腹之患)이 될 것이기에 그렇다.

그래서 요즈음 곡차련은 무슨 수를 써서든 속히 삼산평을 손에 넣어야 한다는 생각으로 밤잠을 설칠 지경이었다.

그 밖에 크고 작은 도적의 무리가 가끔 멋모르고 약탈하기 위해 달려들었으나 그때마다 참혹한 응징을 당하여 모두 죽었다.

그런 일들이 거듭되면서 혼란한 세상에는 어느덧 삼산평에 대한 희망의 말들이 조금씩 퍼져 나가고 있었다.

그곳에 가면 먹고사는 게 걱정없을 뿐 아니라 새 희망을 갖게 된다는 소문이었다.

그곳을 통치하는 지도자는 선인 같은 사람이고, 장수들은 신장(神將)과 같으며, 병사들 또한 용맹하기가 천병(天兵)들과 같다는 말이 조금씩 퍼져 나가기 시작했던 것이다.

그런 소문은 세상의 관심과 사람들의 호기심을 더욱 많이 끌어들였다. 삼산평은 이제 더 이상 감추어진 땅이 아닌 것이다.

### 3. 뜻밖의 소식

그날의 고된 훈련을 마친 병사들이 모두 처소로 돌아가고 드넓은 삼산평에 달빛만 괴괴한 무렵이었다.

막 잠자리에 들었던 황보강은 밖에서 들려오는 소리에 다시 일어나야 했다.

바깥이 시끌벅적해졌는데, 걸걸한 호장충의 호통 소리가 뚜렷이 들려왔다.

그는 무언가 단단히 화가 나서 수하들에게 마구 욕을 해대며 고함을 치고 있었다.

무슨 일인지 몰라 잠시 귀를 기울이고 있는 중에 급히 달려오는 발소리가 들리더니 문밖에서 한 사람이 외쳤다.

"장군, 주무십니까? 이리 나와보셔야겠습니다."

늘 수족처럼 곁을 떠나지 않고 있는 귀호대의 장령 중 한 명의 음성이었다.

무언가 사단이 벌어진 게 틀림없다고 여긴 황보강이 급히 옷을 차려입고 밖으로 나갔다.

뜰에는 벌써 많은 사람들이 웅성거리며 그를 기다리고 있었다.

호장충이 재빨리 계단 아래로 달려와 소리쳤다.

"아 장군이 붙잡혔답니다!"

그들은 이제 모두 황보강과 아국충을 장군이라 부르고 있었다.

황보강의 얼굴에 즉시 노여움이 실렸다.

"뭐라고? 아국충이 어떻게 되었다고?"

무리 중에서 다시 한 명이 구르듯 달려와 계단 아래 엎드려 울음을 터뜨렸다.

바라보니 말을 구하기 위해 상인으로 가장하고 아국충과 함께 떠났던 자들 중 한 명이 아닌가.

황보강은 그의 이름이 장도위라는 걸 기억하고 있었다.

그는 도울 각하의 군진에 있을 때부터 응신기의 기병으로 아국충을 따르던 자다.

그 장도위의 몰골이 형편없는 것이 무언가 큰일이 벌어진

게 틀림없어 보였다.

"무슨 일이냐? 자세히 말해봐라!"

황보강이 버럭 소리쳤다. 아국충이라는 말에 마음이 다급해진 것이다.

그 소란 중에 풍옥빈과 백검천도 잠이 깨었는지 밖으로 나와서 그들을 바라보고 있었다.

장도위가 분을 참지 못해 제 가슴을 쾅쾅 두드려 대며 소리쳤다.

"말을 구해 차귀성을 통과하려는 중에 성병의 습격을 받아 모두 사로잡혀 갔습니다. 저만 간신히 빠져나왔으니 분하기 짝이 없습니다!"

"차귀성이라고?"

황보강이 눈을 부릅떴다.

변현의 영주 곡차련이 기어이 일을 저질렀다는 생각에 노여움이 불처럼 솟구쳤다.

다른 사람도 아니고 아국충을 사로잡아 갔다는 사실에 더욱 분개했다.

황보강의 거처에서 벌어진 소란을 전해 들었던지 석지란과 모용탈도 쿵쿵거리며 달려왔다. 아직 문에 들어서기도 전인데 아국충에 대해 보고하는 말을 듣고는 노성을 터뜨렸다.

"아 장군이 사로잡혀 갔단 말이냐?"

"곡차련이라는 놈이 감히 그런 짓을 했단 말이지?"

석지란과 모용탈이 동시에 소리치며 문안으로 뛰어들었다.

이곳에 있던 지난 일 년 동안 그들 또한 삼산평의 모두와 흠뻑 정이 든 터였다.

손수 병사들을 조련하고 같이 훈련하면서 한 몸이 된 것처럼 뒹굴다 보니 절로 그렇게 되었다. 그러니 황보강과 함께 삼산평의 지도자인 아국충이 포로가 되었다는 소식에 대로하지 않을 수 없다.


아국충이 이번에도 무사히 이백 필의 말을 구해 돌아오고 있는 중이었다고 했다.

번현에 들어서 성문을 지날 때에 사단이 벌어졌다.

아국충은 늘 그랬던 것처럼 수문장과 성병들에게 뒷돈을 넌지시 건네주었다. 그러나 어쩐 일인지 그날은 수문장이 난색을 지을 뿐 뇌물을 받으려 하지 않았다.

그리고 이런저런 핑계로 아국충 일행을 붙잡아두었고, 곧 처음 보는 장령이 역시 낯선 성병들과 함께 들이닥쳤다. 그리고는 다짜고짜 아국충 일행을 포위하고 창검으로 위협하여 꼼짝하지 못하게 했다.

그때까지도 아국충은 일을 원만히 해결할 생각에 순순히

따랐다.

여태까지 수십 차례 이곳을 지나다녔지만 한 번도 이런 일이 없었으므로 조금은 방심했던 것이다.

아차 하는 사이에 목에 칼이 달라붙어 꼼짝 못하게 되고 온몸을 결박당했다.

뒷간이 급하여 볼일을 보느라고 뒤처져 있던 장도위가 도착했을 때는 이미 일이 벌어지고 난 뒤였다. 그래서 그는 재빨리 몸을 감추고 동정을 살폈다.

성병들은 이백 필의 말과 짐 등을 모두 압수하고 아국충 일행을 개 끌듯이 끌고 갔다.

장도위는 그날부터 제 신분을 숨긴 채 유민 중 하나로 변장하고 아국충을 구해낼 기회만 엿보았다.

그러나 상황은 점점 나빠지기만 했다.

그동안 영주 곡차련은 아국충을 알아보지 못했다. 때문에 그가 수십 차례나 말 떼를 끌고 성을 나가 삼산평으로 간다는 보고를 받았으나 특별히 신경 쓰지 않았다.

최근 몇 년 사이에 부쩍 삼산평과 거래하는 상인들이 많아졌으므로 아국충 또한 그런 자들 중 한 명이려니 하고 여겼던 것이다.

그가 삼산평을 다스리는 자일 것이라고는 꿈에도 생각하지 못했다.

못마땅하기는 했다.

삼산평으로 들어가는 말들이 무엇에 쓰일지 뻔하기 때문이다.

그러나 딱히 붙잡아둘 구실도 없으려니와, 매번 성을 통과시켜 주면서 받아내는 통행세가 적지 않았으므로 망설이기만했을 뿐 손을 쓰지는 않았다. 그런 소소한 일보다는 큰일을 욕심내고 있었기 때문이다.

영주 곡차련의 생각은 오직 삼산평을 탈취하고 싶다는 데에 못 박혀 있었다.

어떻게 해서 짐승도 살지 못하던 황무지가 지난 몇 년 사이에 옥토로 변했는지 모르지만 그건 상관없었다.

이제 그곳을 제 영토에 편입시키면 삼산평에서 나오는 소출을 모두 차지할 수 있을뿐더러 수만 명의 병사와 노동력을 얻게 될 것 아닌가.

그래서 군침을 흘리고 있었지만 그들을 정벌할 구실을 찾지 못했고, 정벌을 단행한다고 해도 차귀성이 입을 피해 또한 만만치 않을 것이므로 좋은 수가 생길 때까지 참고 기회를 엿보는 중이었다.

그런데 측근 중 성의 병권을 쥐고 있는 병관(兵官) 사곤탁(史坤託)이 찾아와 넌지시 말하는 것 아닌가.

"어째서 주군은 영토를 넓히려 하지 않으십니까?"

"낸들 그렇게 하고 싶은 마음이 없겠나?"

"하오면 어째서 코앞에 있는 황금 같은 땅을 쳐다보지도 않는단 말씀입니까?"

"코앞에 있는 땅이라니? 삼산평 말인가?"

"그렇습니다. 귀신도 살지 못한다는 그 땅이 어찌 된 까닭인지 지난 몇 년 사이에 황금의 땅으로 변했고, 그곳으로 찾아가 정착하는 유민들이 눈덩이처럼 불어나 지금은 한 나라를 세울 만큼 되었다는 소문이 파다합니다. 주군께서는 혹시 못 들으신 건 아닌지요?"

다 아는 사실을 당신만 모르고 있는 것 아니냐는 듯 바라보는 가신의 눈길에 영주 곡차련은 입이 썼다.

"낸들 어찌 그걸 모르겠는가? 하지만 자네도 잘 알다시피 그곳의 방비가 워낙 튼튼한데다가 출입구라고는 관조산과 바다를 가로막은 서쪽 성벽의 성문 하나밖에 없으니 엄두가 나지 않을 뿐일세. 게다가 그 안에는 벌써 많은 병사들이 있다지 않는가? 그 땅이 탐나기는 하지만 위험을 무릅쓸 수는 없지."

"모험하지 않으면 공을 이룰 수 없는 법입니다. 더욱이 하늘이 주군을 돕고 있는데 어찌 망설이기만 할 것입니까? 지금이야말로 삼산평을 손에 넣을 절호의 기회입니다."

곡차련은 이 영특한 가신에게 무언가 기막힌 생각이 있는 모양이라고 여겼다.

"어째서 그렇게 생각하는가?"

"듣기로 그곳에는 두 명의 두령이 있답니다."

그들은 삼산평을 다스리는 자를 성주라거나 군주라고 부르고 싶지 않았다. 그래서 두령이라고 불렀는데, 그건 그들을 무도한 산적이나 야적의 무리로 폄하하기 위해서였다.

곡차련이 고개를 끄덕였다.

"그렇다고 하더군. 한 명은 무장 출신이고 다른 한 명은 무엇 하던 자인지 정체가 불분명하다면서?"

"그렇습니다. 그자의 역할이 무엇인지 모르지만 삼산평의 실권을 쥐고 있는 두령은 그 무장 출신이라는 자입니다. 이름이 아국충이라더군요. 과거 청오랑국이 건재했을 때 총사령 도울의 참장으로 있던 자라고 합니다. 대황국과의 마지막 싸움이었던 척망평의 일전에서 죽지 않고 살아나 이곳에 둥지를 틀었다고 하니 용맹과 지략이 뛰어난 자일 게 틀림없습니다."

"허, 자네는 벌써 단단히 조사를 해둔 모양이군?"

사곤탁이 회심의 미소를 지었다.

"영주님께 그 땅을 가져다 드리고 싶은 마음이 어찌 넘쳐나지 않겠습니까?"

"그래, 그곳의 성을 허물고 쳐들어가 승리할 방법이 있단 말이지?"

"싸울 것도 없습니다. 주군의 호령 한마디면 절로 성문이 활짝 열릴 것이고, 그곳에 있다는 오합지졸은 모두 항복하지 않을 수 없을 것입니다."

"그래?"

곡차련이 무릎을 당겨 앉았다.

"그 방법이 무언가?"

사곤탁이 영주와 얼굴을 맞대고 속삭였다.

"벌써 수십 차례 삼십여 명의 종과 함께 많은 말들을 끌고 성을 통과해 갔던 자를 아시지요?"

"들어보았다. 삼산평으로 가는 상인이라고 하더군."

사곤탁이 다시 속삭였다.

"제가 뒤를 봐주는 상인 중의 한 명이 그자를 잘 알고 있더 군요. 그가 우연히 말을 끌고 가는 상인들을 보았는데, 깜짝 놀랐다지 뭡니까?"

"어째서?"

"그 즉시 저에게 달려와 '삼산평의 두령 중 한 명이 언제부 터 이 성을 제집처럼 오가게 되었습니까?' 하고 묻는 것 아니 겠습니까?"

"두령이라고?"

"틀림없습니다. 제가 몇 차례 확인했으니까요. 그의 말이

그 상단을 이끄는 우두머리가 삼산평의 두령인 아국충이라고
합니다."

"무엇이?"

곡차련이 크게 놀랐다.

"그자가 변복을 했지만 저를 알아보는 사람이 이 성 중에
있으리라고는 꿈에도 생각하지 못했겠지요."

"그 상인이라는 자를 당장 데려오게."

사곤탁이 즉시 밖으로 달려나갔고, 머지않아 처음 보고를
했던 상인을 데리고 왔다. 횡산에 살고 있는 장가라고 하는
자였다.

포목과 여인네의 장신구 등을 파는 자인데, 벌써 수십 번이
나 삼산평에 들어가 장사를 했고, 몸소 시찰을 나온 아국충을
본 적이 있었던 것이다.

곡차련은 그 장가로부터 다시 한 번 확인을 했다. 그리고
나서야 가슴을 쓸며 너털웃음을 터뜨렸다.

"으허허허, 이건 정말 하늘이 나를 돕는 게 틀림없구나."

사곤탁이 말했다.

"요즘에는 보름이나 한 달 간격으로 오간다고 하니 며칠
뒤에 다시 올 것입니다. 모르는 척하고 있다가 그때 잡으시면
됩니다."

그리고 나서 사곤탁은 영주의 밀명을 받아 사방으로 첩자

를 풀어 아국충의 행방을 탐지했으며, 그가 아무것도 모르는 채 구입한 말들을 이끌고 성으로 오자 즉시 병사들을 풀었던 것이다.

장도위로부터 그가 알아낸 일의 전말을 모두 들은 황보강이 부드득 이를 갈았다.

"이 간악한 놈들이 기어이 잠자는 사자를 건드려 깨우는구나."

장도위가 흥분하여 다시 말했다.

"그놈들이 감히 아 장군을 인질로 삼아 우리를 협박하려는 게 틀림없습니다. 본때를 보여주어야 합니다."

모두의 생각이 장도위의 말과 같았다. 그렇지 않고서야 아국충을 잡아 가둘 리가 없지 않은가.


4. 위협하는 자


황보강은 즉시 삼산평에 들어와 있는 외지인들을 모두 내보내고 성문을 굳게 닫아걸었다.

이제는 바다가 아니고서는 아무도 육로를 통해 삼산평에 들어올 수 없다.

병사들을 보내 관조산 서쪽 성벽을 엄중히 지키자 삼산평은 다시 세상과 완전히 차단된 별개의 땅이 되었다.

다음으로 황보강은 군영에 출진 준비를 시키고 장군들을 모아 병략을 상의하는 한편 병장기와 마구, 군량미를 점고했다.

모든 태세가 완벽했다.

지난 몇 년 동안 훈련에만 매달려 있던 병사들이 조금씩 지루해할 무렵이었으니 출병 소식은 그들을 들뜨게 했다.

전쟁을 두려워하는 자는 한 명도 없었고, 사기가 더욱 충천하여 연일 삼산평을 뜨겁게 달구었다. 그러나 출입이 철저히 차단되었으므로 세상 밖에서는 삼산평의 그러한 분위기를 조금도 알지 못했다.

장도위의 보고를 받은 사흘 후 과연 차귀성에서 사람이 왔다.

귀골로 보이는 한 사람이 비단옷에 보석이 박힌 관을 쓰고 한 손에는 쥘부채를, 다른 손에는 검을 든 채 차양을 덮은 수레 위에 거만하게 앉아 있었다.

바로 차귀성의 병권을 장악하고 있으면서 아국충의 일을 주도한 사곤탁이었다.

그가 자신과 차귀성의 위세를 한껏 자랑할 셈으로 일천 명이나 되는 기병들의 호위를 받으며 위풍당당하게 찾아온 것이다.

기병들은 모두 늠름해 보였고, 그들이 타고 있는 전마(戰馬) 또한 건장한 상품의 말들이었다.

갑주와 기치창검의 무장이 어디 하나 나무랄 데 없이 훌륭했다.

그들이 성문을 일백여 장 둔 곳에 멈추어 서더니 사곤탁이 탄 수레를 가운데 두고 좌우로 정연하게 늘어섰다. 일자진을 펼친 것이다.

그들을 맞이하기 위해 성문을 나선 황보강은 갑주도 입지 않은 평상복 차림이었다.

좌우에 역시 평상복 차림인 풍옥빈과 백검천을 대동하고 있을 뿐 한 명의 병사도 거느리지 않았다.

그것을 본 사곤탁이 눈살을 찌푸렸다.

황보강은 물론 풍옥빈이나 백검천을 본 적이 없으니 난감하려니와, 설마 저런 꼴로 자신을 상대하기 위해 나오리라고는 생각도 못했으니 더 어리둥절해진다.

말 위에 앉아 태평스럽게 뚜벅뚜벅 다가오는 황보강 일행을 잠시 바라본 사곤탁이 한껏 거드름을 피우며 부채를 들어 가리켰다.

세 사람의 중앙에 있는 자가 이 일을 주도하는 자일 것이라는 그의 짐작은 맞았다.

"나는 차귀성의 병권을 쥐고 있는 사곤탁이라고 한다. 들어보았겠지?"

황보강은 아무런 대꾸도 하지 않았다. 앞에 그들이 있다는 것도 모르는 것처럼 말 위에 앉아 흔들리며 태연하게 다가올 뿐이다.

"멈추어라!"

그들의 이십여 장 앞에까지 다가왔을 때 사곤탁을 호위하던 장수가 날카롭게 소리쳤다. 멈추지 않으면 그대로 들이쳐서 죽이겠다는 듯 험악하게 인상을 쓴다.

그러나 황보강은 그의 말도 듣지 못한 것처럼 여전히 말고삐를 쥔 채 터벅터벅 다가오기만 했다.

"저놈이!"

장수가 잔뜩 화가 나서 활시위에 한 대의 강전을 걸었다. 그것을 힘껏 당겨 황보강의 가슴을 겨눈다.

이제 그는 십여 장 앞까지 다가와 있었다. 이대로 시위를 놓는다면 제아무리 뛰어난 자라고 해도 화살에 가슴이 꿰뚫리는 걸 면할 수 없을 것이다.

"그만둬라."

일촉즉발의 순간, 여전히 눈썹을 찌푸린 채 사곤탁이 낮게 말했다.

장수가 비로소 활을 거두고 물러섰지만 칼자루를 움켜쥐고 더욱 매섭게 황보강을 노려본다.

황보강은 조금도 머뭇거리거나 겁먹은 모습을 보이지 않고 처음과 똑같은 모습으로 다가왔다.

수레 앞에 이르더니 말에서 내리지도 않은 채 사곤탁을 바라본다.

"이놈! 냉큼 말에서 내려 꿇지 못하겠느냐?"

장수가 앞으로 성큼 나서며 사납게 꾸짖었다.

황보강이 비로소 천천히 눈길을 돌려 그를 바라보았다. 가소롭다는 듯 비웃는 미소 한 가닥이 입가에 피어난다.

사곤탁은 그런 황보강의 뱃심에 내심 감탄하고 있었다.

그가 손을 저어 장수를 물리치고 근엄하게 말했다.

"너는 누구냐? 설마 네가 두령은 아니겠지? 네 배짱은 가상하다만 만용이다. 가서 두령을 불러와라."

그가 좌우에 진을 치고 있는 일천 기병을 둘러보며 거만하게 말했다.

황보강이 비로소 입을 열었다.

"할 말이 있으면 내게 해."

"뭐라고?"

"내가 두령이다. 그러니 할 말이 있거든 하고 어서 꺼져 버려라."

"허—"

사곤탁이 어이없는 듯 눈을 휘둥그레 떴다.

마치 제 수하를 대하듯 대뜸 하대하는 것도 어처구니없는 일인데 두령이라고 하니 더욱 어이가 없다.

　"괘씸한 놈."

　이를 부드득 갈지만 황보강은 차분하기만 했다.

　"할 말이 그것뿐이냐? 잘 들었다. 그럼 이제 돌아가라. 다음에는 영주인지 뭔지 하는 자가 직접 오라고 해. 종을 보내지 말고 말이다."

　이번은 첫 대면이니 상대해 주었지만 앞으로는 영주가 아니면 상대하지 않겠다는 말이다.

　그의 터무니없는 오만함에 사곤탁이 노성을 터뜨렸다.

　"이놈! 정녕 죽고 싶어 안달이 난 게로구나!"

　말없이 그를 바라보던 황보강이 피식 웃었다.

　제가 지금 얼마나 위험한 처지인지 조금도 깨닫지 못하고 있는 사곤탁이 우습기도 하고 불쌍하기도 했던 것이다.

　할 말을 다 했다는 듯 그가 고삐를 흔들어 말 머리를 돌렸다.

　"기다려라!"

　무언가 제 뜻대로 되지 않는 일에 당황한 사곤탁이 다급하게 소리쳤다.

　그러나 황보강은 돌아보지도 않았다. 올 때 그랬던 것처럼 말이 움직이는 대로 흔들리며 터벅터벅 돌아간다.

"죽일 놈."

곁에 섰던 장수가 노여움을 참지 못하고 힘껏 활시위를 당겼다. 이번에는 사곤탁이 말리지 않았다.

저놈이 두령이라면 죽이고 돌아가도 상관없다고 생각한 것이다. 공을 세운 것이 되지 않겠는가.

두령이 아니라면 건방진 놈을 응징한 게 될 테니 속이 시원해질 일이다.

핏!

시위 소리와 함께 강전이 허공을 갈랐다.

삼십 보 거리였다. 눈 깜짝할 새에 도달할 거리인 것이다.

그러나 화살은 황보강의 등을 꿰뚫지 못했다.

흰빛이 번쩍하고 빛나더니 두 동강이 되어 엉뚱한 곳으로 날아가 떨어진다.

백검천이었다.

그가 등 뒤에도 눈이 달린 것처럼 돌아보지도 않고 검을 뽑아 후려쳤는데, 그것이 보이지 않을 만큼 빠르게 날아드는 화살의 가운데를 보기 좋게 잘라 버린 것이다.

그리고는 언제 검을 집어넣었는지 여전히 돌아보지도 않고 황보강과 함께 말 위에서 흔들리며 터벅터벅 멀어져 간다. 조금도 놀라거나 서두르지 않았다.

그것을 본 사곤탁은 어안이 벙벙했다. 제가 지금 헛것을 본

게 아닌가 싶었다. 활을 쏜 장수도 어리둥절하기는 마찬가지
였다.

그리고 그때 시잇 하는 짧고 맹렬한 바람 소리가 귓전을 스
쳐 갔다.

텅!

언제 날아온 것인지 강전 한 대가 수레 위 차양을 받치고
있는 가느다란 기둥에 박혀 부르르 떨었다.

사곤탁이 혼비백산하여 뒤로 벌렁 넘어졌다.

성벽 위에 한 사람이 활을 들고 서서 이쪽을 노려보고 있었
다. 귀호대의 궁수 중 한 명인데, 그동안의 훈련으로 어느덧
명궁의 반열에 오를 만큼 능숙하게 활을 다루게 된 이필이다.

"저, 저, 저놈!"

사곤탁이 눈을 부릅떴다.

지금 제 얼굴 곁에서 부르르 떨고 있는 화살을 보면서도 이
일을 믿을 수 없었다.

성에서 일백 장이나 떨어져 있지 않은가.

그곳에서 여기까지 화살이 날아왔다는 것도 믿을 수 없거
니와, 차양 기둥을 정확히 맞힌 그 솜씨는 더더욱 믿을 수 없
었다.

그가 치를 떠는데 성벽 위에 숨어 있던 궁수들이 일제히 몸
을 드러냈다. 활시위를 힘껏 당겨 겨눈다.

족히 일천 명은 되어 보이는 궁수들이었다.

그들이 철저하게 준비하고 있었다는 걸 안 사곤탁은 기가 죽고 말았다.

기병들이 채 피하기도 전에 반수 이상은 죽어 나갈 것이다. 아니, 그전에 자신의 몸뚱이가 고슴도치처럼 되어버리고 말 것 아닌가.

부르르 몸을 떤 사곤탁이 저만큼 멀어져 있는 황보강에게 소리쳤다.

"네가 정말 이곳의 두령이란 말이냐?"

아무런 대꾸도 없다.

사곤탁이 다시 소리쳤다.

"우리가 너희들의 두령 한 놈을 잡고 있다! 아국충이라지? 그뿐 아니라 스물아홉 명이나 되는 졸개들도 같이 잡았다! 그들을 살리고 싶으면……."

다시 위엄을 찾으려 애쓰며 목청껏 소리치지만 황보강에 게서는 여전히 아무런 반응이 없었다.

그가 저와는 아무 상관 없는 일이라는 듯 성문 안으로 들어 갔는데, 문이 닫히기 전 잠깐 이쪽을 돌아보고 소리쳤다.

"가서 전해라! 그의 터럭 하나라도 건드렸다가는 차귀성이 피에 잠기게 될 것이다! 온전히 성을 보존하고 목숨도 지키고 싶다면 돌아가는 즉시 그와 부하들을 모두 풀어주고 이곳까지 정중하게 모셔와라! 내 말을 흘려듣지 마라!"

쿵─!

한 자가 넘어 보이는 두꺼운 성문이 요란한 소리를 내며 닫혔다.

사곤탁은 맥이 빠지고 말았다. 위협하기 위해 왔다가 오히려 지독한 협박을 당하고 돌아가야 하는 처지가 되었으니 한숨만 나왔다.

第五章
출정(出征)

## 1. 출병(出兵)

—항복해라.

사곤탁이 기가 죽어서 돌아가고 난 이틀 후에 다시 사자가
그 말을 가지고 왔다.

곡차련의 사자는 사곤탁과 달리 시종도 없이 홀로 영주의
깃발만을 들고 찾아왔다. 그것도 가신이 아니라 어수룩해 보
이는 늙은 병사였다.

그가 비루먹은 말을 타고 혼자 찾아왔다는 보고를 들은 황
보강이 하하, 웃었다.

곡차련이 늙고 초라한 병사를 달랑 사자랍시고 보낸 건 사곤탁이 받은 모욕을 그대로 갚아주려는 의도일 것이다.

'그렇다면' 하고 작정한 황보강은 사곤탁을 맞을 때와는 정반대의 행동을 했다.

삼산평의 당당한 위세를 보여주기로 작정한 것이다.


성문 밖에서 초조하게 기다리고 있던 사자가 눈을 휘둥그레 떴다.

성문이 활짝 열리더니 중무장한 기병과 보군이 쏟아져 나오기 시작했던 것이다.

웅장한 북소리가 연이어 들리고, 말발굽 소리와 보군들의 발소리가 땅을 울렸다. 펄럭이는 깃발이 숲처럼 보인다.

마치 큰 싸움을 앞두고 출전하는 것 같은 그 장엄한 모습에 곡차련의 늙고 초라한 사자는 두려움으로 새파랗게 질려 벌벌 떨기만 했다.

황동 갑주에 투구를 쓰고 칼을 쥔 황보강이 화려하게 치장한 말 위에 앉아 다가왔고, 역시 그와 같이 중무장을 한 장수들이 늘어섰다.

그들의 뒤로 기병들이 도열해 섰는데, 그 엄정한 군기에 오금이 저려올 지경이었다.

병사들은 모두 하늘에서 막 내려온 천병인 것 같았고, 그들이 타고 있는 말은 모두 천마처럼 보였다.

보군들 또한 활과 방패, 창검으로 중무장한 채 도열해 섰다. 장수의 명령 없이는 곁에 벼락이 떨어져도 절대로 움직이지 않을 것 같은 엄숙함과 당당함이 느껴진다.

시퍼렇게 살아 있는 그 군기의 엄정함에 곡차련의 늙은 사자는 어찌할 바를 몰라 하며 바들바들 떨기만 했다.

그를 바라보는 황보강에게서는 자신감이 넘쳐 났다. 오만해 보일 지경이다.

늙은 병사가 가지고 온 건 영주 곡차련이 보낸 어이없는 전갈이자 최후통첩이었다.

아국충을 살리려면 항복하라는 말을 전해온 것이다. 그렇지 않으면 그를 죽이고 삼산평을 짓밟아 피로 물들이겠노라고 호언장담했다.

곡차련은 지도자가 없는 병사들이야 오합지졸에 불과할 테니 단번에 짓밟을 수 있노라고 큰소리쳤다.

서찰을 다 읽은 황보강이 피식 웃었다.

영주가 지나치게 단순한 자이든지 아니면 삼산평의 전력을 조금도 알지 못하는 무지한 자임이 틀림없다고 확신한 것이다.

그것도 아니면 저의 능력에 대하여 과신하고 있는 것이리라.

황보강이 주위의 장수들을 돌아보았다.

"영주는 자존심이 강한 인물이군. 장난스럽기도 하고 말이 야. 그렇다면 다루기가 쉽지."

하하, 웃은 그가 사자에게 말했다.

"가서 네가 보고 들은 것을 그대로 전해라."

"예, 예."

황보강의 위엄있는 말에 늙은 병사가 납작 엎드렸다.

"영주는 아국충과 내 형제들의 목숨으로 위협한다만 네가 보다시피 이곳에 있는 이 많은 자들이 모두 내 형제다. 스물 아홉 명이 영주의 손에 죽는다고 해서 달라질 게 없지."

"예, 예."

"아국충이 나와 함께 이 병사들을 통솔하는 장군이지만 그 가 없어도 병사들에게는 아무런 영향이 없다. 내가 대신할 수 있거든."

"예, 예."

"그러나 그들도 나에게는 소중한 형제들이다. 그러니 그들 의 목숨을 구해주지 않을 수 없지."

"그 말씀은……?"

고개도 들지 못하고 그저 '예, 예'만 되풀이하던 늙은 사자 가 고개를 들었다.

위엄있는 황보강과 눈이 마주치자 깜짝 놀라 다시 급히 고개를 숙이고 쩔쩔맨다.

"나는 이틀 후 이 병사들을 모두 이끌고 차귀성을 치러 나
갈 것이다. 그전에 포로들을 돌려보내 준다면 비록 성을 무너
뜨린다고 해도 영주와 그 식솔들의 목숨은 보존해 주겠지만
그렇지 않고 그들을 해친다면 반드시 영주의 일가 혈족은 물
론 차귀성에 있는 자들 모두를 죽여 씨를 남겨두지 않겠다.
어린아이와 여자와 늙은이도 예외가 없다. 차귀성이야말로
주검으로 덮일 것이고 피로 잠기게 될 것이다."

무시무시한 말이다.

늙은 사자가 이제는 턱을 덜덜 떨기만 할 뿐 대답도 하지
못했다.


가엾은 늙은 사자에게 차(茶)와 비단을 주어 돌려보내고 난
황보강은 즉시 영리한 자 다섯을 불러 특사로 삼아 곡차련의
영지 내에 있는 서쪽의 세 호족과 동쪽의 두 호족에게 보냈
다. 그들을 회유하거나 위협하여 곡차련을 도와주지 못하도
록 하기 위해서였다.

그렇지 않다면 적어도 이쪽의 제안을 거부하는 호족이 누
구인지 알게 될 테니 미리 방비할 수 있게 된다.

북쪽의 호족들에게 특사를 보내지 않은 건 그곳으로 가기
위해서는 차귀성을 통과해야만 하기 때문이다.

그들이 예물이 잔뜩 든 짐을 진 종과 함께 떠나자 황보강은 전군에 출진 준비를 시켰다.

"오래 싸우지 않을 것이니 따로 치중을 끌고 갈 필요 없다. 각자 사흘분의 식량을 준비하면 될 것이다."

치중(輜重)이 없으면 행군과 포진이 한층 신속해진다.

황보강은 결코 사흘 이상 싸울 생각이 아니었다. 차귀성의 병사들이 성 밖으로 나오기만 한다면 단번에 승부를 낼 작정인 것이다.

만약 그들이 성에서 꼼짝도 하지 않는다면 즉시 철군하여 삼산평으로 돌아오겠다고 생각했다.

공성전은 쉽지 않을뿐더러 시간이 많이 걸리고 공격하는 쪽의 피해가 크게 마련이다. 황보강은 그런 공성전으로 아까운 병사들을 잃고 싶지 않았다.

그날은 구름이 끼어 달빛도 흐릿한 밤이었다.

삼산평과 차귀성 사이에는 일백 리에 이르는 황무지가 가로막고 있다. 황보강은 그 넓은 불모의 땅을 첫 싸움터로 삼아 대승을 거둘 작정이었다.

황보강은 먼저 기병 일만을 내보내 벌판 좌우로 멀찍이 떼어놓아 수풀 속에 감추었다.

말에게 재갈을 물리고 말굽을 천으로 감쌌으며 병사들에게도 침묵하게 하여 일체의 소음을 내지 않고 기다리도록 지시했다.

이동 또한 최대한 은밀하고 신속하게 했으므로 그들의 매복을 알아챈 자가 없었다.

그리고 난 다음에 오천의 보군과 오천의 기병을 모두 출진시켜 벌판으로 향했다.

삼경 무렵 벌판 한가운데에 도착한 병사들이 진을 벌렸다. 엉성하기 짝이 없어 보이는 진이었다. 그리고는 와자지껄 떠들어대며 부지런히 야영 준비를 했다.

여기저기 모닥불을 피워 제 위치를 훤히 노출시킨 건 물론이려니와, 갑옷을 벗어놓고 병장기마저 땅에 아무렇게나 놓아두었다.

그런 꼴로 모닥불 곁에 모여 먹고 마시며 떠드는 것이 싸우러 온 게 아니라 놀러 나온 자들 같았다.

황보강이 보란 듯이 대장기를 높이 세워놓고 그 앞에도 커다란 모닥불을 피웠다. 그리고 풍옥빈, 백검천과 함께 먹고 마셔댄다.

벌판에 나와 몸을 감추고 엿보던 차귀성의 첩자들이 쉴 새 없이 그들의 그런 꼴을 보고했다.

"홍, 역시 오합지졸들에 지나지 않아. 그런 것들이 무슨 병법을 알고 진법을 알겠어?"

사곤탁이 코웃음을 쳤다.

제가 겪었던 일과 사자로 보냈던 늙은 병사가 돌아와 보고한 것이 모두 허장성세였던 모양이라고 생각했다. 가소롭기만 할 뿐이었다.

백 장 밖에서 활을 쏘아 제 수레의 기둥을 맞혔던 일이 꺼림칙하지만 사냥을 하는 거라면 모를까, 그런 자가 한두 명 있다고 해서 대군이 조우하는 전세에 영향을 줄 수는 없다.

영주에게 그런 제 생각을 말하자 곡차련이 껄껄 웃었다.

"철없는 어린애를 겁낼 필요없지. 그놈들이 제법 위세를 떤다만 아직 전쟁이 무엇인지도 모르는 어중이떠중이에 지나지 않는 게야."

"위세랄 것도 없습니다. 싸우겠다고 벌판에 나온 자들이 고작 기병 오천에 보병 오천이라니, 참. 쯧쯧, 그건 영지 내의 호족들보다 못한 전력이 아니겠습니까?"

"좋아, 날이 밝는 대로 그 두 배의 수를 내보내 단숨에 짓밟아 버리도록 해. 그리고 돌아와 아침 식사를 하는 거다."

"명을 받듭니다."

잠시 생각하던 곡차련이 호기롭게 말했다.

"아니, 내가 직접 출병하겠다. 가서 그놈들을 도륙하는 통쾌한 장면을 두 눈으로 똑똑히 보고 즐기겠어. 하하!"

곡차련은 제가 그동안 너무 소심했다고 생각했다. 그런 자들을 꺼려서 싸우길 주저하고 있었다면 누구보다 눈앞의 사곤탁이 비웃을 것 아닌가.

역시 뚜껑을 열어봐야 안에 담긴 게 무엇인지 확실히 알 수 있는 법이라고 생각하며 속으로 제 자신에게 혀를 찼다.


차귀성 주변이 온통 병마들의 울음소리와 장령들의 호통소리, 갑주 쩔그렁거리는 소리로 이른 새벽부터 북새통을 이루었다.

성 밖에 주둔하고 있던 병사들 중에서 기병 일만 오천과 보군 일만을 가려 뽑아 전열을 재정비하고 있었던 것이다.

갑작스런 성주의 명에 병사들은 말할 것 없고 장령과 장수들마저 정신없이 움직였다.

먼동이 터을 무렵에 드디어 일만 오천의 기병과 일만의 보군이 대오를 정비하여 진군하기 시작했다. 아침마저 거른 채였다.

기병들이 먼저 말을 달려 황무지 북쪽에 이르렀다. 저 멀리 아직도 모닥불이 활활 타오르고 있는 적진이 보였다.

일만 오천의 기병이 삼 대로 나뉘어 포진하고 서자 황무지 북쪽을 온통 뒤덮으며 품(品) 자를 넓게 벌린 형태가 되었다.

잠시 후에 급히 달려온 일만의 보군도 도착했다.

그들은 즉시 뒤편의 야트막한 돌무더기 언덕 위에 장군막을 펼치고 깃대를 세우는 한편 오천 명씩 두 개의 군진으로 갈라져 언덕 아래 좌우에 포진했다.

그러는 동안 벌판 너머에서 아침 해가 떠올라 황무지를 밝혔다.

저쪽의 적진에서 소란이 벌어진 게 멀리 바라보인다.

장군막에 거만하게 앉아서 눈을 가늘게 뜨고 그것을 보던 영주 곡차런이 박장대소했다.

"하하하, 저놈들 하는 꼴 좀 봐라. 저게 어디 훈련된 병사들이냐? 영락없이 여기저기에서 끌어모은 산적 놈들이 잠에서 덜 깬 채 우왕좌왕하는 꼴이로구나."

사곤탁이 맞장구를 쳤다.

"고작 보군 오천에 기병 오천이니 우리의 머릿수만 보고도 질려서 오금을 펴지 못할 것입니다. 한번 휩쓸면 급류에 가랑잎 쓸려가듯 사라지고 말 테지요."

"좋아. 그런 통쾌한 광경을 본 게 언제인지 모르겠다. 오늘은 오랜만에 유쾌하겠어."

다시 대소를 터뜨린 곡차런이 주위를 두리번거렸다.

"그런데 명을 받은 호족들은 어째서 한 놈도 보이지 않는 것이냐? 지금쯤은 병사들을 이끌고 도착해야 하지 않느냐?"

"시간이 좀 더 지체되는 모양입니다. 하지만 오지 않아도 상관이 있겠습니까? 우리 힘만으로 승리를 거두면 오히려 좋은 일이지요."

"하긴, 그것들이 나중에 다른 소리를 하지 못하도록 미리 입막음을 할 수 있겠지."

곡차련이 흐뭇한 얼굴을 하고 자신의 늠름한 병사들을 바라보았다.

이 싸움이 끝나고 나면 거만을 떠는 호족 놈들이 모두 벌벌 떨며 제 눈치를 보게 될 것이라고 생각하자 가슴이 뿌듯해진다.

"저놈들도 대충 준비가 된 것 같으니 이제 시작해."

과연 벌판 남쪽의 무리도 대열을 정비하고 전투 준비에 들어가 있었다.

그러나 아무리 봐도 기병들은 너무 듬성듬성 서 있고, 보군들의 전열 또한 들쑥날쑥한 것이 우스워 보이기만 한다.

"단번에 짓밟아 버리겠습니다."

호언장담한 사곤탁이 벌떡 일어나 손을 크게 휘둘렀다.

그 즉시 장군막 앞에 있던 고수(鼓手)가 힘차게 북채를 휘둘러 큰북을 쳤다.

둥둥거리는 북소리가 환히 밝은 황무지 멀리까지 우렁차게 울려 퍼지자 창을 고쳐 쥔 선봉 일만 기병이 함성과 함께 일제히 달려나갔다. 홍수가 나는 것처럼 쏟아져 들어간다.

그들의 말발굽 소리에 드넓은 황무지가 뒤흔들렸다.

오천의 기병은 후방에서 만반의 준비를 갖춘 채 전장을 쏘아보고 있었다. 여차하면 추가 투입될 별동대인 것이다.


## 2. 일진광풍(一陣狂風)


그때까지 우왕좌왕하던 삼산평의 보군들이 돌변했다.

재빨리 움직여 일천 명씩 다섯 개의 병진을 형성하고 넓게 퍼졌는데, 한 몸이 움직이는 것처럼 질서정연하고 신속했다.

몸을 가리고도 남을 만한 커다란 방패를 병진 앞에 꽂아 엄폐물로 삼고 그 뒤에 숨어 꼼짝도 하지 않는다.

두두두두—!

그러는 동안 차귀성의 일만 기병단은 황무지를 건너 일백오십여 장 앞에까지 밀려와 있었다.

다섯 개의 병진으로 나뉜 오천의 보군쯤은 말발굽으로 짓밟아 뭉개 버리겠다는 기세였다.

둥—

황보강의 군막에서 북소리가 한 번 울렸다.

보군들을 가리고 있던 방패가 일제히 앞으로 누웠다. 그러자 그것에 가려져 있던 보군들이 드러났다. 활시위를 힘껏 당긴 모습이었다.

다섯 개의 병진이 모두 그와 같았다.

차귀성의 기병단이 드디어 일백 장 앞까지 쇄도해 왔다.

둥—

그때 다시 한 번 북소리가 울렸고, 쏴아아 하는 요란한 바람 소리가 황무지의 하늘을 뒤덮었다. 오천 개의 강전이 일제히 하늘을 향해 날아오른 것이다.

그것들이 일백 장을 순식간에 가로질러 일만 기병단의 머리 위로 떨어지기 시작했다.

소나기 쏟아지는 것처럼 후두둑거리는 소리가 요란하게 들려왔다. 쩽강거리는 소리와 비명 소리, 말 울음소리가 크고 갑작스럽게 터져 나와 황무지를 뒤덮었다.

순식간에 아침 황무지가 아수라장이 되었다.

수천 기의 말과 기병들이 쓰러져 나뒹구는데 다시 둥, 하는 북소리가 울렸고, 보군들의 뒤에서 명령만 기다리고 있던 오천 기병이 일제히 땅을 박차고 달려나가기 시작했다.

쏴아아—

그들의 앞에서 또 한 차례 강전들이 하늘을 뒤덮으며 쏘아져 나갔고, 삼산평의 오천 기병은 그것을 뒤따르듯이 질풍처럼 달려갔다.

차귀성의 선봉 일만 기병단은 극도의 혼란에 빠졌다.

적을 눈앞에 둔 곳에서 예기치 못했던 궁수들을 만나 반수 가까이 죽거나 부상을 입고 쓰러졌으니 그렇다.

설마 오합지졸로 보이던 삼산평의 보군 모두가 능숙한 궁수들일 것이라고는 상상도 하지 못했던 터라 더욱 놀라게 된다.

말들이 이리저리 날뛰었고, 대오가 흩어진 기병들이 우왕좌왕하는데 황보강의 진영에서 쐐기를 박듯이 오천의 기병들이 곧장 부딪쳐 왔으니 정신을 차릴 수가 없었다.

쩽강거리는 쇳소리와 비명 소리가 아비규환의 참화를 재촉했다.

아직 건재한 차귀성의 기병들과 접전을 벌이는 삼산평의 오천 기병들 중에서 다시 일천 기가 빠져나왔다.

호장충이 이끄는 귀호대였다.

그들이 차귀성의 기병들은 거들떠보지도 않고 저 멀리 보이는 영주 곡차련의 군진을 향해 질주해 갔다.

드넓은 황무지가 온통 고함과 비명 소리, 급하게 달리는 말발굽 소리로 가득 찼다.

사태가 걷잡을 수 없이 변한 걸 본 곡차련의 진영에서 별동대로 대기하고 있던 오천 기병이 벌판을 건너오고 있는 일천 귀호대를 맞이하기 위해서 마주 달려나갔다.

양측의 모든 전력이 한 번에 다 쏟아져 나와 격렬하게 부딪치는 것 같았다.

그러나 그때 황보강의 군진에서 다시 둥둥거리는 북소리가 들려왔다. 이번에는 급하게 연달아 두드려 대는 북소리였다.

그리고 그때만을 기다리고 있던 일만의 별동대가 황무지 좌우의 수풀 속에서 일제히 쏟아져 나왔다. 그들의 함성 소리가 뇌성처럼 천지에 가득해졌다.

두 배의 머릿수로 적들의 기를 꺾고 일시에 짓밟아 버리겠다던 곡차련의 호언장담은 헛소리가 되어버렸다.

오히려 적었던 삼산평의 전력이 이제는 두 배가 되어서 좌우를 위협하며 쏟아져 들어오니 이게 대체 어찌 된 일인지 어안이 벙벙해지기만 했다.

곡차련이 '어, 어?' 하는 외마디 소리를 내며 의자를 박차고 벌떡 일어섰고, 자신의 오천 기병대를 향해 좌우에서 밀물처럼 쏟아져 들어오는 일만의 기병들을 본 사곤탁의 얼굴이 새파랗게 질렸다.

그가 급히 명령하여 그때까지 기다리고 있던 일만 보군을 전장에 투입시켰다.

보군들이 함성을 지르며 장창을 내밀고 밀물처럼 전장을 향해 달려나갔다.

황무지 좌측에서 쏟아져 나오던 오천 기병이 방향을 틀었다. 석지란이 지휘하는 좌기군이다.

그가 선두에서 칼을 높이 휘두르며 날카로운 휘파람을 불었다. 그러자 한 덩어리가 되어 달려오던 기병들이 그물을 치듯이 넓게 퍼지기 시작했다.

질풍처럼 황무지를 달려오면서도 장수의 신호 한 번에 물 흐르듯 대열을 바꾸는 모습을 본 곡차련과 사곤탁은 일이 이미 돌이킬 수 없게 되었다는 걸 깨달았다.

그들은 이런 변방의 군영에서는 볼 수 없는 치밀함과 용맹을 갖춘 자들이 틀림없었다. 그런 사실을 이제야 안 걸 땅을 치며 후회하지만 언제나 후회는 아무리 빨라도 늦는 법이다.

석지란의 오천 기병이 일제히 말 등에서 몸을 일으키더니 활시위를 당겼다.

오천 개의 강전이 하늘을 뒤덮으며 날아 보군들의 머리 위에 떨어졌다.

그처럼 기병전술과 궁술을 결합한 군대는 처음 본다.

"저거, 저거!"

곡차련이 눈을 부릅뜨며 소리쳤다. 우수수 떨어지는 낙엽처럼 맥없이 고꾸라지는 자신의 병사들을 바라보며 그는 이게 꿈이기를 바랐다.

다시 두 번째 화살이 쏟아져 나갔고, 그것이 보병들을 또 한 차례 쓰러뜨렸을 때 석지란의 기병단은 산산이 흩어진 보병들 속으로 뛰어들고 있었다.

석지란이 알아들을 수 없는 고함을 지르며 커다란 칼을 어지럽게 휘둘러 우왕좌왕하는 보병들을 베고 후려쳤다. 그의 주위가 이내 훤하게 뚫려 버린다.

오천의 기병 모두는 하나같이 용맹했다. 주저하는 자가 없다.

몇 년간의 고된 훈련으로 단련된 자들이 아닌가. 그들은 비로소 전장에 나가 제 용맹을 마음껏 발휘할 수 있게 되었다는 데에 한껏 들떠 있었다.

게다가 이곳에 온 뒤로 밤새 숨마저 죽인 채 엎드려서 바로이 순간을 기다려 왔으니 더욱 사납게 날뛰었다. 물을 만난고기라고 해도 과언이 아니다.

그들이 일만의 보군 속을 무인지경처럼 헤집고 다니며 산산이 흩쳐 놓고 무찌르자 보군들은 제 앞가림을 하기에 바쁠뿐 전진하여 위기에 빠진 오천 별동대를 도와줄 수가 없었다.

보군과 격리된 그 오천의 별동대 역시 위기를 맞고 있었다.

황무지 우측에서 맹렬하게 달려와 그들을 도륙하기 시작한 건 모용탈이 이끄는 우기군 오천 기병이었다.

갑자기 쏟아져 들어오는 그들의 기세에 놀란 차귀성의 별동대는 싸우기도 전에 벌써 기가 꺾이고 말았다. 저도 모르게주춤거리게 된다.

그런 자들에게 가장 먼저 부딪쳐 온 모용탈이 긴 자루가달린 커다란 마상도를 마음껏 휘둘러 사방을 후려치고 베었다. 그의 용맹과 힘에 선두의 기병들이 무더기로 말에서 떨어졌다.

모용탈이 이끄는 우기군은 장수의 용맹에 더욱 사기가 올라 그동안 갈고닦은 모든 기량을 다해 적을 쳐 넘겼다. 그 모습이 마치 양의 무리 속에 뛰어든 굶주린 늑대들 같았다.

모용탈을 따르던 지난 일 년 동안 어느덧 우기군들은 저도 모르는 사이에 거칠고 저돌적인 모용탈의 기질을 닮아 있었었다.

그들이 그렇게 기병과 보군들을 잡아놓고 있는 동안 호장충이 이끄는 일천의 귀호대는 거리낌없이 전장을 관통하여 질풍처럼 곡차련의 군막을 향해 질주해 갈 수 있었다.

비로소 사태가 위급함을 느낀 곡차련이 서둘러 자리를 떴고, 사곤탁이 영주의 근위대에게 소리쳤다.

"성으로 돌아간다! 영주를 모셔라!"

일천 근위대가 즉시 겹겹으로 곡차련을 에워싸고 철수하기 시작했다.

그들의 뒤를 귀호대가 맹렬하게 쫓았고, 영주가 달아났다는 걸 안 차귀성의 생존병들은 모두 전의를 완전히 잃어버린 채 흩어지고 말았다. 더러는 전장을 이탈하여 달아났고, 더러는 병장기를 내던지고 항복한 것이다.

곡차련은 근위대에 둘러싸여 뒤도 돌아보지 않고 정신없이 달아났다.

일백여 장의 거리가 좀체 좁혀지지 않자 호장충이 부드득 이를 갈더니 소리쳤다.

"갑옷을 벗어버려!"

제가 먼저 갑주는 물론 투구까지 벗어 던져 버린다.

가벼워진 말이 더욱 빠르게 질주해 갔다.

그걸 본 귀호대의 용사 모두가 갑주와 투구를 벗어 던졌다.

말을 가볍게 하자 과연 일백 장이던 거리가 얼마 지나지 않아 오십여 장으로 가까워졌다. 그리고 다시 이십여 장으로 좁혀진다.

이때라는 듯 호장충이 말 등에서 벌떡 몸을 일으키더니 힘껏 활시위를 당겼다.

강전 한 대가 근위대 기병의 등판을 꿰뚫고 박혔다. 그놈이 '흐앗!' 하는 비명을 터뜨리며 말에서 굴러 떨어졌다.

이십여 장의 거리라면 귀호대의 용사들 모두 달리는 말 위에서도 능히 활을 쏘아 표적을 맞힐 수 있다.

그들이 일제히 강전을 날리자 이내 곡차련의 근위기병들이 무더기로 말에서 떨어져 뒹굴었다.

호장충이 이제는 활과 전통마저 풀어 던져 버렸다. 무거운 창도 버리고 칼을 뽑아 든 채 고함을 지르며 더욱 말을 재촉해 뒤쫓아간다.

나머지 용사들도 모두 호장충을 따라 했다. 그러자 그들의 말은 더 빠르게 달릴 수 있게 되었고, 이내 곡차련의 뒤에 따라붙었다.

그의 호위대는 이제 삼백여 명만 남아 있었다. 갑주와 투구로 무장했다고 해도 전의를 잃어버린 뒤라 홑옷 차림으로 뒤쫓아온 귀호대의 무리를 두려워할 뿐 제대로 싸우지도 못했다.

호장충의 칼이 순식간에 몇 놈을 찍어 말에서 떨어뜨렸다. 그것을 돌아본 곡차련이 두려움에 질려서 달리는 말에 미친 듯이 채찍질을 했지만 오래가지 못했다. 이내 뒤쫓아온 귀호대의 병사들이 먹이에 달려드는 늑대 떼처럼 남은 자들을 덮치며 파고들었던 것이다.


### 3. 차귀성을 빼앗다


대승이었다.

한 번의 싸움에서 사로잡은 자가 일만 가까이 되었고, 거두어들인 말이 수천 필에 달했다. 빼앗은 병장기와 갑주는 일일이 셀 수도 없었다.

무엇보다 성주인 곡차련과 병관 사곤탁을 생포한 게 황보강을 기쁘게 했다.

첫 싸움에서의 대승으로 삼산평의 병사들은 사기가 드높

아 하늘을 찌를 듯했다. 장수는 물론 전마(戰馬)들까지도 우쭐댄다.

해가 떠오를 무렵에 시작되었던 싸움이 황보강의 일방적인 승리로 끝났을 때는 한낮이 되어 있었다.

백 리에 걸쳐 있는 드넓은 황무지에서 수만 명의 병사들이 충돌해 반나절 만에 싸움을 끝냈으니 그야말로 번갯불에 콩 구워 먹듯이 해치운 것이다.

속도전과 예기치 못한 기습, 그리고 전군을 궁수(弓手)화한 황보강의 전략이 거둔 승리였다.

전열을 정비하고 점고를 마친 황보강은 포로들을 삼산평으로 압송해 갈 이천 명의 기병과 일천 보군을 떼어놓고 나머지를 독려하여 곧장 차귀성으로 달려갔다.

말 위에서 육포를 씹어 먹고 물을 마시는 걸로 식사를 대신했을 만큼 신속한 기동이었다.

차귀성 밖에 주둔하고 있던 병사들은 패배의 소식을 접하고 당황했다. 게다가 영주와 자신들에 대한 군령권을 가지고 있는 사곤탁이 모두 포로가 되었다는 말에 더욱 우왕좌왕하기만 했다.

차귀성 밖에는 보기(步騎)를 합쳐서 일만의 병력이 한 부대를 이루고 세 방향에서 포진해 있었으니 모두 삼만의 대군이 아직 건재하게 남아 있는 셈이었다.

황보강은 그들이 방비책을 세우기 전에 들이쳐서 무기력하게 만들 작정이었다. 이럴 때에는 오직 속전속결이 최상의 병법이라는 걸 알기 때문이다.

　바람처럼 달려온 그와 그의 일만 삼천 기병은 그날 아직 해가 머리 위에 떠 있을 무렵에 차귀성 아래에 이르렀다.

　진을 벌리고 전략을 짜고 할 새도 없이 그대로 밀물이 되어 가장 먼저 마주친 적병의 주둔지를 짓밟았다.

　말발굽 소리가 천지를 진동하며 울리는 걸 듣고 혼비백산한 자들이 채 말에 올라타기도 전에 그들의 머리 위로 검은 구름 덩이가 떨어지듯 화살이 쏟아져 내렸다.

　세 번의 화살비가 지나가자 늑대 떼처럼 들이닥친 일만 삼천 기병의 말발굽과 창검이 남은 자들을 사정없이 도륙하며 휩쓸었다.

　가히 광풍과도 같은 기세였다.

　첫 번째 진영을 짓밟은 기병들이 두 갈래로 나뉘었다. 석지란은 오천 기를 이끌고 동쪽으로 달려가고 모용탈은 역시 오천 기를 이끌고 북쪽으로 쳐 올라갔다.

　아직 살아 있는 적병은 더 이상 거들떠보지도 않고 전장을 이탈한 것이다.

　한바탕 회오리바람이 휩쓸고 지나간 것 같았다.

　살아남은 차귀성의 주둔병들은 싸울 의욕을 잃은 채 대부분 뿔뿔이 흩어져 달아났고, 항복한 자들과 부상을 입어 신음하는 자들만 남아 엎드려 목숨을 구걸했다.

황보강은 귀호대를 포함한 나머지 삼천의 기병으로 그들을 수습했는데, 포로로 잡은 자는 물론 부상을 입은 자들도 모두 이끌고 차귀성의 성문 아래에 진을 벌렸다.

그들을 방패처럼 앞에 세워놓자 성안의 수비병들은 발만 동동 굴렀다.

군령을 내릴 수장이 없으니 장수들이 서로 눈치만 보았고, 병사들은 우왕좌왕할 뿐이었던 것이다.

석지란이 오천 기병으로 성 동쪽의 주둔군을 짓밟고 돌아왔으며, 모용탈 또한 북쪽 주둔군을 그와 같이 하고 무사히 돌아왔다.

삼면의 주둔군이 정신을 차릴 새도 없이 산산조각이 나버린 것이니 이 싸움은 이제 더 이상 할 필요가 없었다.

황보강이 성주이자 영주인 곡차련과 병관 사곤탁을 앞에 세우고 성병들에게 소리쳤다.

"성문을 열지 않으면 이들과 포로들을 너희들이 보는 앞에서 모두 죽인 다음에 성을 깨뜨려 버리고 말 테다! 그렇게 되는 날에는 너희는 물론 그 안에 있는 자들은 한 명도 남지 않고 다 죽게 될 것이다! 자, 어쩌겠느냐? 이자들의 목숨을 구하고 너희도 살겠느냐, 아니면 다 함께 죽는 걸 택하겠느냐? 선

택해라!'

　영주와 사곤탁이 꽁꽁 묶인 채 구차한 모습으로 진영 앞에
서서 두려워 떠는 걸 본 성병들은 싸우고 싶은 마음이 없었
다.

　황보강의 최후통첩이 떨어지자 성병들이 술렁거리는 소리
가 성 밖에까지 들려왔다. 그리고 오래 지나지 않아 장수 세
명의 목이 잘려 성 아래로 떨어졌다. 끝까지 항전하자고 주장
하던 자들의 목일 것이다.

　이내 성문이 열리고 장수와 병사들이 맨몸으로 나와 땅에
엎드렸다.

　"제발 우리와 식솔들의 목숨을 살려주십시오."

　내심 지루한 공성전이 될까 봐 근심했던 황보강이 활짝 웃
었다.

　그렇게 차귀성과의 싸움은 일방적인 승리로 막을 내렸다.

　황보강이 삼산평의 무리를 이끌고 세상 밖으로 나와 싸운
첫 싸움이면서 첫 번째 대승을 거둔 것이다.


　차귀성에 입성한 황보강은 약속대로 누구의 목숨도 해치
지 않았다.

　제일 먼저 뇌옥에서 아국충과 그의 부하들을 찾아온 다음
성주 곡차련과 병관 사곤탁을 그 식솔들과 함께 마차에 태워

놓아 보냈던 것이다.

부상자들을 치료하게 하는 한편 항복한 자들의 의향을 물어 고향으로 돌아가길 원하는 자들은 그렇게 했고, 남아서 병사가 되길 원하는 자들은 기꺼이 받아들였다.

성의 곳간을 열어 곡식을 백성들에게 고루 나누어 주었으며, 금은보화는 공을 세운 장수와 병사들에게 빠짐없이 나누어 주었다.

백성들은 황보강이 목숨을 살려주었을 뿐 아니라 곡식까지 풍족하게 내려주었으므로 모두 그의 덕을 칭송했다.

피 흘려 싸운 장수와 병사들 또한 풍족한 재물을 나누어 받고 모두 기뻐했다.

승리 뒤에 만족할 만한 보상이 더해지니 사기가 더욱 치솟을 수밖에 없다.

누구보다 이번 싸움의 결과에 만족한 사람은 황보강이었다. 차귀성을 얻은 것도 그러려니와, 무엇보다 그동안 훈련시킨 삼산평의 병사들이 기대 이상의 전력을 보여주었으니 그렇다.

이만한 병사를 십만 명만 가질 수 있게 된다면 가히 천하를 도모해 볼 수 있으리라는 자신감이 생겼다.

닷새에 걸친 정리가 끝나자 곡차련의 영토는 완전히 황보강의 수중에 들어왔다. 그는 삼산평의 몇 배나 되는 영토를 확보한 것이다.

　백 리의 황무지를 사이에 두고 삼산평과 차귀성이 있으니 그 황무지마저 개간하여 사람들이 거주하게 한다면 한 나라의 기틀을 세울 만하게 될 것이다.

　다음날, 곡차련의 영지 내에 있던 일곱 명의 호족이 예물을 가지고 찾아와 머리를 조아렸다. 각자의 세력을 갖고 흩어져 웅거하고 있던 자들이 모두 항복한 것이다.

　그들마저 온전히 받아들여 자신의 편제에 둔 황보강은 차귀성을 광명성(光明城)이라고 개명한 다음 그곳의 일체를 아국충에게 맡겼다.

　아국충은 아직 병중에 있었다.

　지난 며칠간 뇌옥에 갇혀 있으면서 심한 고문을 당한 후유증이다.

　황보강이 찾아가자 그가 파리한 얼굴로 침상에서 일어나 앉으며 물었다.

　"당신은 이제 무얼 할 작정이오?"

　"두세 개의 영지를 더 얻어야겠지."

　"그것이 끝이오?"

　"이 사람, 내가 삼산평에서 했던 말을 그새 잊었는가?"

　"정말 천하를 도모하려는 모양이군."

　"사량격발의 황도를 무너뜨리고 그의 목을 치는 게 내 목표일세."

"가능하겠소?"

"아 장군 당신이 도와준다면 불가능할 것도 없지."

아국충이 뜨거운 눈으로 황보강을 한동안 바라보더니 입을 열었다.

"내 그릇이 당신을 담을 수 없으나 당신의 그릇은 나뿐만 아니라 우리 모두를 담기에 넉넉하니 사량격발에게는 재앙이겠지만 우리에게는 복이오. 내가 어찌 그대를 돕지 않을 수 있겠소?"

아국충은 아직 전장에 나갈 수 없었다. 워낙 혹독하게 당했던 터라 반년은 정양해야 할 것이다.

황보강은 모용탈과 오천 기병을 남겨 아국충의 명을 받게 한 후 남은 자들을 모두 이끌고 당당히 삼산평으로 돌아갔다.

포로들 중 그의 병사가 되기로 맹세한 자들이 일만 오천 명이나 되었다.

몇 차례에 걸쳐 노획한 전마가 모두 칠천여 필이요, 그 밖의 병장기와 갑주 등은 헤아릴 수도 없었다.

황보강은 아국충이 완전히 회복할 반년 동안 그들을 조련시켜 또 하나의 전력으로 재탄생시킬 작정이었다.

호장충과 귀호대가 그들의 조련을 맡았고, 석지란은 아국충을 대신해서 삼산평의 수비를 맡았다.

각 대의 장수와 부장들에 대한 논공행상이 끝나자 황보강은 비로소 편히 쉴 수 있는 시간을 가질 수 있게 되었다.

그가 모처럼 거처에서 향기로운 차를 마시며 봄날의 한가로움을 즐기고 있는데 석지란의 전갈을 가지고 부장 한 명이 급히 찾아왔다.

"도운성에서 사자가 찾아와 뵙기를 청하고 있습니다."

"도운성이라고?"

황보강이 의자 등받이에 깊이 기대고 있던 몸을 세웠다.

도운성(渡雲城)은 차귀성과 경계를 맞대고 있는 두 개의 영지 중 서쪽 영지를 다스리는 대공(大公) 남필교(南必僑)의 성이다.

청오랑국, 척라국 등과 함께 천하를 삼분하고 있던 명천사국 또한 대황국의 번국이 되어 있었는데, 번왕 사량지(師亮志)가 다스리고 있었다.

이대 무후 사량격발(師亮擊跋)의 둘째 아들인 그는 성정이 불같은 타고난 무장인데다가 야심마저 큰 것이 제 아비를 꼭 닮았다. 그래서 사량격발의 총애를 받고 있는 자인데, 그의 번국에는 모두 열 명의 영주가 있었다.

그중 가장 가까운 곳의 영주 남필교가 사자를 보내온 것이다.

그의 의도를 짐작한 황보강이 빙긋 웃고 말했다.

"몇 명의 수행원을 데리고 왔더냐?"

"일백 명의 기마 병사와 오십 명의 보군입니다."

"그렇다면 도운성주 또한 기병을 많이 가지고 있는 모양이군."

그가 자리에서 일어섰다. 옷을 갈아입지도 않고 평상복 그대로 손에는 부채 하나를 쥔 채 홀로 사자를 맞이하러 나갔다.

정원으로 내려서자 풍옥빈과 백검천이 숙소에서 나와 그림자처럼 그를 따랐다.

사자는 누구나 성 밖에서 기다렸다. 처음 차귀성의 사자로 왔던 사곤탁이 성 밖에서 황보강의 조롱을 받고 돌아간 이후 그게 삼산평의 규칙이 되었던 것이다.

말을 타고 느릿느릿 성문을 나선 황보강이 저 앞에 멈추어 있는 도운성의 사자 일행을 바라보더니 '억!' 하는 외마디 소리를 내고 우뚝 멈추어 섰다.

풍옥빈의 안색도 변했다.

"저놈……."

황보강이 잔뜩 눈살을 찌푸리고 바라보는 건 도운성의 사자가 아니었다. 그의 곁에 있는 한 사람의 검은 장수였다.

그는 중갑기병의 무장을 하고 투구의 덮개를 내려 얼굴을 가린 위압적인 몸집의 장수였다.

검은 말의 안장 왼쪽에는 커다란 낭아곤을, 오른쪽에는 열 대의 화살이 들어 있는 전통과 강궁 한 대를 걸쳐 놓은 채 장 창을 잡고 있는 자.

암흑존자가 자랑하는 십이악(十二惡) 중 한 놈.

암흑존자는 황보강을 끌어들여 우두머리로 삼음으로써 십 삼악을 완성하려 했지만 그러지 못했다.

검은 벌판의 싸움에서 두 명이 죽어 이제는 십악이 된 자들 중 하나. 광기.

황보강은 물론이려니와 풍옥빈도 그를 익숙하게 알고 있 었다. 벌써 몇 차례나 조우하지 않았던가.

풍옥빈이 그자를 노려보며 낮게 말했다.

"저놈은 광기가 아니냐?"

"맞습니다. 그가 왔군요."

여태까지 여유롭던 황보강의 얼굴이 딱딱하게 굳어졌다. 말없이 저쪽의 '광기'를 노려본다.

그를 처음 보는 백검천이 싸늘한 눈빛을 번쩍이며 고개를 갸웃거렸다.

"저건 이상한 놈인걸. 어디에서 저런 놈이 나왔을까?"

아직 '광기'의 정체를 모르지만 그의 기운이 심상치 않다 는 것을 느끼고 긴장한다. 위험을 감지하는 본능과 같고, 어 둠을 드러내는 밝음과 같은 것이다.

백검천은 저쪽에서 바라보는 '광기'의 시선을 소름 끼치게 느끼고 있었다. 투구 속에서 귀화처럼 이글거리는 눈빛이 알 수 없는 적의와 분노, 그리고 두려움을 쏘아 보내고 있었다.

　황보강은 그것이 '광기'의 투지이면서 살기라는 걸 잘 알고 있었다. 생사를 알 수 없는 싸움을 앞에 두고 전장을 노려볼 때의 '검은곰'은 언제나 저런 눈빛을 했다.

　황보강은 저도 모르게 긴장하여 주먹을 움켜쥐었지만 한편으로는 반가운 마음이 들어 망설이고 있었다.

　아직까지도 '광기'를 적으로 대해야 할지, 가장 아끼던 옛 부하로 대해야 할지 갈피를 잡지 못하고 있었던 것이다.

　그건 황보강을 노려보고 있는 '광기'도 마찬가지였다.

　어느덧 투구 속에서 번쩍이던 그의 시퍼런 눈길에 따듯한 정감이 실리기 시작했다. 신뢰와 애정이다.

　"나는 어째서 저놈에게 아직 제 본래의 정신이 한 가닥 남아 있는 건지 알 수 없다. 참 궁금해."

　'광기'의 그런 변화를 눈치챈 풍옥빈이 고개를 갸웃거리며 중얼거렸다.

　악몽으로 화했다면 그의 정신은 모두 사라지고 없어야 한다. 철저하게 암흑존자의 꼭두각시로 다시 태어났어야 하는 것이다. 부모가 자식을 알아보지 못하고, 자식 또한 그런 처지가 되고 마는 것, 그게 악몽들이다.

하지만 매번 볼 때마다 저 '광기'라는 놈은 황보강에 대한 기억을 가지고 있었다. 풍옥빈에게 그건 이해할 수 없는 일이기만 했다.


## 4. 변화의 기운


그가 다가왔다.

창을 앞으로 내민 채 말을 타고 뚜벅뚜벅 다가오는 '광기'의 모습은 지극히 위압적이었다. 천군만마 속이라 해도 그렇게 아무런 두려움 없이 다가와 모두 찔러 죽이고 말 듯하다.

점점 가까워지는 그를 바라보면서 누구보다 긴장한 사람은 백검천이었다.

검 자루에 손을 올려놓은 그가 황보강에게 말했다.

"특이한 놈이다. 기운이 달라. 산 자의 기운도 아니고 죽은 자의 기운도 아니다. 저런 놈은 처음 보는군."

그의 힘과 무용은 어떨까 하고 궁금해 못 견디겠다는 듯했다. 당장 나가서 한바탕 싸워보고 싶어 하는 그의 마음이 읽힌다.

황보강이 가만히 고개를 가로저었다.

"아직 아니다. 싸울 것이라고 결정되면 그때 움직여도 늦지 않아."

백검천이 '음—' 하고 신음했다.

고요한 물 같기만 하던 그가 '광기'를 보고 흥분하여 야수로 돌아간 것 같았다.

황보강은 그래서 '어쩌면 백검천과 저놈은 서로 천적이 아닐까?' 하는 생각을 했다. 한 번 본 것만으로 백검천이 이토록 흥분과 적의를 느끼는 자가 또 있을 것 같지 않았다. 더욱이 도에 통하여 제 마음을 다스릴 수 있게 된 그가 아니던가.

그런 백검천이 긴장과 흥분으로 노려볼 때 '광기'도 그런 것 같았다. 점점 거리가 가까워질수록 그의 기세가 흔들리는 걸 느낄 수 있었다.

투구 속에서 백검천을 노려보는 그의 눈길이 다시 이글거리기 시작했다. 새파란 귀화를 쏘아댄다.

말은 무심하게 터벅터벅 다가올 뿐이었다. 그리고 '광기' 와 백검천 사이에 생겨나고 있는 긴장은 그것과 비례하여 걷잡을 수 없이 커졌다.

이제 두 사람은 오직 서로를 노려볼 뿐 다른 아무것에도 신경을 쓰지 않았다.

황보강을 향해 오던 '광기'가 어느덧 백검천의 앞으로 다가가고 있었다.

뜨거운 숨소리가 서로의 귀에 들리고, 두 필의 말이 드디어 코를 맞댈 듯이 마주 섰다.

검고 흰 말이 눈싸움을 하는 위에서 검고 흰 두 사람도 눈싸움을 했다. 한 치도 밀리지 않고 치열하게 노려본다.

황보강은 '광기'의 숨결이 조금씩 높아지는 걸 느꼈다. 위험하다는 신호다. 그가 이성을 잃고 미쳐 날뛰기 전의 조짐이 바로 지금과 같다는 걸 황보강은 아직 똑똑히 기억하고 있었다.

'검은곰'이 한번 날뛰기 시작하면 그걸 말릴 수 있는 자는 오직 황보강 한 사람뿐이었다.

"물러서!"

황보강이 낮게 꾸짖었다. 짐승을 꾸짖듯이, 부하에게 명령하듯이 하는 말이다.

'광기'가 신경질적으로 고개를 돌려 황보강을 노려보았다. 그의 무심하게 가라앉아 있는 눈을 한동안 쏘아보더니 억눌린 신음을 흘리며 겨우 물러선다.

황보강은 다행이라고 생각하면서도 한편으로는 의아했다.

'풍 형의 말처럼 확실히 저놈은 아직 제 본래의 정신을 가지고 있다. 그렇다면 그건 이상한 일 아닌가.'

그는 '광기'의 그런 상태에 대해서 한 번도 이상하게 생각해 본 적이 없었다.

벌써 몇 번이나 그와 조우했지만 그가 저를 알아보는 것에 대해서 별로 깊이 생각하지 않았던 것이다.

그러던 것이 조금 전 풍옥빈의 말을 듣고 나서 비로소 새롭게 생각하기 시작했다.

'이놈은 완전한 악몽이 된 게 아니란 말인가? 아니면 암흑존자가 이놈에게만은 실수를 했을까? 아니, 어쩌면 그 늙은이가 일부러 정신을 남겨놓았는지도 모르지.'

어떤 이유인지 알 수 없지만 황보강은 어쨌든 '광기'가 저와의 기억과 감정을 아직 가지고 있다는 걸 알았다.

"대장."

다가온 '광기'가 낮고 음울한 음성으로 그렇게 불렀을 때 황보강은 그가 완전히 암흑존자의 꼭두각시가 된 건 아니라는 걸 확신할 수 있었다.

"검은곰."

황보강도 그렇게 불렀다. '광기'가 흠칫 놀라는 게 느껴진다.

잠시 침묵하던 그가 음울하게 말했다.

"여기서 무얼 하고 있는 거야? 기껏 달아나 숨은 곳이 여기였나?"

"언젠가는 악몽이 나를 찾아내리라는 걸 알고 있었다. 하지만 상관없다. 나는 이제 더 이상 그것들을 두려워하지 않으니까."

"존자는? 그도 두렵지 않게 되었단 말이야?"

"흥, 그 늙은 요물 따위는 처음부터 두렵지 않았다."

이해할 수 없다는 듯 '광기'가 머리를 갸웃거렸다.

"그렇다면 대장이 두려워하는 건 뭐지?"

"잘 알 텐데?"

"흐흐, 그렇지. 이 세상에서 대장이 두려워하는 건 아무것도 없지. 죽는 것도 두려워하지 않는데 뭘 두려워하겠어?"

"비웃는 거냐?"

"죽음을 두려워하지 않으니 삶에 대한 고마움도 모르겠지. 그게 안타까울 뿐이야."

"너는 그 늙은이의 종이 되어서 따라다니더니 현자가 된 것처럼 말하는구나?"

"나는 그의 종이 아니다!"

'광기'가 신경질적으로 반응했다. 그 말은 황보강을 어리둥절하게 했다.

"아니라고? 아니란 말이냐?"

'그럼 뭐냐?' 하고 묻는 듯이 빤히 바라보자 '광기'가 슬그머니 그의 눈길을 피하며 자신없게 중얼거렸다.

"그저 신세를 졌으니 그걸 갚을 때까지 봉사해 주고 있을 뿐이다. 정말이야."

검은곰이었을 때 그는 포악하고 무지하며 단순한 자였지만 의리가 무엇인지 누구보다 잘 아는 자이기도 했다. 제가 한 말에 대해서는 반드시 책임을 졌고, 하겠다고 한 일은 반드시 하고야 말았다.

그때의 검은곰을 떠올린 황보강이 한숨을 쉬었다.

"너에게 갚아야 할 빚이 있다면 누가 뭐라고 해도 반드시 갚고야 말 테지. 그런데 너는 정말 그 늙은 요물에게 신세를 졌다고 생각하는 거냐?"

"대장도 보았을 텐데? 나는 그날 척망평에서 죽었다."

모아합의 군진을 향해 돌진해 갔을 때 검은곰은 그곳에서 죽었다. 악몽에게 목이 잘리는 걸 보지 않았던가.

황보강은 그때 바로 그곳에서 악몽이라는 놈들에 의해 모두 다 죽고 저 혼자 살아 무정하(無情河)로 달아났던 일을 생생하게 기억하고 있었다. 잊을 수가 없다.

그리고 그곳에서 '고통' 이라는 놈에게 사로잡혔다.

그 후 호장충, 유모량과 함께 악몽들을 상대하여 싸웠던 검은 벌판에서 유모량의 신검에 의해 중상을 입은 그놈의 목을 잘라 복수했다.

그때도 이 '광기' 는 암흑존자의 뜻에 따르지 않고 저를 도와주어 그곳에서 무사히 달아날 수 있게 했었다.

그 일을 생각하면서 황보강이 부드럽게 말했다.

"죽은 너를 그 늙은이가 되살려 주었으니 빚을 졌다고 믿는 것이로구나?"

"그래. 생명을 다시 받았으니 그것보다 큰 빚이 또 있겠어?"

"너는 죽은 것도 산 것도 아닌 그런 꼴이 되어서 사람도 귀신도 되지 못한 처지를 못마땅해하지 않았느냐?"

풍옥빈과 함께 신검을 가지고 초원을 향해 가던 때에 하얀 강가에서 암흑존자를 호위해 온 그를 만났었다.

그곳에서 싸움이 벌어지자 그는 일부러 패하여 물러서며 달아날 길을 열어주었다. 그때 그가 속삭였던 말을 황보강은 뚜렷이 기억하고 있었다.

이렇게 사는 바에야 차라리 죽어 지옥에 떨어지는 게 낫겠다고 하지 않았던가.

'광기'가 대답하지 않고 황보강을 바라보기만 했다. 노려보는 것 같다. 잠시의 시간이 지루하게 지나고 그가 다시 음울하게 말했다.

"존자께서 대장을 만나기 원하신다."

"너는 도운성에서 보낸 대공의 사자를 호위해 온 게 아니란 말이냐?"

"그와 나는 아무 상관 없어."

"그렇다면 그 늙은이가 도운성에 와 있는 모양이구나."

"그래. 대장, 바로 당신을 만나려고 일부러 이 먼 곳까지 오셨다."

그런 정성이 또 있겠느냐는 말투다. 황보강이 피식 웃었다.

"어지간히 급했던 모양이군. 하지만 나를 만나고 싶으면 직접 오라고 해라. 이렇게 종을 보내는 건 예의가 아니지 않느냐?"

"무엇이?"

'광기'가 벌컥 화를 냈다. 그러자 검은 기운이 갑자기 일어 크게 일렁였다. 긴장한 백검천이 검 자루를 잡은 채 황보강 곁으로 다가와 섰다. 그러나 황보강은 태연했다.

비웃으며 말한다.

"오라, 그 늙은이가 이제는 겁이 나는 모양이구나. 그때 흰 빛의 강가에서 크게 당하더니 비로소 제 뜻대로 되지 않는 사람도 있다는 걸 알게 된 거야."

'광기'가 으음, 하고 침음성을 흘리고 나서 말했다.

"어떻게 할 거야? 대장이야말로 존자를 만나는 걸 두려워하는 것 아닌가? 그렇지 않다면 단둘이 만나지 못할 이유가 없을 텐데?"

"단둘이 말이냐?"

"그렇다. 존자께서는 분명히 그렇게 말씀하셨다. 대장과 단둘이 만나겠다고."

"흠—"

황보강이 망설이는 걸 안 풍옥빈이 나섰다.

"내가 함께 가지 않으면 안 된다. 너를 혼자 보낼 수 없어."

"나도 함께 간다."

백검천도 나선다.

황보강은 암흑존자가 몸소 찾아오지 않은 건 바로 제 곁에 있는 이들 두 사람 때문일 것이라고 생각했다.

그들을 꺼려하는 것이다. 아니, 그들이 신검을 갖고 저에게 찾아오는 걸 두려워하는 것이라고 해야 하리라.

묵묵히 생각하던 황보강이 크게 고개를 끄덕였다.

"좋아, 만나지. 혼자 가겠다."

"흐흐, 그래야 대장답지. 오늘 밤 달이 저 위에 있을 때 황무지 한복판으로 나와라."

말을 마친 '광기'가 백검천을 무섭게 노려보고 나서 천천히 말 머리를 틀어 돌아섰다. 느릿느릿 멀어져 간다.

황보강은 그가 끝까지 투구의 가리개를 벗지 않은 건 제 얼굴을 풍옥빈과 백검천에게 보이기 싫어서일 것이라고 짐작했다.

'광기'의 모습이 낮은 언덕 너머로 사라지고 나자 비로소 도운성의 사자 행렬이 느릿느릿 다가왔다.

잔뜩 경계하고 두려워하는 기색이 완연했다.

第六章
환상(幻想)을 보다

## 1. 첫 번째 환상(幻想)

도운성의 사자가 가지고 온 건 화평을 맺자는 성주 남필교의 전언이었다.

그는 황보강과 삼산평의 힘을 두려워하는 게 틀림없다.

삼산평의 힘에 차귀성의 힘까지 더해졌으니 그들이 다음으로 향할 곳은 도운성이 되리라고 미리 짐작한 것이다.

그건 틀린 생각이 아니었다. 황보강의 마음속에는 그런 생각이 확실히 숨어 있었다. 다만 다음 목표를 서쪽의 도운성으로 할지, 북쪽의 대곡성(大谷城)으로 할지 아직 결정하지 않았을 뿐이다.

황보강은 도운성주 남필교의 제안을 받아들이기로 했다. 그가 화평을 원했으니 잘된 일이다. 힘을 더 비축하고 기를 충분한 시간을 가질 수 있기 때문이다.

사자에게 허락의 확답을 주어 돌려보내고 나서 성으로 돌아와 밤이 되기를 초조하게 기다렸다.

그리고 떠나야 할 시간이 되었다.

그가 시종을 보내 풍옥빈과 백검천을 제 방으로 오게 했다.

그들은 황보강이 동행하자는 줄 알고 단단히 채비를 하고 왔다. 그러나 황보강에게는 그럴 마음이 조금도 없었다.

그가 다짜고짜 제가 지니고 있던 신검을 백검천에게 내밀었다.

백검천이 얼떨결에 받아 들고 바라보았다.

"이 검은 악몽들을 죽일 수 있는 신검이다."

"악몽들을 다시 살아나게 하지 않을 수 있단 말이냐?"

"천하에 오직 네 자루의 용수신검만이 그렇게 할 수 있는데, 이것이 세 번째 검이다."

용수신검을 받아 든 백검천의 얼굴이 심각해졌다.

"나머지 세 자루는?"

"한 자루는 풍 형에게 있고, 또 한 자루는 당몽현이 가지고 제 사문인 육화문으로 돌아갔다."

백검천은 당몽현이 누구인지 모른다. 그러나 그가 용수신

검 한 자루를 가졌다니 저나 풍옥빈 못지않은 검법의 절정고
수이면서 도인일 것이라고 짐작한다.

"나머지 한 자루는?"

"내 몸 안에 있다."

"뭐라고? 너는 무슨 터무니없는 소리를 하는 거냐?"

놀라는 백검천에게 단조영의 이야기를 해주자 비로소 그
가 고개를 끄덕였다.

"그렇군. 나운선인에게 다섯 명의 제자가 있는데 그중 대
제자인 단조영의 수양이 가장 높다고 들었다. 하지만 그가 영
체가 되어 네 몸 안에 깃들 만큼 도를 이루었으리라고는 생각
하지 못했다."

육탈하여 의지와 정신만으로 다른 사물과 동화되는 건 이
미 사물과 저의 속성이 도라는 커다란 그릇 안에 함께 담겼기
때문이다.

단조영이 존재의 다양성을 뛰어넘어 본질계(本質界)를 자
유롭게 오갈 수 있을 정도로 도와 하나가 되었다는 건 백검천
에게 있어서 충격이었다.

"아, 나는 언제나 그와 같은 경지에 오를 수 있을 것인가."

그가 용수신검을 안고 탄식했다.

"나는 검법을 통하여 도의 속성을 깨닫고 그것과 하나 되
기를 원했다. 그래서 세상을 버리고 오직 검법의 수련에만 매

진했지. 그런데 네 말을 듣고 보니 역시 혼자의 수련과 깨우침만으로는 한계가 있다는 걸 인정하지 않을 수 없구나."

단조영이 그와 같은 경지에 오른 건 그의 수련도 수련이지만 나운선인이라는 훌륭한 스승의 인도를 받았기 때문이라고 생각한 것이다.

"도에는 시간이 없으니 늦고 빠름도 없지. 네가 백 년을 수련하나 단조영이 오십 년을 수련하나 도의 경계를 뛰어넘어 궁극에 이르게 된다면 아무 차이가 없을 것 아니겠느냐?"

위로의 말에 백검천의 눈이 반짝하고 빛났다.

"그렇다!"

그가 크게 소리쳤다.

"너의 말이 옳다! 도에 이르는 시간은 이 세상의 것이기에 길고 짧음이 있겠지만 한번 경계를 넘어서면 어찌 세상의 시간에 구애받을 것인가! 네 말이 옳다, 옳아!"

백 년을 수련해서 도를 이룬 자나 천 년을 수련해서 그렇게 된 자나 아무 차이가 없게 된다.

황보강이 무심코 한 말속에 깃든 커다란 의미를 깨달은 백검천이 기뻐했다.

"너에게는 현기(玄氣)가 있다. 너는 타고난 인물이야. 나는 이제 암흑존자가 왜 그처럼 너를 탐내는지 알겠다."

황보강이 어리둥절해서 백검천을 바라보았다.

저는 그저 낙심하는 그를 위로해 줄 생각으로 별 뜻 없이 말한 것에 지나지 않는데, 백검천이 이렇게 기뻐하니 오히려 어리둥절해진다.

백검천이 확신한다는 듯 크게 고개를 끄덕이며 말했다.

"너는 도성(道性)을 타고났다. 틀림없어. 그런 사람은 참으로 찾기 힘들지. 도가 스스로 네 안에 깃들었고, 그것이 너를 이 땅에 태어나도록 했으니 어찌 암흑존자가 탐내지 않을 것이냐?"

"쓸데없는 소리."

핀잔을 준 황보강이 자리를 털고 일어섰다.

백검천이 걱정스럽게 바라본다.

"정말 혼자 갈 작정이냐?"

"약속했으니 그렇게 해야지."

"암흑존자가 악몽들을 데리고 온다면?"

"그렇다면 그는 소인배에 불과하니 더욱 두려워할 필요가 없지."

"그렇겠군."

황보강의 태연한 말에 백검천이 다시 머리를 끄덕였다.

도를 수행하는 저보다 세상에 살면서 풍파에 시달린 황보강의 생각이 더 트인 것 같으니 질투가 나기도 했다.

목숨을 걸고 수련하여 가까스로 얻을 수 있는 도가 있는가

하면, 의식하지 않아도 저절로 그렇게 되는 도가 있다는 걸 인정하지 않을 수 없다.

그가 홀쩍 떠나고 나자 풍옥빈이 백검천의 어깨를 가볍게 두드렸다.

"드디어 또 한 자루의 신검이 제 주인을 찾았구나. 축하한다."

가볍게 고개를 숙여 감사의 뜻을 전한 백검천이 근심스럽게 말했다.

"정말 그를 저렇게 혼자 보내도 되는 겁니까?"

"그가 그렇게 하겠다고 했으니 그런 거지."

풍옥빈은 태연했다. 그래서 백검천은 마음이 더욱 불안해졌다.

암흑존자 정도 되는 인물이 속임수를 쓸 리 없다는 걸 확신하면서도 여전히 한 가닥 불안을 떨쳐 버릴 수 없었던 것이다.

그건 어떤 예감 같은 것이었다.


홀로 성을 나온 황보강은 막막한 황무지를 바라보고 천천히 말을 몰았다.

군데군데 낮은 언덕이 있을 뿐, 등 뒤의 관조산 외에는 높은 산 하나 보이지 않는 거친 벌판이다.

땅은 쩍쩍 갈라졌거나 울퉁불퉁한 자갈들이 드러나 거칠기 짝이 없었다. 드문드문 잡풀 우거진 곳이 있고 나무도 더러 보였다. 그곳의 땅에는 아직 습기가 남아 있기 때문일 것이다.

누가 봐도 정이라고는 조금도 가지 않을 버려진 땅이지만 황보강에게는 뜻 깊은 곳이었다. 삭막한 풍경 하나하나가 모두 그렇다.

성을 나설 때만 해도 맑았던 하늘이 점점 어두워지더니 빠르게 검은 구름에 덮여갔다.

황보강은 아직 사람과 말의 주검이 남아 있고, 부러진 창과 칼이 여기저기 흩어져 있는 전장을 천천히 지나갔다.

부패하기 시작한 주검들의 악취가 진동했다. 인기척에 놀란 벌레들이 찢겨진 살덩이 속에서 스멀스멀 기어나와 달아났다. 고기를 탐하던 들개들이 더러는 꼬리를 말고 물러섰고, 더러는 귀화(鬼火)처럼 번쩍이는 눈을 들어 노려보며 으르렁거렸다.

황보강에게 이 모든 건 낯선 풍경이 아니었다.

전장의 냄새이자 죽음의 냄새이고 허무의 냄새인 부패한 역겨움. 그것을 헤쳐 나온 게 어디 한두 번이던가.

말이 코를 벌름거리며 간간이 투레질을 했다. 짜증을 내는 것이다.

그런 말목을 투덕거려 주면서 느릿느릿 그 살육의 현장을 지나는 동안 드러나고 숨기를 거듭하던 달이 먹구름에 완전히 가려졌다. 세상이 칠흑처럼 깜깜해진다.

한 걸음 앞을 볼 수 없고 알 수 없으니 세상은 없어진 것과 마찬가지다. 텅 빈 어둠이 모든 걸 집어삼켰다.

그 한복판에 홀로 서 있는 황보강은 막막한 불안감을 느꼈다. 움직일 수가 없다.

얼마나 지루한 시간이 흘렀을까. 달이 다시 슬그머니 얼굴을 내밀었을 때 저만큼 떨어진 곳에 저승사자처럼 우뚝 서 있는 검은 옷의 노인이 보였다. 드디어 벌판의 복판에 이른 것이다.

등 뒤에는 지나온 시간이 있고, 이마 앞에는 다가올 시간이 펼쳐져 있다. 그것들이 마주치고 갈라지는 곳에 우두커니 서 있는 늙은 노새와 검은 늙은이.

기이한 광경이 틀림없었다.

황보강이 우뚝 서서 눈을 끔벅였다. 이것이 저의 환상인지 현실인지, 아니면 꿈을 꾸고 있는 것인지 그 경계가 모호해졌던 것이다.

"내가 너에게 보여주마."

그 몽롱하고 모호한 시간 저 건너편에서 암흑존자가 그렇게 말했다.

그리고 황보강의 눈앞에 장엄한 광경이 펼쳐졌다.

거대한 성곽과 높은 전각의 지붕들이 보이고 빼곡하게 꽂힌 깃발들이 물결치듯 흔들리는 모습이었다.

웅장한 성이었다.

이어서 수많은 병사들이 줄지어 성안으로 들어갔다. 기병과 보군들이 모두 검은 갑주를 입었고, 중무장을 했으며, 도검과 활을 지니고 장창을 세워 들었다.

십만 명은 족히 되어 보이는 그들의 엄정하고 위압적인 모습은 생전 처음 보는 것이었다.

성안에는 광야처럼 드넓은 광장이 있었다. 주변에 전각을 이은 회랑들이 담처럼 둘렀고, 중앙에는 그 무엇보다 크고 웅장한 대전이 솟아 있었다.

십만 명의 중무장한 병사들이 그 대전을 바라보고 광장에 진을 벌렸다.

하나같이 조각상을 세워놓은 것처럼 움직이지 않았다. 말들마저도 투레질을 멈추고 침묵한다. 엄숙하고 장엄한 분위기가 세상을 누르고도 남을 것 같았다.

쿵, 하는 철고 소리가 울리고 저 높은 대전의 문이 활짝 열리더니 안에서 갑주 쩔그렁거리는 소리가 소나기처럼 쏟아져 나왔다.

이내 일천여 명의 용맹해 보이는 병사들이 달려나왔는데,

하나같이 황금빛 갑주에 붉은 전포를 둘렀고 창검을 든 근위대였다.

그들이 전각의 계단을 가득 메우며 도열해 섰고, 일부는 대전의 좌우로 달려가 칼을 쥐고 섰다.

그 화려함과 엄숙함에 절로 경건한 마음이 든다.

이어서 문관 복장을 갖춘 수백 명의 문신들이 각기 가슴 앞에 홀을 들고 줄지어 나와 좌우로 벌려 섰다. 그리고 금빛 곤룡포를 입고 보석으로 치장된 황금 관을 쓴 한 사람이 내관들을 거느리고 천천히 걸어나왔다.

대전 앞에 마련된 황금 의자에 거만하게 앉는다.

"아!"

황보강이 놀란 외침을 터뜨렸다.

호랑이 가죽을 덮은 황금의 태사의에 앉은 제왕의 얼굴을 본 것이다.

그 사람은 황보강이었다.

지극히 높은 위엄과 권세를 지니고 신처럼 도도하게 앉아 광장을 가득 메운 자신의 늠름한 병사들을 내려다본다.

그가 좌정하자 그를 우러러보던 병사들이 일제히 창검을 두드리며 함성을 질렀다.

그 요란한 소리와 천둥치듯 하는 함성에 땅이 흔들리고 하늘이 무너질 것만 같다.

다시 철고 소리가 둥둥 울리더니 광장 서쪽의 문이 활짝 열렸다. 쩔그렁거리는 소리와 함께 수천 명의 포로들이 쇠사슬로 온몸이 결박당한 채 끌려 나온다.

아무렇게나 흐트러진 머리카락과 찢어지고 핏물에 젖어 있는 거친 옷으로 보아 심한 곤욕을 치른 게 분명했다.

그들이 대전의 계단 아래에 무릎을 꿇고 고개를 숙였다.

위대한 대제국의 탄생을 방해하며 끝까지 항거하다가 사로잡힌 영주와 제후, 그리고 왕들이었다.

둥—

다시 무정한 철고 소리가 광장 가득 울렸다. 그러자 이번에는 우락부락하게 생긴 수천 명의 도부수들이 번쩍이는 언월도를 들고 광장 동쪽 문에서 쏟아져 나왔다.

광장을 달려온 그들이 죄수들의 뒤에 도열해 설 때까지 낮은 철고 소리가 쉬지 않고 둥둥 울렸다.

그것이 점점 잦아들고, 드디어 깊고 무거운 적막이 광장을 짓눌렀다. 바람 한 점 불어오지 않는 침묵.

드넓은 광장 가득 병사와 말들이 운집해 있지만 숨소리조차 들리지 않았다.

둥—

그들의 머리 위로 커다란 철고 소리가 한차례 뇌성처럼 터져 나왔다.

그러자 도부수들이 일제히 언월도를 머리 위로 높이 들어 올렸다. 수천 명이 그렇게 하는 것이 마치 한 사람이 하는 것처럼 일사불란하다.

거울처럼 햇빛을 튕겨내며 번쩍이는 언월도의 새파랗게 갈린 날에 으스스한 서릿발이 돋는 것 같았다.

"합!"

이번에는 철고 대신 누군가가 힘찬 기합성을 터뜨렸다. 그리고 언월도가 일제히 바람 소리를 내며 떨어졌다.

번쩍이는 빛이 광장을 뒤덮더니 포로들의 목이 동시에 떨어져 뒹굴고, 핏물이 쏟아져 광장 북면을 온통 붉게 물들였다.

"와아—!"

십만 병사들이 다시 창검을 두드리며 함성을 질렀다. 그 소리에 땅과 하늘이 흔들린다.

비로소 대제국의 천하통일이 완성되는 순간이었다.


2. 또 하나의 미래


"보았느냐?"

암흑존자의 음성이 가슴속에서 웅웅 울려왔다.

제 안에서 샘솟아 나는 소리 같다. 그래서 황보강은 그것이 저의 생각인지 아니면 암흑존자의 말인지 분간할 수 없었다.
혼란스럽다.

"네가 갖게 될 세상이다."

"내가 황제가 된다고? 천하를 갖는다고?"

"그렇다. 너는 지금 장차 이루어질 너의 모습을 보고 있는
것이다."

믿기 힘들었다. 아니, 믿을 수 없었다. 하지만 기쁨으로 가
슴이 뛰기도 했다.

"사량격발은? 대황국은? 그들이 천하를 정복하는 게 아니
었나?"

황보강이 어눌하게 물었다. 그리고 제 안의 그것이, 제 생
각인지 암흑존자의 음성인지 알 수 없는 소리가 대답했다.

"거기 보이지 않느냐?"

암흑존자가 황보강의 시선을 인도했다.

거기, 계단 아래의 광장에 잘려 떨어져 있는 머리통들 속에
그의 것이 있었다. 사량격발이다.

눈을 부릅뜬 채 끔찍하고 기괴한 모습으로 저를 바라보고
있는 머리통 하나.

황보강은 그 곁에 떨어져 있는 또 다른 자의 머리통을 보았
다. 모아합이었다.

"보았느냐? 그게 그들의 최후다. 너에 의해서 그렇게 되지."

황보강은 저를 노려보는 그들의 머리통을 보고 놀랐다. 부르르 진저리를 친다.

"어째서?"

그가 주춤거리고 물러서며 말했다.

"어째서 당신은 그를 버린 거지? 당신은 사량격발의 신하가 아닌가? 그를 위해서 어둠의 힘을 사용하고 있었던 것이잖아? 악몽들은? 당신은 왜 그것들을 보내 사량격발을 도와주지 않은 거지?"

암흑존자의 음성이 귓전을 간질이며 파고들었다. 간교하고 달콤한 속삭임이다.

"나는 그를 이용해 어둠을 갖고 싶었을 뿐, 그에게 충성하는 신하가 아니다. 하지만 그는 나에게 절반의 어둠밖에는 주지 못했지."

"왜?"

"그의 곁에는 나운선인이 있었으니까."

"그럼 당신은 이제 어둠을 갖게 된 건가?"

"아직은 아니다. 하지만 곧 그렇게 되겠지. 지금 네가 본것처럼 너에게 천하를 주고 나는 완전한 어둠을 갖게 되는 거다. 나를 위해서도 또 너를 위해서도 좋은 일 아니냐?"

"이해할 수 없군."

"네가 천하를 갖게 되면 절로 이해가 될 것이다. 네 힘이 바로 어둠이라는 걸 말이야."

황보강이 휘딱 고개를 돌렸다. 언제 왔던 것인지 거기 암흑
존자가 서 있었다. 어깨를 나란히 하고 이제는 서서히 엷어져
가고 있는 환상을 바라보고 있다.

아쉬웠다.

황보강은 제가 보던 환상이 사라지는 걸 못내 아쉬워했다.
한번 저렇게 사라져 버리고 나면 다시는 나타나지 않을 것 같
기에 그렇다.

암흑존자가 다시 속삭였다.

"나에게 무릎을 꿇기만 하면 된다. 그러면 너는 절망이 되
고 나는 십삼악을 완성시킬 수 있게 되지. 나에게 십삼악의
힘이 생기면 더 이상 나운선인은 내 앞을 가로막지 못할 것이
다. 그 말은 곧 네 야망을 이루는 데 방해가 되는 장해물이 사
라진다는 거지. 너는 십만 악몽을 이끌고 이 세상을 지배할
수 있게 된다. 누구도, 아무것도 그들의 진격을 막지 못할 것
이다."

"사량격발은 당신에게 무릎을 꿇지 않았단 말인가?"

"그의 반은 나운선인의 것이고 반만 나의 것이 되었지. 그
리고 무엇보다 그는 절망이 될 수 없어."

"어째서?"

"그의 영혼이 순수하지 못하기 때문이다."

황보강은 더욱 이해할 수 없었다.

"순수하지 못한 영혼은 절망이 될 수 없단 말인가?"

"그렇다. 가장 큰 절망은 가장 순수한 영혼의 또 다른 모습이니까. 아무나 붙잡아 와 절망으로 만든다고 해서 내가 원하는 그것이 되는 건 아니다."

"당신이 여태까지 그것을 찾지 못한 이유를 알겠군."

"하지만 이제는 아니지."

암흑존자가 의미 깊은 눈길로 황보강을 지그시 바라보았다.

무겁게 침묵하던 황보강이 불쑥 말했다.

"다른 것도 보여줄 수 있겠군?"

"무엇이 보고 싶은 것이냐?"

"내가 당신의 제안을 받아들이지 않았을 때 말이야."

"보지 않는 게 좋을 텐데?"

"아니, 두 가지를 모두 봐야 해. 그래야 선택을 할 수 있지 않겠어?"

"네 말도 일리가 있다. 그럼 보여주지."

빙긋 웃은 암흑존자가 손을 뻗어 허공을 휘저었다.

제 앞의 공간을 지우개로 지우고 무언가를 그려 넣는 것 같다.

그 즉시 황보강의 눈앞에 또 다른 광경이 펼쳐졌다.

하나의 웅장하고 견고해 보이는 성이었다.

거대한 대전 앞에 드넓은 광장이 있고, 그곳에 많은 병사들이 집결해 있었다. 기병과 보군들로 나뉘어 도열해 있는 십만에 가까운 병사들이다.

그러나 그들은 앞서 보았던 자신의 용사들이 아니었다. 깃발과 복장이 달랐던 것이다.

대전 앞에 한 사람이 왕관을 쓰고 오만하게 앉아 있고, 좌우에 대신들이 늘어섰으며, 계단 아래에는 일천여 명의 근위병들이 창검을 들고 도열해 있었다.

그 웅장하며 장엄하고 엄숙한 광경이 앞서 보았던 것과 크게 다르지 않았다.

백곰 가죽을 덮은 황금 의자에 거만하게 버티고 앉아 있는 사람을 본 황보강이 한숨을 쉬었다.

청오랑국의 태자 청화륜이었던 것이다.

'그가 한 나라를 세웠구나.'

반가운 생각과 함께 씁쓸한 기분이 되는 건 그를 보면 떠올리게 되는 사람 때문이었다.

제 손으로 죽여야만 했던 신성대제 청하겸과 황후, 그리고 세 공녀다.

그들을 생각할 때마다 자신을 저주하는 얼굴로 노려보던 청화륜을 기억하게 되고, 그에 대한 죄책감을 떨쳐 버릴 수 없었다.

그가 당당히 한 나라의 왕이 되었으니 다행스럽기도 하다.

그 청화륜이 한 손을 번쩍 들었다. 그러자 광장 서쪽 문에 병사들이 나타났는데, 죄인을 실은 함거 한 대를 끌고 있었다.

드넓은 광장에 무거운 적막이 깔리고, 그것을 흔드는 함거의 바퀴 소리가 요란하게 들려왔다.

계단 아래에 이른 함거에서 결박당한 한 사람이 끌려 나왔다.

"억!"

봉두난발한 죄인을 본 황보강이 커다란 비명을 터뜨렸다.

아버지였던 것이다.

도유강에서 유유자적하고 있어야 할 아버지가 왜 죄인의 신분이 되어 저렇게 청화륜 앞에 끌려온 건지 이해할 수 없다.

함거에서 끌려 나온 아버지가 계단 앞에 무릎을 꿇고 앉았다. 그리고 기병들 속에서 언월도를 쥔 검은 무장 한 명이 천천히 말을 몰아 나왔다.

황보강은 그자가 바로 '광기' 라는 걸 알았다. 말안장에 걸려 있는 낭아곤을 본 것이다.

'저놈이 왜 저곳에?' 하는 의문을 풀 새도 없이 아버지 곁에 이른 광기가 언월도를 번쩍 치켜들었다.

둥—

북소리가 울리고, 그것이 번쩍이는 빛을 뿌리며 떨어진다.

"안 돼!"

놀란 황보강이 목청껏 소리쳤지만 '광기'의 언월도를 막을 수 없었다.

아버지의 목이 덧없이 떨어져 뒹굴고, 핏물이 왈칵 뿜어져 나와 허공을 붉게 물들였다.

"안 돼!"

다시 소리치는 황보강의 음성을 들은 것일까?

용상의 청화륜이 천천히 돌아보았다.

황보강을 직시하는 그의 눈이 살기로 번들거렸다. 지독한 증오로 번쩍인다. 그러더니 이내 조롱으로 가늘어졌다. 비웃는다.

그건 마치 '네 아비의 죽음을 보는 심정이 어떠냐? 그걸 보면서도 아무것도 할 수 없는 게 어떤 마음인지 이제 알겠지?' 하고 말하는 것 같았다.

그리고 또 한 사람이 보였다.

대신들 속에 관복을 입고 서 있는 노인이었다. 홀을 쥐고 옥패가 박힌 건을 쓴 노대신인데, 그가 황보강을 향해 히죽 웃었다.

"아!"

그 주름진 얼굴을 본 황보강이 이를 악물고 주먹을 불끈 쥐었다. 암흑존자였던 것이다.

"이, 이… 쳐 죽일 늙은이 같으니……."

황보강이 이를 갈았다. 이 모든 게 저 늙은이의 흉계라는 걸 안 것이다.

움켜쥔 두 주먹이 부들부들 떨린다.

당장 달려가 청화륜의 머리통을 밟아버리고, 저 요악한 늙은이의 목을 비틀어 버리고 싶지만 한 발짝도 움직일 수 없었다. 미칠 것 같다.

가위눌린 것 같은 그 고통 속에서 끙끙대며 신음하던 황보강이 온 힘을 쥐어짜 소리쳤다.

"이놈!"

발악하듯 부르짖은 그가 지독한 증오와 적개심을 가지고 저 환상 속으로 뛰어들어 가려는데 눈앞의 광경이 확 바뀌었다.

전혀 다른 곳, 다른 세상이 막막하게 펼쳐졌던 것이다.

그곳은 황량한 벌판이었다. 지금 제가 서 있는 이곳과는 또 다른 황무지다.

풀 한 포기 나 있지 않은 붉은 땅을 핥으며 건조한 바람이 후끈한 열기를 싣고 달려갔다.

여기저기 낮은 황토의 언덕들이 있고 더러는 진흙을 개서 세워놓은 것 같은 봉우리들이 우뚝우뚝 솟아 있었다. 황무지

위에 말뚝을 박아놓은 것 같은 형상들이다.

살아 있는 것은 무엇도 존재하지 않는 것 같은 그 황량함은 마음속에 처량함과 답답함, 그리고 두려움을 가져다주었다.

황보강은 멍하니 그 삭막한 광경을 바라보았다. 그때 저쪽 언덕 너머에서 사람들이 보이기 시작했다.

수백 명의 병사들이었다.

그들이 가까이 다가올수록 지치고 힘들어하는 기색이 완연하게 보였다.

패잔병들이다.

부상을 입은 자는 부러진 창대를 의지하여 힘겹게 걸었고, 더 심한 자는 성한 자의 부축을 받아가며 걸어오고 있었다.

"아!"

황보강이 놀란 외침을 터뜨렸다.

그들 속에서 자신의 모습을 본 것이다.

그건 비참하고 초라한 모습이었다.

머리는 봉두난발을 했고, 호심경도 없는 단갑(單甲)을 걸치고 있었는데 그나마 성한 데가 없었다. 찢어져 너풀거리는 단갑 사이로 붉은 핏자국이 보인다.

그건 황보강만 그런 게 아니었다.

그를 따르고 있는 패잔병 중 성한 자는 한 명도 없었다. 모두 크고 작은 부상을 입은 채 극도의 피곤으로 간신히 걸음을 떼어놓고 있었던 것이다. 개중에는 병장기도 없이 맨몸인 자도 있었다.

큰 싸움에서 패하여 정신없이 쫓기고 있는 신세가 분명하다.

그걸 바라보는 황보강의 가슴에 먹먹한 어둠이 밀려들었다. 답답하고 분하며 슬픔이 복받쳐 오른다.

그때 언덕 뒤에서 희미하게 말발굽 소리가 들려오기 시작했다. 뿌연 먼지도 구름처럼 피어오르고 있다.

패잔병들이 당황하여 우왕좌왕했다. 극도의 두려움으로 벌벌 떠는 자도 있고 아예 모든 걸 포기한 듯 털썩 주저앉아 넋을 잃은 자도 있다.

황보강이 빛나는 검을 뽑아 든 채 무어라고 악을 썼다.

아직 싸울 수 있는 자들이 그의 곁으로 모여들었다. 황보강이 그들을 재촉하여 원진을 치게 하고 가운데에 부상당한 자들을 앉혔다.

이내 언덕을 돌아 나오고 있는 검은 기병들이 보였다. 장창을 쥔 채 거침없이 달려오고 있다.

악몽들이었다.

그 선두에서 검은 말을 달려오고 있는 자는 '광기'였다. 흉측하게 생긴 커다란 낭아곤을 허공에 휘두르고 있었던 것이다.

황보강이 부드득 이를 갈았다. 주위를 둘러본다.

더 이상 달아날 곳도, 숨을 곳도 없었다.

싸울 수 있는 자는 고작 이백여 명 남짓이었는데, 성한 자는 한 명도 없었다.

그들을 향해 달려오고 있는 검은 기병들은 일천여 명이 족히 되어 보인다. 모두가 악몽들이다.

저놈들은 최후의 한 명을 죽일 때까지 지옥까지라도 쫓아올 것이다. 십 년, 백 년이 걸린다고 해도 절대로 포기하지 않을 것이다.

지겨운 놈들, 그리고 이제는 그 무엇보다 두렵고 끔찍한 것들.

다가오는 악몽을 바라보는 황보강의 얼굴 가득 절망이 떠올랐다. 여기가 마지막이라고 생각하는 게 틀림없다. 그에게는 이곳이 이 세상의 끝인 것이다.

잠깐 사이에 악몽들은 코앞까지 쇄도해 들었다.

두 대로 갈라져서 좌우로 감싸듯 패잔병들의 원진을 위협하며 달려가고 달려온다.

뒤에서 고함과 비명 소리가 터져 나오기 시작했다.

'광기'가 그 무시무시한 낭아봉을 휘둘러 엄습해 들어온 것이다.

후미를 지키던 자들이 그의 낭아봉에 맞아 머리가 터지고 어깨가 으스러져 비명을 지르며 쓰러져 갔다.

뒤따라 원진 안으로 뛰어드는 악몽들을 막을 수가 없다.

황보강은 필사적으로 신검을 휘둘러 악몽들을 베어 넘겼다.

그의 신검이 창백한 빛을 뿌리며 허공에 번쩍일 때마다 말과 악몽이 한 덩어리가 되어 쓰러진다.

황보강의 신검은 조금도 그 위력을 잃지 않았다. 그러나 그 것을 쥐고 있는 사람은 빠르게 지쳐 가고 있었다. 힘이 점점 다해가고, 이제는 그것을 휘두를 여력마저 남아 있지 않았다.

그런 황보강의 등 뒤에서 무어라고 악을 쓰는 '광기' 의 외침이 들려왔다.

그가 원진을 관통하여 황보강에게 다가온 것이다.

무너졌다.

이 작은 원진으로 악몽들을 물리칠 수 있을 것이라고는 생각하지도 않았다. 오래 버틸 것을 기대한 것도 아니다. 그저 죽기 전에 해보는 마지막 발악 같은 것이었을 뿐이다.

그래서 허무하고 허망하며 더욱 분하다.

황보강이 있는 힘을 쥐어짜 다시 한 놈의 악몽을 베어 쓰러 뜨리고 돌아섰다.

'광기' 의 부릅뜬 눈이 커다랗게 보였다.

그가 투구를 벗어 던졌다. 험악한 그의 얼굴이 악귀 야차처럼 보였다. 시뻘건 입을 벌리고 껄껄 웃는다.

황보강이 부서지도록 이를 갈았다.

그리고 '광기' 가 피와 뇌수가 묻어 번질거리는 낭아곤을 번쩍 들어 올렸다.

"아!"

그 광경을 보던 황보강이 비명을 터뜨렸다.

흙덩이처럼 부서져 형체도 없이 사라져 버리는 자신의 머리통을 본 것이다.

'광기'의 낭아곤은 인정사정없이 황보강의 머리통을 부수어 버렸다.

땅에 떨어져 뒹구는 신검이 여전히 시린 빛을 번쩍이고 있었다.

머리통을 잃어 끔찍한 몰골로 변해 버린 황보강이 그 곁에 털썩 쓰러졌다. 움직이지 않는다.


### 3. 마지막 유혹


"그것이 너의 미래다. 머지않은 날이지."

황보강은 아직도 머릿속이 멍한 상태였다. 마지막 장면에 대한 충격이 사라지지 않는다.

어느덧 암흑존자는 처음의 제자리에 돌아가 있었고, 달라진 건 아무것도 없었다.

황보강은 흐린 달빛 아래 저와 암흑존자와의 사이에 놓여 있는 공간을 멍하니 바라보았다.

그곳이 제가 본 환상이 펼쳐졌던 공간이라는 걸 믿을 수 없다.

"자, 이제 선택해라."

암흑존자가 재촉했다.

황보강은 멍하니 그의 추레한 어깨 위에 내려앉아 있는 하얀 달빛을 바라보기만 했다.

"아무래도 두 번째 것보다는 첫 번째 것이 더 마음에 들겠지?"

황보강으로부터 아무런 대답이 없자 암흑존자가 달래듯 말했다.

"어떠냐? 그와 같은 영광이 또 있을 것이냐? 너는 나에게 무릎을 꿇고 내가 주는 생명을 받아들이기만 하면 된다. 그러면 세상이 모두 너의 것이 되는 거야. 이와 같은 기회는 다시 오지 않을 것이다."

"저게 사실인가? 내가 저렇게 된단 말인가?"

어떤 걸 말하는지 알 수 없다.

암흑존자가 빙그레 웃었다.

"모두 사실이다. 지금 네 앞에는 두 갈래의 길이 놓여 있지. 네가 어느 쪽 길을 택해서 가든 그 환상은 반드시 이루어질 것이다."

어느 쪽을 택할 것이냐고 재촉하는 눈길을 보내온다.

"으음—"

황보강이 깊이 신음했다.

그 두 개의 환상이 정말 저의 미래를 보여준 것이라면 하나는 너무나 황홀하고 다른 하나는 너무나 지독하지 않은가.

선택의 여지가 없을 것 같다.

한참 동안이나 침묵하던 그가 비로소 고개를 들고 저 앞의 암흑존자를 바라보았다.

두려웠다.

암흑존자에 대해서 처음으로 두려움이라는 걸 느끼게 된 것이다.

그러자 내면에 억눌려 있던 어둠이 기지개를 켜고 일어섰다. 껄껄, 커다란 웃음을 터뜨리며 비웃는다.

한번 그렇게 두려움의 씨앗이 영혼에 뿌려지자 광명의 기운은 점점 위축되어 갔다. 황보강은 그것을 느끼면서도 어쩔 수 없었다.

두려움은 이제 내 힘으로 할 수 있는 게 아무것도 없다는 무력감이 되더니 절망으로 변하여 찾아왔다.

제 안에서 커지는 절망을 바라보는 동안 그것은 두려움을 먹고 걷잡을 수 없이 커졌다. 그러더니 맹렬하게 그를 뒤덮기 시작했다. 광명의 벽을 무너뜨리고 빠져나온다.

거대한 흙탕물이 사납게 부딪쳐 둑을 무너뜨릴 지경에 이르렀다.

암흑존자의 힘이 더욱 커졌다. 그 무지막지한 위압감 앞에서 황보강의 존재는 점점 작아지기만 했다. 땅속으로 처박힐 것만 같다.

어느덧 어둠의 기운은 거대한 산악이 되었다. 황보강을 짓눌러 꼼짝하지 못하게 한다. 무엇으로도, 어떤 방법으로도 이제는 그 힘을 뿌리칠 수 없었다.

무릎이 덜덜 떨렸다. 온몸을 내리누르는 힘이 커져 더 이상 저항할 수 없는 지경에 이른 것이다. 꿇지 않는다면 무릎이 박살 나버리고 말 것이다.

아니, 그렇게 되기 전에 어둠의 막중한 힘을 감당하지 못한 무릎이 절로 굽혀지고 있었다.

'끝이다.'

황보강의 마지막 희미한 의식이 절망적으로 부르짖었다. 그러나 그것은 속삭임보다 미약한 탄식에 지나지 않았다.

이대로 무릎을 꿇고 머리를 숙이면 이제 더 이상 제 자신으로 살 수 없으리라는 걸 생각했다.

그래서 어쩌란 말인가?

내 힘으로 할 수 있는 건 이제 아무것도 없지 않은가.

가릴 수 없는 절망의 비탄과 두려움만 이처럼 커지고 있을 뿐인데…….

그가 완전한 절망의 포로가 되어 무릎을 굽히려는 순간이었다.

콰!

머릿속에 거대한 폭발이 일었다.


―이놈!


갑작스럽게, 마치 천둥이 머릿속으로 옮겨온 것같이, 그리
고 번쩍이는 뇌전에 꿰뚫린 것처럼 굉장한 소리가 그의 온 영
혼을 잡아 흔들었다.

태워 버린다.

아버지의 일갈이었다.

그렇게 무시무시하게 꾸짖는 소리를 한 번도 들어본 적이
없다.

그리고 그것은 나운선인의 호통이기도 했다.


―그것밖에 되지 않느냐?


선인의 외침이 맹렬한 불길이 되어 온몸을, 영혼을 태워 버
린다.

그리고 또 하나의 음성이 뒤따랐다.

조용하게 타이르는 것.

단조영이었다.


─잊은 건 아니겠지? 내가 너와 하나라는 걸 말이다. 네 안
에는 내가 있어. 왜 나에게 도움을 청하지 않느냐? 자, 손을
내밀어봐.


그의 음성은 마치 어린아이를 감싸는 강보처럼 따뜻하고
포근하게 영혼을 감싸주었다. 아늑하다.

황보강이 그 말에 이끌린 듯 손을 허공에 뻗었다. 그리고
제 손바닥에서 스며 나오는 한줄기 찬란한 광채를 보았다.

용수신검이었다.

그것이 완전한 형체를 드러냈다. 눈부신 광채로 황보강을
휘감고 그의 어둠을 밀어낸다.

우우웅─

신검의 웅얼거림이 맑고 영롱한 소리가 되어 영혼 속에 울
려 퍼졌다. 이 세상에서 그처럼 아름다운 음악은 없을 것이다.

두려움과 절망이 이제는 제 스스로 그것이 되어갔다. 황보
강을 두렵게 하고 절망하게 하는 게 아니라 그것이 제 스스로
두려움이 되고 절망이 된 것이다. 그래서 광명한 기운에, 신
검의 웅얼거림에 두려워하고 웅크려 떤다. 절망한다.

신검의 기운이 황보강을 일으켜 세웠다. 그 어느 때보다 강

한 힘으로 그의 정신을 맑게 하고 영혼을 깨끗하게 해주었다.

의식의 투명함이 더 단단해지고, 어둠은 그것에 눌려 사라졌다.

황보강의 눈이 밝아졌다.

그가 신검을 들어 허공을 격하고 암흑존자의 가슴을 겨누었다.

보기 흉하게 일그러지고 있는 암흑존자의 추괴한 얼굴이 신검의 광명한 빛 앞에 낱낱이 드러났다.

"늙은이."

황보강이 그를 불렀다.

이제 두려움은 없다. 절망도 없다. 그에 대한 증오와 적의, 그리고 경멸이 더욱 커졌을 뿐이다.

"나는 너에게 내 운명을 맡긴 적이 없어. 멋대로 장난치지 마라."

"흐흐흐—"

암흑존자가 주춤 물러서며 낮고 음침하게 웃었다.

그가 한 걸음 물러서면 황보강은 한 걸음 다가섰다. 여전히 신검으로 가슴을 겨누며 말한다.

"결국은 모두 버림을 받겠지. 꼭두각시로 삼아 실컷 데리고 놀다가 싫증이 나면 헌신짝 버리듯 버리고 다른 꼭두각시를 찾는 게 바로 너야."

"어떻게 확신하느냐?"

"네가 사량격발을 버린 게 바로 그 증거다. 그리고 청화륜
또한 그렇게 버리겠지."

"말했잖느냐? 사량격발은 실패한 것뿐이다."

나운선인 때문에 그렇게 된 게 분하다는 듯 빠드득 이를 간
다. 그러나 황보강은 그런 암흑존자의 말에 조금도 동의하지
않았다.

"나를 황제가 되게 해준다고? 흥, 늙은이 당신의 능력이라
면 그럴 수 있겠지. 하지만 내 뒤에는 언제나 당신이 서 있는
것도 사실일 것이다. 청화륜 곁에 네가 있었듯 말이야. 그러
니 무엇이 되든지 너의 꼭두각시 신세에서 벗어날 수 없는 것
아니냐?"

"그게 뭐가 어때서?"

암흑존자가 이해할 수 없다는 듯 고개를 갸웃거렸다.

"천하를 얻고 신과 같은 존재가 되는 대가치고는 너무 적
은 것 아니냐?"

"누가 되었든 그자를 앞에 내세울 뿐, 사실은 네가 신이 되
고 천하의 주인이 되는 것이야."

"신이 된다고 내가?"

어리둥절한 얼굴로 황보강을 바라보던 암흑존자가 깔깔
웃었다.

"이놈아, 나는 이미 신이야. 아니, 신조차도 우습게 여긴다. 그런데 또 무슨 신이 된단 말이냐?"

"시끄럽다!"

황보강이 버럭 소리쳤다. 그 즉시 암흑존자가 겁먹은 눈을 뒤룩거리며 주춤주춤 다시 물러섰다.

"나는 네 꼭두각시가 되어서 절망을 등에 지고 살 생각이 조금도 없다."

황보강이 근엄하게 말했다. 한마디 한마디에 힘을 주어 부러뜨리듯이 하는 말이 더할 수 없이 확고하다.

"한번 절망이 되고 나면 무엇을 손에 넣든 하나도 기쁘고 즐겁지 않겠지. 그런데 천하가 무슨 소용일 것이며 황제의 영화가 무슨 영광이겠느냐? 내 기쁨은 너의 가슴을 쪼개서 그 안에 들어 있는 어둠을 끄집어내는 것이다. 영영 열리지 않을 무저갱 속에 떨어뜨려 다시는 나오지 못하게 하는 것이 나의 진정한 기쁨이다."

이리 와서 가슴을 내밀라는 듯 쏘아보며 신검을 더욱 내민다.

그의 뜻과 의지를 칭찬하듯 신검이 우웅 하고 용음을 터뜨렸다. 암흑존자와 그 사이에 가로놓인 공간이 부르르 떤다.

암흑존자의 얼굴이 더 짙어진 두려움으로 검게 변했다. 목이, 손이, 드러난 살갗이 모두 검어지더니 서서히 어둠 속으로 흩어지기 시작했다.

재가 되어 날리는 것처럼 엷어지면서 사라진다.

그 속에서 암흑존자의 요망한 웃음소리가 들렸다.

"낄낄, 네가 나를 죽인다고? 개가 웃을 소리다. 이놈아, 네 검이 아무리 날카롭기로서니 어찌 어둠을 벨 수 있단 말이냐? 네가 아무리 용맹하다고 해도 죽음을 이길 수는 없는 거야. 인간의 검이 어찌 신을 찌를 수 있을 것이냐? 그러므로 너는 영원히 나의 손에서 벗어날 수 없어."

"헛소리!"

"낄낄, 헛소리라고? 정말 그런지는 두고 보면 알겠지. 시간은 너를 날마다 죽음으로 몰고 갈 테니까. 언젠가는 너도 늙고 병들고 죽게 될 것 아니겠느냐? 하지만 그때도 나는 여전히 어둠으로 존재하고 있을 것이다. 그러면 너는 결국 내 손에 떨어질 수밖에 없지. 히히, 네 죽음을 내가 어떻게 조롱하고 즐길지 상상해 보아라. 크하하하—"

암흑존자의 광소로 변한 웃음소리가 허공에 가득해졌다. 그리고 그의 존재와 함께 사라져 버렸다.

텅 빈 공간 속에 살아서 버티고 서 있는 자는 황보강 하나뿐인 것 같은 공허함이 밀려들었다.

황보강은 이것 또한 제가 보고 있는 환상이 아닌가 하고 생각했다. 혼란해진다.

## 4. 정해진 운명은 없다

다가오는 급한 말발굽 소리에 정신을 차린 황보강이 돌아보았다. 어느덧 새벽하늘이 뿌옇게 밝아오고 있었다.

이곳에 왔을 때는 달이 머리 위에 있을 무렵이었는데 벌써 새벽이 되어오고 있었던 것이다.

대체 얼마나 이렇게 넋을 잃고 서 있었던 건지 의아해진다.

새벽하늘을 등지고 말을 달려오는 두 사람은 풍옥빈과 백검천이었다.

황보강 곁에 이른 그들이 훌쩍 말에서 뛰어내려 사방을 두리번거렸다.

"뭐 하고 있는 거냐?"

아무도 없고, 아무 일도 일어나지 않았다는 걸 확인한 백검천이 책망하듯 말했다.

"수상하군."

풍옥빈은 무엇을 느꼈던지 눈살을 찌푸린 채 저쪽, 암흑존자가 서 있던 곳을 뚫어지게 바라보고 있었다.

"수상해."

그의 중얼거림에 백검천도 비로소 눈살을 찌푸렸다.

황보강에게만 온통 신경을 쓰고 있던 터라 그곳에 남아 있는 어둡고 음침한 기운을 미처 알아채지 못했던 것이다.

"돌아가자. 이곳은 기분 나쁜 곳이다. 오래 있을 곳이 못 돼."

백검천이 옷소매를 흔들며 재촉하지만 황보강은 멍하니 제 앞의 공간을 바라보고 있기만 했다.

거기에는 환상 대신 풍옥빈이 우뚝 서 있었다.

그 공간 복판으로 걸어 들어간 풍옥빈은 황보강에게 전염이라도 된 것처럼 멍하니 앞을 바라보기만 했다. 움직이려 하지 않는다.

얼마나 그러고 있었을까, 그가 부르르 몸을 떨더니 중얼거렸다.

"사악한 기운이다. 사악해. 우리는 어서 이곳을 떠나는 게 좋겠다. 다시는 이곳에 오지 말아야 해."

또 한 차례 부르르 몸을 떤 풍옥빈이 쿵쿵거리며 달려와 황보강의 어깨를 움켜쥐었다.

"대체 이곳에서 무슨 일이 있었던 거냐? 말해봐!"

황보강이 한숨을 쉬고 머리를 설레설레 흔들었다.

"돌아갑시다."

아무 말 하지 않고 말에 훌쩍 뛰어오른다.


"그곳에서 너의 미래를 보았다고?"

성으로 돌아온 그들은 황보강이 해준 말에 깜짝 놀랐다.

다른 사람들이 믿을 수 없다는 듯 눈을 휘둥그레 뜨고 빤히 바라보지만 풍옥빈과 백검천은 그렇지 않았다.

"정말 그가 너의 미래를 보여주었단 말이냐?"

풍옥빈이 잔뜩 긴장하여 재차 물었다.

"그렇습니다. 두 개의 미래를 보여주면서 선택하라고 하더군요."

"어떤 것이었느냐?"

"두 개 다 마음에 들지 않는 것이었습니다."

풍옥빈이 낯을 찌푸리더니 다시 물었다.

"그래서, 너는 어떤 걸 선택했느냐?"

"마음에 들지 않으니 아무것도 선택할 수 없었지요. 그는 빈손으로 돌아갔습니다."

"잘했다."

황보강의 말에 비로소 마음이 놓인다는 듯 풍옥빈이 안도의 숨을 쉬며 얼굴을 폈다.

"정해진 미래라는 건 없다. 너는 다만 잠시 존자의 사술에 홀렸던 것뿐이다."

"나도 그렇게 믿고 싶습니다."

그건 허상이고 암흑존자의 속임수였을 뿐이라고 믿지만 자꾸만 머릿속에 아버지의 죽음과 노려보던 청화륜의 증오에 가득 찬 눈길, 그리고 자신의 비참한 최후가 떠올랐다. 영 떨쳐 버릴 수 없다.

"어쩌면 나운선인이나 암흑존자는 누구의 운명을 쥐락펴락할 만큼 도력이 깊을지도 모른다. 그들의 도는 이미 인간의 경계를 초탈하여 신의 반열에 들었으니까. 과연 인세에 그만한 선인들이 또 나올 수 있을까?"

풍옥빈의 말에 백검천이 긴장하여 물었다.

"그들이 정말 그 정도일까요?"

"암흑존자가 악몽들을 만들어 부리는 것만 봐도 알 수 있지."

과연 그러한 능력은 인간으로서 꿈꿀 수도 없는 것이다.

"하지만 그런 암흑존자를 제어하는 선인 또한 있지 않은가?"

"나운선인을 말씀하시는 거로군요?"

"그렇지. 그러니 그분들의 능력은 우리 같은 사람으로서는 알 수 없는 게 틀림없어."

그들의 말을 듣던 황보강이 불쑥 끼어들었다.

"그렇다면 암흑존자가 정말 내 운명을 그렇게 만들어갈 수 있단 말입니까?"

"그가 너에게 어떤 걸 보여주었는지 모르나 그렇게 할 능력이 있을 것이다."

"하지만 풍 형은 조금 전에 누구에게도 결정된 미래 같은 건 없다고 하지 않았습니까?"

"그렇기도 해."

"답답하군요. 대체 어느 쪽입니까? 결정된 운명이란 없습니까, 아니면 있는 겁니까?"

"내가 그들과 같은 경지에 오르지 못했는데 어찌 그것을
확신하여 말해줄 수 있겠는가?"

"하—"

황보강이 탄식했다. 풍옥빈의 말이 너무 무책임하다고 여
겼던 것이다. 그렇게 아무렇게나 말할 사람이 아닌데 그런 말
을 했으니 더 실망스럽기도 하다.

풍옥빈이 빙긋 웃었다.

"나는 알지 못하고 그렇게 할 수 없지만 나운선인은 암흑
존자가 했던 것처럼 할 수 있지 않겠느냐?"

"아!"

황보강의 머릿속에 번쩍하고 빛 한줄기가 지나갔다.

풍옥빈이 다시 말했다.

"암흑존자의 능력이 대단하지만 나운선인은 그것을 제어
할 수 있지. 암흑존자가 너를 택했듯이 나운선인도 그렇게 했
다. 그렇다면 네 운명이 암흑존자의 뜻대로 만들어지도록 선
인께서 가만히 보고만 있을까?"

"그 말씀은?"

"내가 나운선인 같은 경지에 이르렀고, 그래서 누구를 택
하였다면 나는 그에게 그렇게 될 수밖에 없는 운명을 만들어
주기보다 그가 제 운명을 개척해 나아가도록 해줄 것이다. 뒤

에서 그것을 지켜보는 게 더 흐뭇하겠지."

"그렇습니다."

황보강이 무릎을 쳤다.

"나운선인께서는 이미 저에게 그런 능력을 나누어 주었습니다. 제가 그걸 깜빡 잊고 있었군요."

마지막 순간에 나운선인의 호통을 들었고, 단조영의 음성을 들었으며, 그의 신검을 쥐었던 사실을 비로소 떠올린 황보강이 찌푸렸던 얼굴을 폈다.

그때는 단지 그들이 저의 위기를 도와준 것으로만 생각했었다. 그런데 이제는 그것만이 아니라 더 깊은 뜻이 있다는 걸 깨달았다.

가슴 가득 뿌듯한 힘과 함께 기쁨이 솟아난다.

"나에게는 암흑존자의 장난질을 막을 충분한 힘이 있습니다. 나는 이제 더 이상 그 늙은이를 두려워하지 않을 것입니다."

황보강의 확신에 찬 말을 들은 풍옥빈이 다시 빙긋 웃었다.

"네가 부럽구나."

백검천이 정말 부러워하는 얼굴로 황보강을 바라보았다.

第七章
격랑(激浪)의 시대

## 1. 용장보현(龍藏普賢)이 찾아오다

그 일이 있은 후 황보강은 더욱 열심히 병사들을 조련하고 삼산평을 풍요하게 만들어가는 일에 매달렸다.

먹고 자는 것마저 잊을 만큼 바쁘게 광명성과 삼산평을 오가며 손수 모든 걸 확인하고 독려했다.

상벌을 더욱 엄격하게 했으며, 장수와 부장들을 새로 뽑고, 명령 체계를 더욱 확고하게 다졌다.

그리고 그 무렵에 한 사람이 삼산평으로 찾아왔다. 반가운 얼굴이었다.

소식도 없이 불쑥 찾아온 그 사람은 바로 청목사의 사천왕

중 수좌인 용장보현이었다.

　그를 본 풍옥빈이 반색을 했고, 연무장에 나가 있다가 전갈을 받은 황보강은 땀을 닦을 새도 없이 급히 말을 달려 돌아왔다.

　그의 거처에는 이미 풍옥빈과 백검천은 물론 심복 무장들이 모여서 웅성거리고 있었다.

　황보강이 곧장 용장보현에게로 달려가 그의 손을 덥석 잡았다.

　"스님, 이 먼 곳까지 어쩐 일인가?"

　반가운 마음을 주체하지 못하고 손을 흔들어대며 소리쳐 묻자 용장보현이 자애로운 미소로 화답했다.

　"아미타불, 선사의 유훈을 따른 거지요."

　"유훈이라니?"

　그 말에 풍옥빈이 깜짝 놀라 다그쳐 물었다.

　"도진 선사께서 입적했단 말인가?"

　"그렇습니다. 드디어 육탈하시어 열반의 세계에 드신 거지요."

　"어허, 강호에 큰 별 하나가 졌구나."

　풍옥빈이 땅을 구르며 탄식하지만 용장보현은 담담하기만 했다.

　누구나 강호제일의 고수를 꼽으라면 서슴없이 청목사의

도진 선사를 꼽는다. 그는 일대의 검종이면서 또한 고승대덕
이기도 했다.

그런 사람이 껍질을 벗듯 이승을 떠났다니 풍옥빈이 안타
까워하지 않을 수 없다. 그러나 황보강의 관심은 거기에 있지
않았다. 그는 원래 강호의 일에 관심이 없고 도진 선사를 한
번도 만나본 적이 없으니 당연한 일인지도 모른다.

그가 용장보현에게 다시 물었다.

"그럼 사부께서 입적하시기 전 당신에게 이리로 가라고 하
셨단 말인가?"

"그렇습니다."

"허, 여기를 어떻게 알고?"

"담 시주님에게서 들으셨지요."

"그렇구나."

황보강이 무릎을 쳤다.

담사헌이 제 말대로 유모량을 호위하여 청목사까지 동행
했다는 걸 그 말 한마디로 알 수 있었던 것이다.

용장보현이 궁금해하는 모두를 위해 친절하게 말해주었
다.

"선사께서는 기꺼이 유 대협을 받아주셨지요. 그리고 밤새
워 담, 유 두 대협과 마주 앉아 이야기를 나누셨답니다. 그 자
리에서 황보 형… 아니, 이제는 장군이라고 해야 하겠군요.

그것도 아닌가?"

용장보현이 살짝 눈살을 찌푸리고 고개를 갸웃거렸다. 황보강을 무어라고 호칭해야 할지 알 수 없었던 것이다.

황보강이 여전히 붙잡고 있는 그의 손을 흔들며 재촉했다.

"뭐라고 부르면 어때? 이놈저놈만 찾지 않으면 좋으니 어서 말해보게."

"선사께서 황보 형의 이야기를 듣더니 고개를 끄덕였답니다."

"그게 다야?"

"더 이상 아무 말씀도 하지 않으셨지요. 그리고 입적하시기 전날에야 은밀히 소승을 불러 이르셨습니다."

"뭐라고 하셨어?"

"이제는 절에 있지 말고 이곳으로 찾아가 황보 형을 도와주라고 하셨지요."

"왜? 무엇 때문에?"

"낸들 선사의 깊은 뜻을 알겠습니까? 그저 그렇게 하라시는 명을 받았으니 수행할 따름이지요."

"허, 그러니까 당신은 지금 여기에서 무슨 일이 있는지, 여기에 와서 무얼 해야 하는지도 모르고 무작정 이 먼 곳까지 찾아왔단 말이야? 단지 사부님의 유지 때문에?"

"오면서 들었고, 알게 되었지요."

"자세히 말해보게."

"황보 형이 이룬 일들을 들었답니다. 벌써 세상에 소문이 자자하게 났더군요."

그럴 만도 했다. 삼산평이 어디인지도 모르고 살았던 사람들 아닌가.

수년 전부터 비로소 조금씩 그곳이 세상에 알려지기 시작하고 있었다. 삼산평에 가면 땅과 집을 준다는 소문이 퍼지고 있었던 것이다.

사람들은 호기심을 가졌지만 그저 누군가가 많은 공을 들여서 주인도 없이 버려진 불모의 땅을 개간하는 데에 성공한 모양이라고 여겼을 뿐 다른 생각은 하지 못했다.

그런데 그곳에서 갑자기 용맹한 병사들이, 그것도 수만 명의 대군이 쏟아져 나와 단번에 차귀성을 빼앗고 주변의 성들마저 위협하고 있다니 놀라지 않을 수 없었던 것이다.

삼산평의 두 지도자인 황보강과 아국충에 대하여 아는 사람이 거의 없으니 세상의 놀람은 더욱 컸다. 그들이 갑자기 하늘에서 뚝 떨어진 것처럼 여겨졌으리라.

용장보현이 다시 말했다.

"하지만 선사께서 소승을 굳이 이리로 가라 하신 데에는 다른 뜻이 있다는 걸 이제 알았답니다."

"그게 뭔가?"

"내 업을 이곳에서 해소하라는 것이지요."

"업?"

"전생에 많은 죄를 지어 성불하기 쉽지 않은 게 내가 지고 태어난 업이랍니다."

"그런데?"

"선사께서는 나를 죽여서 그 업을 씻으라는 걸 가르쳐 주신 거지요."

"허—"

황보강이 낯을 찌푸렸다. 용장보현이 대체 무슨 말을 하는 건지 이해할 수 없었던 것이다.

그러나 풍옥빈과 백검천은 그 말을 듣고 안색이 달라졌다. 풍옥빈이 무언가 말을 하려는 듯 입을 열었으나 끝내 말하지 못하고 한숨만 쉬었다.

용장보현의 말이 모두의 가슴을 웅웅 울리며 다시 들려왔다.

"나는 황보 형을 위해 죽을 것입니다. 그게 곧 나를 위한 일이 되기도 하지요."

"이 사람, 그런 재수없는 말을 하다니. 쯧쯧."

황보강이 비로소 용장보현의 손을 놓고 혀를 찼다. 그러나 용장보현은 태연하기만 했다.

"선사께서는 나에게 내가 죽을 곳을 찾아주셨으니 해탈하시기 전에 크나큰 덕을 베푸신 거지요."

"쳇, 자네 말이 사실이라면 죽을 곳을 찾아가라고 하신 게 무슨 덕이란 말인가?"

"그렇지 않답니다."

용장보현이 환하게 미소 짓고 더 말하지 않았다.

풍옥빈이 두 사람 사이에 끼어들었다.

"그는 너를 통하여 스스로를 완성시키고 도를 이루려는 것이니 의아해할 것 없다. 정 이해가 가지 않는다면 단조영을 생각하면 될 것이다."

"풍 형의 말은 이 젊은 중이 단조영처럼 되려고 한다는 것입니까?"

"설마 그가 네 몸속으로 파고들기야 하겠느냐? 하지만 결국은 단조영이 너를 통해 이루려는 게 지금 용장보현이 이루려는 것이라는 말이지."

황보강이 고개를 갸웃거렸다.

풍옥빈의 말을 듣고 보니 조금은 이해가 될 것도 같았던 것이다.

그가 다시 용장보현에게 물었다.

"그래서, 그럼 언제 어디에서 죽을 테냐?"

"아미타불, 그거야 알 수 없지요. 하지만 때가 되면 절로 알게 되지 않겠습니까?"

"그때까지 내 곁에 붙어 있겠단 말이지?"

"그렇습니다. 잘 부탁하겠습니다. 아미타불."

용장보현이 합장하고 깊이 허리를 숙였다.

황보강은 무슨 영문인지 여전히 아리송했지만 어쨌든 반가운 사람이 이렇게 찾아와 힘이 되어주겠다니 잘된 일이라고 생각했다.

풍옥빈이 있고 백검천이 있는데 용장보현까지 가세한다면 두 배의 힘이 될 것이기에 그렇다.

그런 생각으로 눈앞의 잘생긴 젊은 중을 물끄러미 바라보던 황보강이 소리쳤다.

"엇? 그대의 선장은 어디에 두고 빈손인가?"

과연 용장보현의 손에는 여섯 개의 청동 고리가 달린 육환(六環) 용두선장(龍頭禪杖)이 없었다.

그 선장은 곧 강호에서 용장보현을 나타내는 것이나 다름없지 않았던가.

그는 한시도 자신의 용두선장을 손에서 놓지 않았는데 지금은 빈손이니 의아하지 않을 수 없다.

용장보현이 아무 일도 아니라는 듯 어깨를 으쓱해 보였다.

"대신 사부님께서 검 한 자루를 주셨답니다. 이제부터는 이 검이 저의 신물인 거지요."

"검이라니?"

그 말에 황보강이 눈을 부릅뜨고 훑어보았지만 용장보현의 몸 어디에도 검은 없었다. 더욱 의아해진다.

용장보현이 슬그머니 요대를 더듬었다. 그러자 쨍 하는 낭랑한 소리와 함께 흰 빛이 번쩍이며 방 안을 환하게 밝히는 것이 아닌가.

"아!"

황보강은 물론 풍옥빈과 백검천마저 깜짝 놀라 탄성을 터뜨렸다.

어느새 용장보현의 손에는 한 자루의 푸른빛이 감도는 보검이 들려 있었다.

날의 예리함이 서릿발이 돋은 것 같았고, 폭이 좁으며 종잇장처럼 검신이 얇은 특이한 모양이었다.

"연검!"

그것을 본 풍옥빈과 백검천이 동시에 소리쳤다.

그것은 허리띠 속에 넣을 수 있도록 된 연검(軟劍)이었다. 평소에는 허리에 띠처럼 두르고 다니지만 필요할 때 뽑아 들면 이처럼 예리한 검이 된다.

종잇장처럼 얇은 만큼 부드러워서 낭창거렸으므로 그것을 다루기란 여간 어렵지 않았다. 자칫 잘못했다가는 제 살을 베기 일쑤인 것이다. 그래서 어지간한 수련을 쌓은 검법의 고수들도 연검은 꺼려했다.

그러나 어떻게 한 것인지 용장보현의 손에 쥐어진 연검은 조금도 낭창거리지 않았다. 금강석을 편 것처럼 굳세게 펴져 있었던 것이다. 그러므로 그건 연검이라고 할 수 없는 것이기도 했다.

풍옥빈이 감탄했다.

"대단하다, 대단해. 젊은 중의 화후가 벌써 뜻을 발해 기를 움직이고 기로써 강유를 다스릴 수 있는 경지에 이르렀구나. 놀랍도다, 놀라워."

풍옥빈의 말은 '의발운기(意發運氣) 기위강유(氣爲剛柔)'의 높은 경지를 일컫는 것이었다.

백검천이 심각한 얼굴을 끄덕여 동의를 표했지만 황보강이나 다른 사람들은 도무지 알 수 없는 소리에 지나지 않았다.

"과찬이십니다. 아미타불."

용장보현이 멋쩍은 웃음을 흘리고 검을 거꾸로 쥐었다. 두 손을 맞잡고 강호의 예법대로 풍옥빈과 백검천에게 고개를 숙여 겸양한다.

"이 검은 악몽들을 벨 수 있는 또 하나의 신검입니다."

그의 말에 모두 깜짝 놀랐다.

"악몽들을 벨 수 있다고?"

"사부께서 입적하시며 당신의 도력을 이 검에 모두 옮겨놓

으셨지요. 사부의 도력이 신통하기 짝이 없으니 악몽들은 그
것 앞에서 허수아비나 다름없을 것입니다."

"허, 그렇다면 세상에 신검이 또 한 자루 탄생한 것이로
군."

황보강이 혀를 내둘렀다. 청목사의 도진 선사라면 그럴 만
한 능력이 충분하다는 걸 모두 인정했다.

또 한 자루의 신검이 생겼다는 사실에 분위기가 고조되면
서 자신감이 팽배해진다.


2. 전운(戰雲)


풍옥빈과 백검천, 용장보현은 날마다 도와 검에 대하여 이
야기했고, 황보강은 더욱 힘써 병사들을 조련하는 일에 매달
렸다.

때로 연무장에 나와 그런 황보강을 지켜보던 풍옥빈 등은
수만 명의 병사를 제 몸처럼 움직이는 그의 놀라운 능력에 새
삼 감탄하곤 했다.

그러는 동안 해가 바뀌어 새봄이 찾아왔고, 황보강에 의해
광명성으로 개명된 차귀성 또한 삼산평 못지않게 변해 있었
다.

부상에서 완전히 회복한 아국충이 지난가을부터 이 봄에

이르기까지 광명성을 새롭게 탈바꿈시켰던 것이다.

그는 성주로서 백성들과 호족들을 잘 다스렸음은 물론, 병사들을 더욱 조련시키고 군량미와 말을 넘치도록 보충했다. 그러자 백성들 중에서 스스로 병사가 되기를 원하는 자들이 끊임없이 찾아와 이제는 삼산평 못지않은 전력을 갖추게 되었다.

삼만의 기병과 이만의 보군이 성내에 주둔하게 된 것이다.

아국충은 그들 모두를 황보강 못지않게 혹독히 훈련시켰다. 그동안 몇 차례 삼산평의 병사들과 적과 아군을 나누어 모의 전투 훈련을 했는데, 서로 경쟁이 붙어서 그 치열하기가 실전 못지않았다.

그것을 지켜보면서 황보강과 아국충은 모두 만족했다.

훈련을 통하여 드러난 기병과 보군의 취약점을 보충하고 두 성의 병사들 사이에 일체감을 불어넣어 주기 위해 더욱 노력한 결과 이 봄에는 그들의 사기가 절정에 이르러 있었다.

"이대로 묶어두기만 한다면 그들이 실망할 것이네."

아국충의 말에 황보강이 고개를 끄덕여 동의했다.

병사들의 사기와 힘이 절정에 올랐을 때 그것을 터뜨릴 기회를 만들어주어야 한다. 물길을 잡아주는 것과 같은 일이다. 그렇지 않으면 엉뚱한 곳으로 그 힘이 쏟아져 나가 말썽을 일으킬 수 있다.

황보강은 그들에게 지금이야말로 전쟁이 필요한 때라고
판단했다. 마음껏 힘을 쏟아낼 수 있게 해주어야 하는 것이
다.

그 대상은 사방에 널려 있었다. 이제 막 천하를 향해 첫걸
음을 내디딘 상태 아닌가.

황보강은 즉시 사자를 서쪽 도운성으로 보내 성주인 남필
교를 데려오게 했다.

그 무렵 도운성은 삼산평의 눈치를 보는 입장이 되어 있었
는데, 그럴 수밖에 없는 일이었다.

처음 그들은 대등한 관계로서 화평을 맺길 원했고, 황보강
은 기꺼이 그 제안을 수락했다. 그러나 힘이 점점 커지는 자
곁에 있으면 상대적으로 점점 약해지는 것과 마찬가지의 결
과가 된다. 삼산평과 화친을 맺은 도운성이 지금은 그런 꼴이
었다.

그들은 화평을 통해 원래의 전력을 고스란히 보존할 수 있
었지만 욱일승천하는 삼산평과 광명성의 세력 앞에서 빠르게
약자의 입장으로 추락할 수밖에 없었던 것이다.

그래서 지금은 명분만 지키고 있다 뿐이지 실제로는 삼산
평에 예속된 영지나 다름없이 되고 말았다.

황보강이 당당하게 도운성주를 호출하자 그가 그 명령을
거부하지 못하고 다음날 급히 광명성으로 달려온 것만 봐도

그랬다.

황보강과 아국충은 나란히 앉아 도운성주 남필교를 맞았다. 서로 간의 인사가 끝나고 나자 황보강이 거두절미하고 말했다.

"병사를 내셔야 하겠소이다."

"병사라니요?"

남필교의 노안에 수심이 어렸다. 황보강은 짐짓 그것을 외면하고 제 말을 계속했다.

"나는 아 장군과 함께 북쪽의 두 성을 칠 작정이오. 남 성주께서 길산전성을 공격해 주시면 좋겠소이다."

길산전성(吉山前城)은 서쪽에 있는 세 개의 성 중 도운성에 가장 가까운 산성이다. 보기 오만의 병력이 산성을 의지하여 웅거하고 있으니 그 성 또한 야망을 감추고 있는 곳이 틀림없다.

황보강이 남필교에게 그곳을 치도록 종용하는 건 배후의 위협을 미리 견제하려는 의도였다.

도운성의 병사들이 삼만이지만 산성을 공략하기에는 부족하고 그들의 전력 또한 믿을 만한 게 되지 못했다. 그러나 그들이 공격하면 길산전성은 황보강과 아국충이 빠져나가고 없는 광명성을 넘볼 새가 없게 될 것 아닌가. 황보강은 그것이면 충분하다고 판단했다.

게다가 그 싸움에서 누가 승리하든 길산전성과 도운성 모두 피해를 입고 전력의 손실을 가져오게 될 테니 황보강으로서는 다음을 도모하기에 이로운 일이다.

도운성주 남필교는 명령하듯 하는 황보강의 말에 반감이 생겼지만 내색할 수 없었다. 마음속에 불만이 있어도 지금의 제 처지로서는 황보강의 명령을 따르지 않을 수 없었다.

거절하면 황보강이 당장 도운성부터 정벌하겠다고 나설까 봐 두렵기만 했다. 화평의 조약을 맺었다고 해도 그건 언제든지 깨질 수 있는 것 아니던가.


남필교가 성으로 돌아와 중신들에게 그 이야기를 하자 모두 침통해했다.

맨 끝 구석자리에 앉아 침묵하던 젊은 장수가 벌떡 일어나 소리쳤다.

"그의 목적은 노격성과 공산성에 있지 우리에게 있지 않습니다. 그의 의도는 뻔합니다. 북쪽의 그 두 성을 공격할 때에 길산전성이 우리와 손을 잡고 오히려 광명성을 빼앗을까 봐 걱정하는 것입니다. 길산전성이 그렇게 하기 위해서는 반드시 우리 도운성을 통과해야 하므로 우리의 허락 없이는 불가능합니다. 그럼에도 굳이 우리에게 길산전성을 치라고 하는 건 두 가지 의도로 볼 수 있습니다. 첫 번째는 우리가 정말 삼산평을 지지하는지 확인하려는 것이고, 두 번째는 길산전성으로 하여금 다른 마음을 먹지 못하도록 미리 못을 박아두려는 것이지요. 그러므로 우리는 그의 목적만 충족시켜 주면 될 뿐 더 이상 충성을 보일 필요는 없습니다."

그가 충성이라는 표현을 쓴 데 대해서 원로 중신들이 모두 얼굴을 찌푸렸다.

남필교 또한 살짝 눈살을 찌푸리고 나서 그 말을 한 젊은 장수에게 물었다.

"그럼 너는 어떻게 하는 게 최선이라고 생각하느냐?"

젊은 장수가 거리낌없이 말했다.

"우리의 삼만 병력으로 길산전성을 깨뜨린다는 건 불가능합니다. 하지만 그들이 함부로 나오지 못하도록 가두어둘 수는 있을 것입니다. 산성 아래 촘촘히 깃발을 세우고 병사들로 하여금 진을 벌려 하루에 세 차례씩 함성을 질러대게 하는 걸로 충분할 것입니다. 또한 길목마다 병사들을 두어 지키게 하는데, 적은 수로 많은 깃발을 꽂아두면 충분할 것입니다. 그러면 길산전성의 성주는 함부로 준동하지 못하고 사태를 파악하기 위해 며칠을 성안에서 보내겠지요."

"그 며칠이 지나고 나면? 그러면 그들이 우리가 허장성세를 보일 뿐이라는 걸 알아챌 것 아니겠느냐?"

"상관없습니다. 그때 우리는 한 명의 병력 손실도 없이 성으로 돌아와 있을 테니까요."

"허, 너는 그걸 장담할 수 있느냐?"

"그 며칠이면 황보 장군과 아 장군이 목적을 이루고 광명성으로 회군해 올 것입니다. 그러면 우리의 임무도 절로 끝나는 것 아니겠습니까?"

"네가 어찌 그리될 것을 안단 말인고?"

"그들은 사기가 오를 대로 올랐고, 북쪽의 두 성은 위축될 대로 위축되어 있으니 당연한 결과이겠지요."

자신있게 말하는 젊은 장수를 내내 쏘아보던 원로 중신 중에서 한 사람이 근엄하게 꾸짖었다.

"젊은 아이가 허풍이 지나치구나. 네가 그들의 사정을 알면 얼마나 잘 안다고 그런 말을 해서 성주의 심기를 어지럽힌단 말이냐?"

결코 물러서지 않겠다는 듯 젊은 장수가 노중신을 똑바로 바라보며 또박또박 말했다.

"북쪽의 노격성과 공산성은 그동안 서로 몇 차례 큰 싸움을 했다는 것을 모두 알고 계실 것입니다. 몇 해째 승부가 나지 않는 그런 싸움을 치르고 나면 다들 지치게 마련이지요. 지난 이 년 동안 전쟁을 쉬면서 힘을 비축하고 있는 중이라고 하나 병사들의 사기가 왕성하게 회복되었을 리 없습니다. 무엇보다 몇 년에 걸친 전쟁으로 백성들이 피폐해져 있을 테니

두 성은 전비를 갖추는 데에 어려움을 겪을 게 확실합니다."

그는 젊지만 경험이 풍부한 무장인지라 병사들의 심리를 잘 알고 있었다. 그러나 노중신들은 그렇지 못하다. 그들이 일제히 혀를 차며 젊은 무장을 못마땅해하자 그가 다시 말했다.

"소장의 말은 지난해에 두 성에서 삼산평으로 도망쳐 간 백성이 수만 명이나 된다는 것으로 증명할 수 있습니다."

"네가 그런 사실을 어찌 안단 말이냐?"

성주가 의아한 얼굴로 물었다.

"삼산평에서 차귀성을 함락시킨 이후 소장은 그들이 언젠가는 우리 도운성도 넘볼 것이라 믿고 정탐꾼을 풀어 그들의 동향을 살펴보게 했습니다. 그 결과 알아낸 사실 중 하나이지요."

"허—"

젊은 장수의 말에 성주가 탄성을 터뜨렸다.

그가 웃음 가득한 얼굴로 젊은 장수를 바라보며 손을 까닥였다.

"너는 너무 멀리 있구나. 이리 가까이 오도록 해라."

젊은 장수가 당당하게 중신들 앞을 지나 성주의 단 아래에 섰다.

그를 바라보는 성주 남필교의 얼굴에 흡족한 웃음이 가득해졌다.

"사량문창에게 그대와 같은 장수가 있었건만 어찌하여 동태웅 같은 자에게 일패도지해 나라를 잃고 쫓겨갔는지 모르겠구나."

젊은 장수가 고개를 숙였다. 비통한 얼굴을 감추기 위해서였다.

그는 척라국에서 일어난 동태웅의 반란군과 그곳의 번왕이었던 창왕과의 마지막 싸움이 벌어졌던 금맥평에서 무용을 떨쳤던 번인삭이었다.

창왕이 패하여 달아나고 나라가 동태웅의 손에 넘어가자 번인삭은 더 이상 제가 모시고 있던 영주 망양대공에게 의지할 수 없게 되었다.

망양대공마저 전사하고 그의 성이 동태웅에게 함락되던 날 번인삭은 눈물을 뿌리며 홀로 영지를 빠져나와 정처없이 천하를 떠돌았다.

어찌하여 이곳까지 흘러들어 온 그가 영주이자 성주인 대공 남필교의 눈에 띄어 장수로 발탁된 건 이 년 전의 일이다.

아직 그는 일대의 기병단 일만 명을 이끄는 장수의 신분일 뿐 이와 같은 중진들의 회의에 참석할 만한 자격이 되지 못했다. 그러나 아들이 없는 남필교가 그를 아들처럼 아끼고 사랑했으므로 특별히 참관을 허락했던 것이다.

젊은 장수 번인삭이 이를 갈며 말했다.

"동태웅은 허수아비에 지나지 않았습니다."

"하긴, 그의 장수였던 청화륜이 대권을 잡았다고 하더군."

"청화륜은 청오랑국의 태자라는 고귀한 신분이지만 그가 창왕을 물리칠 만큼 뛰어난 자라고는 보지 않습니다."

"그렇다면 이상한 일 아니냐?"

"소장이 보기에 그 청화륜 곁에는 뛰어난 군사가 있는 게 분명합니다. 그가 청화륜을 보좌하고 있는 한 그는 머지않아 척라국을 모두 장악하고 왕이 되어 천하를 넘볼 것입니다."

"그에게 그토록 뛰어난 군사가 있다고?"

"그가 누구인지 아직 알지 못하나 누구든 청화륜과 싸우게 된다면 가장 먼저 그의 군사를 제거해야 할 것입니다."

"그렇겠구나. 하지만 지금은 그것보다 눈앞의 우리 일이 더 급하니 다른 데에 신경을 쓸 처지가 못 되지."

남필교가 한숨을 쉬고 나서 말했다.

"너에게 병권을 주겠다. 네가 말한 대로 즉시 시행하되 만약 네 말대로 되지 않을 때에는 군주를 기만한 죄를 물어 군령으로 다스리겠다."

참하겠다는 냉정한 말이다.

"명을 받듭니다."

번인삭이 지체하지 않고 군례를 올려 성주의 위임을 받았다.

외지에서 흘러들어 온 젊은 장수에게 도운성의 병권을 넘긴다는 말에 중신들이 모두 들고 일어섰다. 하지만 실패했을 때에는 군령으로 다스리겠다는 남필교의 뒷말을 듣고 나서는 꾹 눌러 참는 수밖에 없었다.

### 3. 장수 번인삭(蕃忍朔)

번인삭은 닷새 동안 길산전성이 있는 바위산 아래 진을 넓게 벌리고 함성을 지르며 곧 성을 들이칠 것처럼 기세를 돋웠다. 하지만 결코 산비탈을 기어올라 가도록 병사들을 내몰지 않았다.

또한 성으로 통하는 크고 작은 길목마다 병사들을 세워 통행을 차단했다. 사람은커녕 짐승조차도 오가지 못하게 했던 것이다.

갑작스런 일에 길산전성은 어떻게 대처해야 할지 몰라 우왕좌왕했다.

그들의 판단에 도운성은 결코 자신들을 넘볼 만한 세력이 아니었다. 그런 그들이 갑자기 쳐들어왔으니 그 의중을 짐작할 수 없었다.

그들이 삼산평의 무리와 손을 잡았다는 소식은 오래전에 들어 알고 있었다. 그러나 설마 삼산평에서 도운성을 앞세워 자신들을 공격하리라고는 생각하지 않았다.

길산전성의 책사들은 하나같이 삼산평의 무리가 도운성주 남필교를 앞세워 자신들을 평원으로 끌어내려는 것이라고 믿었다.

성 아래의 평원 어딘가에 그들이 음흉하게 매복하고 있을 것이다.

그들이 평원에서의 싸움에 얼마나 능한지는 차귀성과의 일전에서 충분히 보았으므로 그건 꺼림칙한 일이었다.

그래서 길산전성의 성주이자 사방 삼백 리의 영토를 다스리는 영주인 길아천(吉阿泉)은 정확한 사정을 알기 전에는 함부로 움직이지 않는 게 최선이라고 판단했다.

게다가 성으로 통하는 모든 길이 막혔으므로 그들은 온전히 바위 벼랑 위의 성안에 갇힌 꼴이나 다름없었다. 당연히 바깥세상의 소식이 며칠 동안 두절되었다.

번인삭의 예견이 딱 들어맞은 것이다.

그사이 삼산평과 광명성의 병사들이 모두 쏟아져 나가 북쪽의 두 성, 노격성(怒激城)과 공산성(公山城)을 들이쳐 동시에 깨뜨렸지만 길아천은 그런 사실을 까맣게 모르고 있을 수밖에 없었다.

닷새가 지나자 산 아래에 진을 펴고 매일 싸움을 부추기던 도운성의 병사들이 질서정연하게 철수했다. 한 번도 창검을 맞대고 싸운 적이 없으니 한 사람의 병사도 잃지 않았다.

그제야 바깥 사정을 알게 된 길산전성의 성주 길아천은 노발대발하여 날뛰었다.

"그놈들 쯤은 내가 몸소 병사들을 이끌고 달려 내려가 단번에 깨뜨려 버릴 수 있었다!"

속은 게 분해서 발을 굴렀지만 닷새 전으로 시간을 되돌릴 수는 없었다.

길산전성 안에는 오만의 병력이 상주해 있었다. 기병 이만에 보군 삼만의 대군이다.

그들이 고작 보기 합해 삼만여에 지나지 않는 도운성의 병사들 눈치만 보며 닷새 동안이나 꼼짝하지 못하고 있었다는 게 이가 갈리도록 분했다.

병권을 쥐고 있는 병마사 장유가 위로의 말을 했다.

"그놈들이 믿고 있는 삼산평과 광명성의 병졸들은 이번 싸움을 치르느라 모두 지쳐 있을 것입니다. 삼산평의 병사들은 그곳으로 돌아가 당분간 휴식을 취하겠지요. 광명성의 병사들도 성안에 틀어박혀 휴식을 취할 테니 적어도 한 달 동안은 도운성을 돌볼 여력이 없을 것입니다. 그러니 이때에 우리가 그놈들을 갑자기 들이쳐서 깨뜨려 버린다면 도운성은 우리 것이 되고 말 것입니다. 그런 다음에는 삼산평과 광명성의 무리가 달려온다고 해도 걱정할 게 없습니다."

장유의 말은 그럴듯했다.

그러나 그들은 한 가지 잊고 있는 게 있었다. 황보강과 아국충의 병사들이 한 번의 싸움으로 만족하지 못할 만큼 여전히 사기가 높다는 것이다. 아니, 그들은 더 큰 승리의 기쁨에 목말라 하고 있었다.

게다가 전력에 아무런 손상도 입지 않은 도운성의 삼만 병력이 그대로 남아 있지 않은가.


번인삭이 병력을 이끌고 도운성으로 돌아온 다음날 몇 사람이 무장도 갖추지 않은 채 성주 남필교를 찾아 성안으로 들어왔다.

황보강과 그의 호위로 따라온 풍옥빈, 백검천, 용장보현이었다.

예고도 없는 방문인지라 남필교는 어리둥절했다. 게다가 황보강이 호위 병력도 없이 평상복 차림으로 달랑 세 명의 검사만 대동한 채 찾아왔으니 더욱 그렇다.

그러나 그는 감히 이 기회를 이용해 황보강을 해치려는 생각조차 할 수 없었다. 그의 담대한 배짱에 오히려 기가 죽어 쩔쩔맬 뿐이었다.

성주의 집무전에 좌정하고 나자 황보강이 대뜸 말했다.

"이번에 공을 세운 장군을 만나보고 싶소이다."

"공이랄 게 있습니까? 그저 함성만 지르다 돌아왔을 뿐인데요."

황보강이 빙그레 웃었다.

"그 덕에 한 명의 병사도 잃지 않고 개선하지 않았습니까? 싸우지 않고 이길 줄 아는 것이야말로 최상의 병법이지요. 듣기로 그 전술을 내고 주도한 젊은 장군이 있다고 하더군요."

황보강이 이미 모든 사정을 파악하고 있다는 걸 안 남필교는 번인삭을 부를 수밖에 없었다. 그를 황보강 앞에 내보인다는 게 어쩐지 내키지 않았지만 그가 알고 찾아온 이상 도리가 없었던 것이다.

번인삭이 단갑에 검 한 자루만 찬 채 성큼성큼 대전 안으로 들어왔다.

그를 본 황보강의 얼굴에 놀람과 반가움의 빛이 떠올랐다.

"황보 장군을 뵙니다."

번인삭이 씩씩하게 군례를 올렸다.

한동안 그를 바라보던 황보강이 빙긋 웃었다.

"누가 그처럼 기막히게 나의 의중을 꿰뚫었나 했더니 자네였군. 역시 내 눈이 틀리지 않았어."

번인삭이 의아하여 바라본다.

"장군께서는 저를 아십니까?"

"자네가 싸우는 걸 본 적이 있지."

더욱 알 수 없다는 듯 번인삭이 고개를 갸웃거렸다. 아무리 생각해 봐도 저는 황보강을 처음 보는 자리인 것이다.

"자네가 싸우는 걸 보면서 한 사람을 떠올리지 않을 수 없었다네."

"무슨 말씀이신지 소장은 알 수가 없군요."

"나와 함께 삼산평을 일으켜 세운 아 장군이 창법의 대가이지. 기마전에서 그의 갈래진 창은 더욱 빛을 발하니 그것을 당할 자가 천하에 몇 되지 않을 것이네."

번인삭의 눈살이 좁혀졌다. 아국충이 용장이라는 건 이미 들어서 알고 있지만 그 말을 하는 황보강의 의중을 알 수 없었던 것이다.

황보강이 그의 기억을 도우려는 듯 말했다.

"벌써 몇 년 전이로군. 금맥평에서 자네가 동태웅의 장수 한 명과 수합을 겨루는 걸 보았네. 그자는 긴 사슬 끝에 달린 유성추를 휘둘렀는데 무시무시하더군. 하지만 자네의 곧은 장창을 당하진 못했지. 내 기억이 맞는다면 그때 자네는 말에서 떨어졌지만 곧 평정을 되찾고 한 대의 화살로써 그자의 가슴을 꿰뚫어 죽였지."

"아!"

번인삭이 탄성을 터뜨렸다.

그처럼 자세하게 싸움 광경을 이야기하는 걸 듣고 황보강이 확실히 그때 그곳에 있었다고 믿은 것이다.

그가 조심스럽게 말했다.

"그때 황보 장군께서는 창왕의 진영에 없었습니다. 하오면 동태웅의 진영에 계셨습니까?"

"그저 지나가던 길이었네. 언덕 위에서 그 싸움을 구경했을 뿐이지."

번인삭의 얼굴에 안도의 기색이 떠올랐다. 그는 혹시 황보강이 동태웅의 진영에 있는 그 군사가 아닐까 하는 의심을 잠깐 했던 것이다.

"내가 이곳에 찾아온 건 두 가지 이유 때문이오."

황보강이 아직도 경계의 빛을 지우지 못하고 있는 성주 남필교에게 말했다.

"첫 째는 이번 일을 주도한 젊은 장수가 누구인지 궁금했던 것인데 이제 그 궁금증이 풀렸으니 되었고……."

"말씀하십시오."

"두 번째는 바로 성주에게 다시 한 번 출병을 해달라는 부탁을 드리려는 것이었소이다."

"다시 한 번? 길산전성에 말이오?"

"그렇소이다. 이제 그곳만 손에 넣으면 일천여 리의 땅을 얻게 되니 더 이상 이 지역에서 분쟁거리가 사라질 것 아니겠소?"

"아, 황보 장군. 당신의 야망은 더욱 큰 곳에 있군요."

성주 남필교가 한숨을 쉬었다. 황보강이 그것으로도 만족하지 못하리라는 걸 짐작했던 것이다.

황보강이 번인삭에게 말했다.

"이번에도 번 장군이 병사들을 이끌고 나가 지난번과 똑같은 전략으로 그들을 상대했으면 좋겠네."

"싸우지 말란 말씀입니까?"

"아니, 그들은 이번에야말로 반드시 성문을 열고 달려나올 것이다. 그러면 싸우게 될 텐데, 이기지 말라는 부탁을 하려는 것이지."

"아, 황보 장군께서는 유인술을 쓰려는 것이군요?"

황보강이 대답하지 않고 빙그레 웃었다.

아직 남필교가 허락하지 않았건만 황보강은 이미 결정된 일을 말하는 것 같았다. 남필교의 의견 따위는 묻지도 않는 것이 늙은 성주를 수하의 한 장수 대하듯 했다.

황보강의 그런 오만함에 울화가 치밀 것도 같건만 남필교는 물론 그곳에 배석한 노중신들은 모두 꿀 먹은 벙어리가 되어 있을 뿐이었다.

기호지세(騎虎之勢)라, 호랑이 등에 올라탄 꼴이 되었으니 이제는 어쩔 수 없이 갈 데까지 가보는 수밖에 없다는 걸 다들 절실히 느꼈던 것이다.

황보강이 그처럼 서두르는 데에는 또 다른 이유가 있었다.

그건 저 멀리 북쪽에서 들려온 소식 때문이었다.

─태자 청화륜이 창왕의 번국을 통일하고 스스로 왕이 되었다.

그 말은 빠르게 온 세상으로 퍼져 나가고 있는 중이었다.

드디어 청화륜이 옛 척라국의 영토를 대부분 회복하고 제 나라를 그곳에 세웠다니 놀라울 뿐이다.

이제 세상의 이목은 청화륜과 그가 세운 새로운 청오랑국에 온통 쏠려 있었다.

과연 그가 아비인 신성대제 청하겸의 뒤를 이어 새로 건국한 나라를 잘 보존할 수 있을 것인지, 아니면 삼일천하로 끝나고 말지 사람들은 그 두 가지를 두고 설왕설래했다. 세상이 온통 청화륜의 거사로 인해 술렁거리게 된 것이다.

청화륜의 신 청오랑국과 국경을 맞대고 있는 곳이 바로 소황국이고, 그곳의 번왕이 다른 사람도 아닌 율해왕 모아합 아닌가. 대황국 제일의 맹장인 그가 청화륜의 모반을 눈감아줄 리가 없다.

언제 그가 새 왕국으로 진격해 올지 모른다. 황보강은 청화륜이 모아합의 침공을 잘 막아내고 제 왕국을 굳건하게 세우기를 바랐다. 그에게만은 내가 조금 손해를 보더라도 양보해

주고 싶은 마음이 있는 것이다. 죄의식 때문이기도 하다.

그러면서도 '청화륜이 벌써 제 기반을 다졌는데 나는 무엇하고 있는 건가?' 하는 자괴감이 드는 건 은연중에 그를 경쟁상대로 인식했기 때문이다.

더욱이 얼마 전 암흑존자가 보여주었던 환상의 강렬함을 잊을 수 없는 탓이기도 했다.

청화륜에 의해 아버지가 죽임을 당하고, 자신 또한 일패도지하여 쫓기다가 악몽들에 의해 죽지 않았던가.

그 광경을 생각만 하면 가슴이 두근거리고 불쾌함으로 짜증이 났다.

'더 늦기 전에 나도 이곳에 나라를 세운다. 그리하여 천하를 삼분하여 가지리라.'

황보강은 그렇게 결심을 했다.

이제 기틀이 다져졌으니 길산전성을 손에 넣으면 한 나라를 세울 만한 충분한 영토와 힘을 갖게 된다.

그런 다음에 이곳의 번왕인 사량지와 건곤일척의 대전을 벌여 그를 몰아내면 옛 명천사국의 땅은 온전히 저의 것이 되지 않겠는가.

그곳에 나라를 세우면 신 청오랑국과 함께 천하를 삼분하고 사량격발과 어깨를 나란히 할 수 있다. 그런 다음 그들마저 모두 몰아내고 천하를 차지하는 건 하늘의 뜻에 달려 있으리라.

## 4. 나라의 기틀을 세우다

길산전성의 성주 길아천은 화가 나 견딜 수 없을 지경이었
다.

병마사 장유를 닦달하지만 문제는 장유보다 늙은 중신들
에게 있었다.

"그들이 또 찾아와 지난번과 똑같은 짓을 하는 데에는 반
드시 이유가 있을 것입니다. 남필교가 바보가 아니고 미친 것
도 아닌데 이런 짓을 할 리가 있겠습니까? 서두르다가 그들의
교활한 함정에 빠지지 말고 사정을 완전히 파악한 다음에 대
처하는 게 현명한 일입니다."

늙은 중신들은 하나같이 그런 말로 길아천을 가로막고 있
었다.

그날 밤 장유가 몰래 찾아와 말했다.

"제가 병사들 중에서 날랜 놈 몇 명을 밖으로 내보내겠습
니다. 저 아래 있는 것들의 형편을 낱낱이 보고 온다면 확실
한 대책을 세울 수 있게 되겠지요."

"사람이 늙으면 간이 벼룩 간만 해져서 가랑잎 떨어지는
소리에도 놀라 얼굴빛이 변한다더니 그 말이 딱 맞아. 너는

저 늙은 원로들의 코를 납작하게 할 만한 증거를 반드시 가지고 와야 할 것이다. 그렇지 않으면 너에게 준 병권을 다시 빼앗아 버리겠어."

"염려 마십시오."

장유는 열다섯 명의 정탐병을 뽑아 성벽을 타고 내려가게 했다.

성에서 내려와 사방으로 흩어진 정탐병들이 그날 밤 보고 돌아온 건 도운성 병사들의 풀어진 모습이었다.

다음날 아침 일찍 중신 원로들을 집무청에 불러 모은 성주 길아천이 의기양양하여 말했다.

"어젯밤에 정탐조를 내보내 그놈들이 하고 있는 꼴을 낱낱이 보고 오게 했소."

그리고 정탐조 열다섯 명을 모두 불러와 원로들에게 직접 말하게 했다.

그들이 하는 말은 기가 막힌 것들뿐이었다.

도운성의 병사들에게 기강이란 찾아볼 수 없고, 그들은 밤이 되면 모닥불 가에 모여 앉아 술을 퍼마시며 고성방가를 일삼는다는 것이었다. 또한 장수라는 자들도 마찬가지여서 삼만 명이나 되는 대군을 성 아래 풀어놓기만 했지 누구 하나 나서서 통제하려는 자가 없다고 했다.

"배후에는?"

한 원로가 묻자 정탐조 중 한 명이 조심스럽게 말했다.

"동쪽 소나무 숲을 지나보았지만 아무것도 찾지 못했습니다. 멀리 벌판까지 샅샅이 뒤지고 돌아다녔어도 마찬가지였지요."

"아무것도 없더란 말이냐? 매복이 없어?"

"그대로 도운성까지 갈 수 있을 것 같았습니다. 가로막는 거라고는 사람은커녕 들개새끼 한 마리도 보이지 않았습니다."

"삼산평과 광명성에서 나온 병사들이 없어?"

"그렇습니다."

원로들은 성 아래에서 저렇게 아우성을 쳐대고 있는 도운성의 병사들이 실은 자신들을 성 밖으로 끌어내기 위한 미끼일지 모른다고 의심하고 있었다.

저들을 치기 위해서 성을 나가 산 아래로 내려간다면 매복해 있던 삼산평이나 광명성의 무리가 좌우 측면에서 들이쳐 곤란한 지경에 처하게 될 걸 걱정했던 것이다.

그러나 정탐병의 말을 들어보니 그런 것도 아니지 않은가. 혼란해질 수밖에 없다.

"이상한 일이군. 그렇다면 대체 저들이 뭘 믿고 저런단 말인가? 의도하는 바가 더 아리송하지 않은가?"

원로들이 고개를 갸웃거렸다.

성주 길아천이 자리를 털고 일어섰다.

"저것들이 정신줄을 놓은 게야. 감히 우리 성을 우습게보고 있는 거지. 뭐? 항복하라고? 흥, 개가 웃을 소리다. 내가 저놈들을 모조리 붙잡아 목을 쳐버리고 말 테다. 이 기회에 아예 도운성을 뺏어버리겠어."

"성주, 그래도 한 번 더 신중하게 생각하심이……."

"그러다가 저놈들이 지난번처럼 죄다 철수해 버리면 닭 쫓던 개꼴이 될 것 아니겠소? 저놈들은 위세를 떨면서 우리가 저희들이 무서워서 꼼짝하지 못했다고 떠들어대겠지. 그 꼴은 못 봐!"

단호하게 말한 성주 길아천이 즉시 병사들을 준비시켰다.

그는 성을 지킬 최소한의 병력만 남겨두고 나머지 기병과 보군들을 모두 끌고 쳐내려 가려는 것이다.

한나절 안에 자신의 기병과 보군들로 저 오만무례한 도운성의 무리를 짓밟아 버릴 작정이었다.

성주 자신이 금빛 번쩍이는 황동 갑주를 입고 붉은 전포를 걸친 채 선두에 섰다. 긴 자루의 언월도를 들고 나서는 모습이 위풍당당했다.

그때까지도 성 아래에서는 도운성의 병사들이 진을 치고 있었다. 지난 사흘 동안 싸움을 걸었지만 상대의 반응이 없었던 터라 이제는 지치고 지루해하는 모양이 역력했다.

꽝! 하는 포성과 함께 머리 위 하얀 바위 봉우리를 감싸고 있는 길산전성의 성문이 활짝 열렸다.

우두두두—

함성과 함께 이만 기의 기병이 산사태가 난 듯이 말을 달려 쏟아져 내려온다.

그것을 본 도운성의 병사들이 놀라서 우왕좌왕했다.

군막에서 쉬고 있다가 급히 달려온 번인삭은 갑주도 제대로 입지 않은 채였다. 장창을 챙겨온 게 용하게 여겨질 지경이다.

그가 병사들에게 호통을 쳐서 진을 벌리고 응전 준비를 하게 했다. 그러나 이미 허를 찔린 병사들은 우왕좌왕하기만 할 뿐 제 진이 어디인지조차 몰라 허둥대는 자가 태반이었다.

그 무렵 성에서 달려 내려온 길아천의 기병 선두는 진에 충돌하고 있었다.

요란한 함성과 비명 소리가 하늘 높이 치솟고 진중에서 불길이 솟구치기 시작했다.

그렇게 되자 그들과 맞서 싸울 생각이 싹 달아나 버린 도운성의 병사들이 장수의 명령도 듣지 않고 모두 창을 끌며 정신없이 달아나기 시작했다.

일패도지라는 말 그대로 한번 부딪치자 산산이 깨져 버렸으니 그처럼 어처구니없는 일이 또 없었다. 지난 사흘 동안 위세를 떨며 싸움을 돋우던 일이 무색해지고 말았다.

번인삭도 단갑을 겨우 꿴 채 말에 올라 달아나고 있었다. 그 뒤를 성주 길아천이 맹렬하게 쫓았다.

그는 번인삭이 도운성의 장군이고, 지난번에 이어 이번에도 저를 조롱하기 위해 병사들을 이끌고 온 자라는 걸 알고 무슨 수를 쓰던지 그를 사로잡을 작정이었다. 그런 다음에 이대로 도운성을 들이쳐 깨뜨려 버리는 것도 괜찮을 듯했다.

도운성주 남필교마저 사로잡아서 한껏 조롱한 다음에 눈엣가시 같았던 그 두 사람의 목을 성문에 걸어놓는다면 얼마나 통쾌할 것인가.

우두두두—

급박한 말발굽 소리들이 하늘에 가득해졌다.

이만 명이나 되는 기병이 일제히 달리며 진을 짓밟았고, 그 뒤를 보군들이 밀물처럼 쏟아져 들어온다.

도운성의 기병과 보군들은 뒤도 돌아보지 않고 달아나느라고 정신이 없을 지경이었다.

송림을 어떻게 빠져나갔는지 모르는 새에 빠져나갔고, 탁 트인 넓은 벌판이 나타났다. 새각평(塞刻坪)이라고 하는 곳이다.

드넓은 벌판이 아수라장으로 변하는 데에는 잠깐이면 족했다. 보기 합하여 삼만 명이나 되는 도운성의 병사들이 오직 한 방향으로 달아나는데, 그들만으로도 벌판을 뒤덮을 만했다. 그 뒤를 길산전성의 병사들이 빠른 먹구름처럼 뒤쫓으며 짓밟았다.

번인삭은 힐끔힐끔 뒤돌아보며 달아나고 있었다. 그의 뒤를 집요하게 쫓고 있는 길아천의 황동 갑옷이 햇빛에 번쩍이는 걸 본다.

길아천은 화가 나서 미칠 것 같았다. 번인삭이 곧 잡힐 것 같으면서 잡히지 않기 때문이다. 말이 두어 번 도약하면 될 만한 거리를 두고 달아나는데, 더 멀어지지도 가까워지지도 않았다.

정탐병들의 보고대로 벌판에 매복 따위는 없었다. 무인지경을 달리며 한껏 짓밟으면 된다.

"성주!"

한 가닥 꺼림칙했던 마음도 떨쳐 버린 길아천이 전력으로 번인삭을 뒤쫓는데 곁에 따라붙은 부하 무장이 큰 소리로 외쳤다.

"성에 이상이 있는 것 같습니다!"

"뭐라고?"

길아천이 고개를 돌려 바라보았다.

벌써 벌판의 가운데까지 추격해 온 중이었으므로 저 멀리 송림이 보였고, 그 너머로 바위산 위에 우뚝 서 있는 길산전성의 웅장한 모습이 보였다. 그런데 성 이곳저곳에서 검은 연기가 솟구치는 것 아닌가.

"억!"

길아천이 급히 말고삐를 채서 멈추어 섰다. 주위를 두리번
거린다.

제 병사들이 드넓은 벌판을 가득 덮으며 도운성의 패잔병
들을 정신없이 추격하고 있었다. 곳곳에 함성과 비명 소리,
말 달리는 소리가 가득해서 아수라장이 되어 있다.

그들은 아직 등 뒤에 있는 성에서 무언가 심상치 않은 일이
벌어졌다는 걸 모르고 있었다.

"돌아가자!"

길아천이 급히 말 머리를 틀었다. 저만큼 달아나고 있는 번
인삭을 한번 노려보고 이를 부드득 갈았다.

그가 회군하려는 걸 안 번인삭이 말 위에서 조롱했다.

"성주, 나는 아직 재미있게 놀지 못했는데 성주께서는 어
째서 벌써 이 놀이를 그만두려 하시오?"

죽을 둥 살 둥 모르고 달아나기에 바쁘던 번인삭이 멈추어
서서 느물거리는 게 더 수상하다. 분하고 노여워서 치가 떨린
다.

"아무리 급해도 네놈을 죽이고 돌아가겠다!"

버럭 외친 길아천이 창을 꼬나 쥐고 다시 번인삭에게로 달
려갔다. 이번에는 번인삭이 말을 돌려 달아나지 않았다. 빙글

빙글 웃더니 오히려 마주 달려오는 게 아닌가.

"저놈은 소장이 처리하겠습니다. 성주께서는 어서 성으로 돌아가 보십시오."

무장 적하량이 고리눈을 부릅뜨고 소리치더니 성주를 앞질러 번인삭에게로 달려들었다.

그의 대도가 바람 소리를 내며 번인삭에게로 떨어졌다. 번인삭이 말 머리를 급히 틀어 예봉을 피하더니 장창을 어지럽게 휘둘러 적하량을 찌르고 때리며 달려들었다.

적하량은 길아천이 신뢰하는 무장이다. 용맹하고 힘이 장사인지라 매번 싸움에서 공을 세웠다.

텁석부리에 험악한 인상의 그에 비해 번인삭은 곱상한 샌님 같아 보이기만 했다. 도무지 상대가 될 인물 같지 않다. 그러나 현실은 그렇지 않았다.

번인삭의 창법은 교묘하고 신속했다. 적하량이 연신 고함을 지르며 언월도를 휘둘러 베어가지만 영악하고 재빠른 번인삭에게는 별로 큰 위협이 되지 못했다.

"으악!"

기어이 적하량이 비명을 지르며 말에서 떨어졌다. 번인삭이 힘껏 내지른 창에 가슴이 꿰뚫린 것이다. 불과 서너 합을 나누었을 뿐인데 그렇게 되었다.

길아천이 눈을 부릅떴다. 번인삭의 창법을 보자 가슴이 사뭇 떨린다.

"이놈, 두고 보자!"

그가 말 배를 박차고 성을 향해 달려갔다.

"성주, 어디로 가시려오? 성은 이미 황보 장군의 수중에 떨어졌으니 오갈 데가 없는 신세 아니오? 그러지 말고 나와 좀 더 놀아봅시다!"

번인삭이 조롱하며 뒤따랐다. 이제는 상황이 바뀌어 그가 쫓고 길아천이 달아나는 형편이 된 것이다.

과연 난공불락의 요새였던 길산전성은 이제 더 이상 영주 길아천의 것이 아니었다.

성루에 누런 바탕에 호랑이 문양이 들어 있는 커다란 깃발이 힘차게 펄럭이고 있었던 것이다. 황보강을 나타내는 깃발이다.

길아천은 기가 막혔다. 대체 어떻게 된 일인지 정신을 차릴 수 없었다. 언제 저놈들이 성으로 들어갔단 말인가, 성안에 남겨두고 온 수비병들은 무엇을 하고 있었단 말인가 하는 생각만 가득하다.

황보강은 지난 며칠 동안 삼만 명의 정병을 길산전성 아래 북쪽 깊은 골짜기에 숨겨놓고 있었다.

그러나 길산전성에서는 도운성의 병사들과 그들의 배후에 있는 벌판에만 신경을 썼던 탓에 누구도 턱밑에 비수가 다가와 있는 걸 눈치채지 못했다.

번인삭이 길산전성의 눈을 현혹하는 제 역할을 얄미울 만
큼 잘해준 것이고, 황보강의 허를 찌르는 의외의 전술이 또
한 차례 빛을 발한 것이다.

삼산평의 병사들은 좁고 음침한 골짜기 안에서 움직임마
저 최대한 절제한 채 숨죽이고 있어야 하니 죽을 맛이었다.
그러나 그 덕에 드디어 기회가 왔다. 성주 길아천이 모든 병
력을 이끌고 성에서 나갔던 것이다.

성안에는 불과 오륙천 명의 병사들만 남아 있었는데, 그들
만으로는 개미 떼처럼 성벽에 달라붙어 기어오르는 삼산평의
삼만 정병들을 막을 수가 없었다.

성은 이내 함락되었고, 수비병들은 죽거나 항복할 수밖에
없었다.

쾅 하는 포성이 들리더니 성안에서 한 떼의 기병들이 쏟아
져 나오기 시작했다. 멀리서도 길아천은 그것이 삼산평의 기
병들이라는 걸 알았다.

조금 전까지도 제 성이었던 그곳에서 엉뚱한 무리가 쏟아
져 나와 급습해 오고 있으니 기가 막힌다.

선두에서 장창을 휘두르며 용맹하게 달려오고 있는 장수
를 본 길아천은 가슴이 서늘해졌다. 아국충이었던 것이다. 번
쩍이는 갑옷의 빛에 눈이 부셨다.

아국충을 가로막는 자들은 모두 그의 창에 찔려 말에서 떨어졌다. 일 합을 제대로 버티는 자가 없었다. 그가 양 떼 속에 뛰어든 표범처럼 한바탕 헤집더니 곧장 길아천에게 달려왔다.

길아천은 싸우고 싶은 마음이 천리만리 달아나 버렸다.

급히 말 머리를 틀어 서쪽으로 달아나는데, 그를 보호하며 따르는 자들은 고작 수백 기의 기병에 지나지 않았다.

*    *    *

한 번의 싸움에서 난공불락의 요새임을 자랑하던 길산전성이 황보강의 수중에 떨어졌다.

그 사실은 옛 명천사국의 땅 구석구석까지 퍼져 나갔다.

이제 황보강과 아국충이 다스리는 삼산평은 주변 일천여 리의 광대한 영토를 가진 절대적인 세력으로 부상했다. 한 나라의 기틀을 세우고도 남을 만한 땅이다.

패배를 모르는 황보강의 용병술과 휘하 무장들의 용맹에 세상이 주목하기 시작했을 무렵, 황보강은 떠날 채비를 하고 있었다.

"아 장군, 당신에게 다시 무거운 짐을 맡기게 되어서 미안하군."

황보강의 말에 아국충이 서운한 얼굴을 했다.

"그런 말을 하는 건 아직도 나를 남으로 여기기 때문인가?"

"이 사람, 그럴 리가 있나."

"이곳은 아무 걱정 말고 황보 장군 당신이 하고자 하는 일을 하시오. 여기 석 장군과 모용 장군이 있고 귀호대가 있으니 누가 감히 우리를 위협하겠소?"

석지란과 모용탈이 뚱한 얼굴로 황보강을 힐끔거렸다. 무언가 잔뜩 불만이 어려 있다. 황보강이 웃으며 그들의 손을 잡았다.

"너희들이 갈 수 있는 곳이 아니라니까 그러는구나. 너희들은 이곳에서 아 장군을 도와 그와 함께 해야 할 일이 많지 않느냐."

"그럼 백검천 저놈은 왜 데리고 가는 거냐?"

석지란의 말에 백검천이 피식 웃었고, 황보강은 난색을 했다.

"사람마다 잘하고 못하는 일이 있지 않아? 전장에서 적장의 목을 따는 일에는 백검천이 너를 따라갈 수 없겠지만 이번 일에는 백검천이 너보다 적임자이기 때문이다."

"제기랄, 언제 돌아올 거냐?"

"길어도 석 달을 넘기지 않을 작정이다. 할 일이 많은데 너무 시간을 끌고 있을 수 없지."

"그런데 정말 호위도 없이 그렇게 가도 괜찮은 거냐?"

석지란은 여전히 그게 걱정인 모양이었다.

황보강이 그의 어깨를 투덕였다.

"풍 형이 있고 검천이가 있으며 저기 저렇게 용장보현까지 있지 않으냐? 그들보다 더 든든한 호위는 이 세상에 없을 것이다."

황보강은 그들과 함께 삼산평을 떠나 청화륜이 세운 신 청오랑국으로 갈 작정이었다.

아무래도 암흑존자가 보여주었던 환상이 마음에 걸려서이다.

과연 그곳에 아버지가 계신지, 계시다면 어떻게 하고 있는지 살펴보고 오려는 것이다.

정말 청화륜의 진중에 아버지가 계시다면 그분을 빼오고 싶었다.

황보강은 언젠가 청화륜과 일전을 벌여야 하리라는 걸 숙명처럼 느끼고 있었다. 그런데 그때 아버지가 그의 진중에 있다면 곤란하지 않겠는가.

그가 변복을 하고 풍옥빈 등과 함께 성을 나가는 걸 보면서 아국충과 석지란, 모용탈 등은 부디 무사히 돌아오기를 빌었다.

황보강은 실로 오랜만에 홀가분하게 여행을 떠나본다. 답답한 갑옷을 벗고 늘 중압감을 느껴야 했던 진중을 떠나 강호의 유랑객이 되어 이처럼 한가롭게 세상으로 나아간다는 데에 마음이 설레기도 했다.

　신 청오랑국까지는 먼 길이다. 명천사국을 관통해야 하는 것이다.

　세상에 이미 저에 대한 말들이 파다하게 퍼졌으니 알아보는 자들도 있을 것이다.

　번왕 사량지의 영지를 통과할 때에 그가 그런 사실을 알게 된다면 가만히 있지 않을 테니 그게 가장 걱정이었다.

　하지만 아직 닥치지도 않은 일을 두고 벌써부터 걱정한다는 건 어리석은 짓이다. 닥치면 해결할 길이 또 생기지 않던가.

　가슴을 활짝 편 황보강이 맑은 공기를 폐부 가득 마시며 성큼성큼 황무지를 향해 나아갔다.

『호랑이 이빨』 제5권에 계속…

# 저작권 보호!!
## 장르문학의 성장에 힘이 되어주십시오.

### 저작물의 무단 전재와 복제, 불법 다운로드!
### 이것은 관심이 아니라 무관심입니다!

작가님들은 창의적 열정과 시간을 투자해 자신의 꿈과 생계를 유지합니다.
한 권의 책을 만들어 많은 사람들은 자신의 인생과 미래를 설계합니다.

## 저작물 속에는 여러 사람의 노력과 희망이
## 담겨 있습니다!

저작물의 무단 전재와 복제, 불법 다운로드는 여러 사람들의 꿈과 생계를
위협함으로써 장르문학을 심각한 상황에 빠뜨리고 있습니다.

### 이제는 무관심이 아니라 관심으로 장르문학의
### 성장에 힘이 되어주세요.

[도서출판 **청어람**은 항시적인 저작권 보호를 통해 장르문학과
여러분의 희망을 지키겠습니다.]

도서출판 **청어람**

조종호 新무협 판타지 소설

十度化身
십변
화신

"너는 죽는다."
"……!"

뇌서중은 자신도 모르게 번쩍 고개를 치켜들어 뇌력군을 올려다봤다.
"다시 말해주랴? 난호가 망혼곡에 들어가면 네놈은 반드시 죽는다."

비밀에 싸인 중원 최고의 살수문파 망혼곡(忘魂谷).
그곳에서 십 년 만에 돌아온 화사평은 기억을 지우고
평화로운 삶을 꿈꾸지만,
주위엔 가문을 위협하는 자들이 존재하고 있었으니……

그의 손엔 망혼곡 삼대기문병기
용편검(龍鞭劍), 명혼기수(冥魂起手), 엽섬비(葉閃匕).
얼굴엔 서로 다른 열 개의 괴이한 가면.

망혼곡주 십변화신!
그가 일으키는 폭풍의 무림행!

Book Publishing CHUNGEORAM

유행이 아닌 자유추구 –
WWW. chungeoram.com

백야 新무협 판타지 소설

# 醉佛狂道
## 취불광도

「무림포두」, 「염왕」의 작가 백야!
그가 칠 년 동안 갈고닦아 온 역작 「취불광도」!

강호 일신(一神), 검신 한담(邯罩).
오직 검 한 자루로 무림을 지배하고 다스리는 인물.
강호를 지배하는 또 하나의 손, 또 하나의 검……

기이한 파계승의 손에서 자란 나정은 스승과 함께 떠난 무림행에서
이십 년 전의 혈난을 만들어낸 금단의 무공을 만나게 되고……

그에게 잠재되어 있던 거대한 힘이 운명의 안배에 따라 깨어난다!

어린 동자승, 나정이 만들어가는 무림 기행!
또 하나의 전설이 이제 시작된다!

Book Publishing CHUNGEORAM

유행이 아닌 자유추구 -
WWW.chungeoram.com